Die Autorin dankt der Stadt Frankfurt am Main und
der Robert Bosch Stiftung für die Förderung dieses Romanprojekts.

Umschlag: & CO graphikdesign www.und-co.at
Satz: AD
Druck: Theiss

ISBN 978-3-85420-841-9

www.droschl.com
Literaturverlag Droschl Stenggstraße 33 A-8043 Graz

Olga Martynova

Mörikes Schlüsselbein

Roman

Literaturverlag Droschl

Sichtbare Seite des Lebens.
(Jelena Schwarz)
Unsichtbare Seite des Lebens.

… Sie haben wahrscheinlich bemerkt, dass alle Dichter etwas seltsam sind, sie sind ein bisschen wie nicht ganz bei Sinnen, sogar die schlechten Dichter. Das ist deshalb, weil sie einem musikalischen Schwingen ausgesetzt sind, und dieses Schwingen rüttelt ihre Psyche locker. So wird der Mensch zu einer Geisel der musikalischen Rhythmen, die in ihm brausen. Und sogar schlechte Dichter sind dieser Gefahr ausgesetzt …

(Jelena Schwarz)

I

In einem Roman wird das Leben beschrieben, da läuft angeblich die Zeit, aber sie hat nichts gemeinsam mit der wirklichen Zeit, da gibt es keine Ablösung des Tages durch die Nacht, da entsinnt man sich spielerisch beinah des ganzen Lebens, während du dich in der Wirklichkeit kaum an den gestrigen Tag erinnern kannst. Und überhaupt: Jede Beschreibung ist falsch. Der Satz: »Ein Mensch sitzt, über seinem Kopf ist ein Schiff« ist doch vielleicht richtiger als »Ein Mensch sitzt und liest ein Buch«. Der einzige seinem Prinzip nach richtige Roman ist der von mir. Aber er ist schlecht geschrieben.

(Alexander Wwedenskij)

KRANKENZIMMER NR. 13.54 / ROSENGARTEN IM SCHNEE / FÜNFZIGEUROSCHEIN

1.

Professor Bach sitzt im Schneidersitz auf dem hohen Krankenhausbett und liest ein Buch. Über seinem Kopf hängt eine Tropfflasche: leer. Der Tropfständer steht einfach da, der Patient braucht keine Infusion mehr. Hat wahrscheinlich auch von Anfang an keine gebraucht. Der Therapeut, denkt Professor Bach, meint: Nur einmal in der Woche. »Nein, nein«, sagt der Therapeut, »jeden Tag wäre zu viel. So würde das Außergewöhnliche wieder zur Routine.«
Na denn.
Während Professor Bach das denkt, liest sich das Buch weiter:

> da steht im reifen 19. Jahrhundert ein kränkliches Mädchen, ein Backfisch aus einer Familie von Petersburger Deutschen (das Buch ist ein russischer Roman), vor einem Bücherregal. Um ihre Oberlippe zuckt unter feiner Haut ein Würmchen, ein Zeichen ihrer nervösen Aufmerksamkeit. Während das Mädchen vor dem Bücherregal steht,

glaubt Professor Bach, dass er das Buch weiterliest.

Als Professor Bach noch Student war, las er alles, was auf der Liste der empfohlenen Literatur stand, obwohl fast alle Dozenten im Grunde auf ein paar Titel verwiesen, die unentbehrlich bzw. ausreichend seien. Eben das, diese Gründlichkeit, ist sein Problem, sagt der Therapeut. Seine Herzbeschwerden sind

psychosomatischer Natur, sagt er. Seine Nerven sind überstrapaziert, man muss ihnen eine Entspannung gönnen, sie mit einer Ablenkung überlisten:
Autogenes Training;
Musik;
Ausflüge in die Natur;
Schaumbäder;
ein Glas Wein, abends;
Schwimmen;
Tanzen, manche nehmen Tanzunterricht, Tango oder ähnliches, das ist äußerst befriedigend;
Kochen wäre nicht schlecht, wäre das nicht meistens mit viel Essen verbunden;
Gartenarbeit, eine sehr kontemplative Angelegenheit.

Yoga, sagt Marina. *Und wir machen eine Reise nach China. Frag deinen Doktor, er wird dir sagen, dass das nicht verkehrt wäre.*

»Das wäre nicht verkehrt«, sagt der Therapeut. »Aber«, sagt der Therapeut, »noch etwas: Einmal in der Woche völlig abschalten. Sich von dem eingefahrenen Leben abgrenzen. Neustart. Etwas tun, was man früher nie gemacht hat, auch nicht vorhatte. Versuchen Sie es«, sagt der Therapeut, »aber ohne sich zu stark anzustrengen.«
Und was bitte wäre das dann? Merkwürdig, wie wenig Möglichkeiten du hast, etwas zu machen, was nicht zum Ablauf deines Lebens gehört, ohne das, was zum Ablauf deines Lebens gehört, zum Entgleisen zu bringen.
Professor Bach denkt an einen gestern in einem Café im Hof der Klinik mitgehörten Satz. Außer ihm, der auf seine Frau wartete, saß da nur ein Paar am Fenstertisch: beide jung, gut gekleidet, weniger zum staubigen Plüschambiente der verglasten Dachterrasse passend als zur grau-weißen Strichzeichnung der

verschneiten Zweige draußen. Das Surren des Kaffeeautomaten, das Radio, die Handyunterhaltung der Kellnerin machten sie zu Figuren eines Stummfilms, der lief, bis plötzlich der Kaffee fertig war, der Rundfunksprecher zur Steigerung der Spannung eine Pause einlegte und die sprechende Kellnerin ihr Telefon zuklappte. Der Raum duldet keine Stille, der Stummfilm wurde zu einem Tonfilm und eine Männerstimme sagte: »Ich kann in Zügen Fenster putzen und Brezeln verkaufen, nein, im Ernst …« Das wiedererwachte Zischen-Berichten-Lachen verschluckte die Stimme der Frau, und aus dem Paar wurden zwei Fische, die lautlos ihre Münder öffneten. Erst jetzt, einen Tag später, fällt Professor Bach ein, wie seltsam dieser Satz war, der mit einem schwer greifbaren, vermutlich osteuropäischen Akzent gesprochen wurde. Kein Wunder also, dass die beiden durch das kurz zur Lüftung geöffnete Fenster hinausschwammen. »Na, so eine Frechheit!«, sagte die Kellnerin ihrem Handy, fand aber dann die Münzen auf dem Tisch und beruhigte sich. Die beiden dem Caféaquarium entschwommenen Fische wurden immer kleiner zwischen den immer größer, bis zur Kenntlichkeit ihrer Sechseckigkeit, werdenden Schneeflocken – und verschwanden. Professor Bach wird ein bisschen neidisch, klappt das Buch zu und hebt die Augen vom Buch zum Krankenzimmerfenster:

> (das Mädchen mit dem zuckenden Würmchen über der Oberlippe feiert im zugeklappten Buch ihren 16. Geburtstag und wird mit Liebe und Geschenken überschüttet, ein modischer Künstler aus dem Familienbekanntenkreis schenkt ihr sogar ein Wassernymphenbild, was dem Erzähler aus welchem Grund auch immer nicht gefällt. Ihn beunruhigt)

: Rosengarten im Schnee. Einige Blumen, die ihre Blütenblätter zu geeigneter Zeit nicht fallen ließen, lassen sich jetzt vom

Schneestaub die Nase pudern und halluzinieren den Sommer. Der Reststaub aus dem erheiterten Himmel. Die Mittagssonne fällt auf einen Fünfzigeuroschein, den sein Zimmernachbar auf dem Betttisch hat liegen lassen, für morgen: Er wird (wie auch Professor Bach) morgen entlassen, und der Schein ist für die Krankenschwestern, für die Kaffeekasse. Die Frau seines Zimmernachbarn, eine energische, aparte Dame um die siebzig, meinte, er solle ihn bis dahin wieder in seine Brieftasche stecken. Er stimmte ihr zu, vergaß das dann wohl.
Das ist das, wonach ich suche!, denkt Professor Bach.
In dem blanken Winterlicht sieht er eine sonst nicht sichtbare Grenze zwischen zwei Welten: der Welt des Bürgerlichen und der Welt des Vogelfreien (sein Professorenverstand protestiert gegen die Ungenauigkeit der beiden Begriffe, während sein ungebundener Doppelgänger darauf pfeift). Er schreitet in eine andere Dimension. Er empfindet eine elementare Verachtung für Menschen, die in ihren Wohnungen und Häusern leben, Geld *verdienen*, von dem verdienten Geld ausgehend ihr Leben einrichten, reisen, Autogenes Training betreiben, Ausflüge in die Natur unternehmen, sich abends ein Glas Wein gönnen, Kochkurse belegen, sich kontemplativer Gartenarbeit widmen.
Er nimmt den Geldschein, und durch die Berührung mit dem harten Papier (Flügel eines Käfers, Grundschüler Bach winkt aus einem Sommerwald und steckt einen ihm noch unbekannten Käfer in eine Streichholzschachtel) kommt er wieder auf *seine* Seite der Welt, wo ein Dieb ein verhasstes und verachtetes Arschloch ist, das skrupellos in das Leben von ohnehin durch Sorgen und Ängste geplagten Menschen einbricht.
Er stellt sich den (vermutlich minderjährigen osteuropäischen, laut Polizei war eine solche Gruppe in der Stadt unterwegs) Dieb vor, der vor ein paar Jahren seine Wohnung ausräumte: Wie er die Tür lautlos öffnete, wie er aus dem dunklen Flur ins Wohnzimmer trat, das vom Sonnenlicht durchschossen wur-

de, wie er dort stand, als wäre er kein kleiner mieser Dieb, sondern ein Kaiser in einem frisch eroberten Land: erwartungsvoll. Wie ihn Zorn ergriff, als er kaum etwas außer Büchern vorfand. Wie lustvoll seine Wut war, als er das alte Notebook zertrampelte und alles vom Schreibtisch auf den Boden warf, die schwere Vase mit Rosen, die Marina wer weiß wozu auf den Tisch gestellt hatte, landete auf dem ohnehin beschädigten Notebook, aus dem der Computermann später keine einzige Datei retten konnte. Professsor Bach, der folglich das erste Kapitel seines Buches über die Deutschen im Russland des 19. Jahrhunderts neu schreiben musste (Marina meinte, es sei noch besser geworden) war dem Schuft nicht nur egal, er war für ihn nicht real. Unwirklich. Und nun war Professor Bach für eine Sekunde gleichzeitig auf beiden Seiten der Grenze zwischen den beiden Welten, Raubvogel und Geflügel zugleich. Als diese Sekunde vorbei war, blieb nur die Scham. Und – nur ein wenig, weil unwahrscheinlich – die Angst, dass man ihn bloßstellen würde.

Gut, gut, denkt Professor Bach, *ich kann den Schein jetzt ruhig zurücklegen, ich habe alles davon, was davon zu haben war.*

Die Türen gehen lautlos auseinander und ein Pfleger schiebt den Rollstuhl mit dem Zimmernachbarn herein. Der alte Mann kann gut laufen, ist aber zu langsam für die ungeduldige Routine des Krankenhausbetriebs. So rollt man ihn, wenn er woanders untersucht werden muss.

Zum Glück hat sich Professor Bach vom Betttisch seines Nachbarn entfernt und steht wieder am Fenster. Er zuckt zusammen, aber – keine Atemnot, kein Schwindel, kein Zittern, nichts von dem, wovor er fast ständig Angst hat. Hat es funktioniert? Nicht schlecht fürs erste Mal! Aber nun hat er ein Problem: Das Geld muss zurückgebracht werden. Bevor man sein Fehlen bemerkt.

Nachts hat es wieder geschneit (zu früh, eigentlich, es war noch

Herbst, und man rechnete noch mit ein paar warmen Wochen). Das heißt, das wird sich auch heute wiederholen: Das trockene, noch nicht verkrustete Weiß wird unter den Sohlen knirschen. Wie gestärkte Wäsche, hatte er gestern gedacht und dachte es wieder. Der frische Schnee aus der Kommode. Seine Mutter legte viel Wert darauf, dass die Bettwäsche ordentlich gebleicht, gestärkt und gebügelt wurde. Er weiß noch, wie sich der kühle Stoff des Kissenbezuges auf der Wange anfühlte. Irgendetwas hat sie mit der Wäsche gemacht, was keiner mehr kann. Nur in sehr teuren Hotels vielleicht. Aber ob sie knisterte? Das weiß er nicht mehr. Die Wäsche ist anders geworden, weicher. Als beginne der Schnee zu tauen. Und nicht mehr weiß, sondern bunt, was natürlich eine gewisse Nachlässigkeit beim Waschen/Stärken/Bügeln erlaubt. Womöglich hat er das mit dem Schnee und der Wäsche doch einfach irgendwo gelesen. Trotzdem hat er dieses Geknister schon einmal gehört, und das war nicht so lange her. Er versteht auf einmal, dass es ausgesprochen wichtig ist, wieder zu wissen, welches andere Knistern von diesem Knistern angetastet wurde. Dieses Wissen ist fast da, fast zu sehen, wie hinter Pauspapier, gleich …

2.

»Grüß dich, Andreas«, sagte Marina und brachte in den Raum:
1. endlich den Vornamen;
2. Kälte von draußen: eine große Menge für das ganze Krankenzimmer plus, komprimiert, von ihren Lippen kurz an die seinen;
3. zwei Pappbecher Cappuccino.
Plus viele Sommersprossen und hellrote, wellige Haare über dem schwarzweißen Fischgrätmuster ihres schmalen, geraden

Mantels. Das aber übersah er fast, so, wie man das Äußere eines Menschen nicht beachtet, der einem nahe steht. Er hatte sich an sie gewöhnt: an ihre länglichen aufmerksamen Augen, ihren jetzt ungeschminkten Mund, der immer so aussah, als würde sie gleich sprechen:

»Trink deinen Cappuccino und zieh dich an, wir gehen in den Garten«, sagte sie und hängte ihren Mantel an den Haken neben der Tür.

Das ist immer so: Wenn er Kaffee trinkt, müssen sie schleunigst nach draußen. Wenn sie draußen sind, müssen sie unbedingt ins Café. Wenn sie zu Hause bleiben, müssen sie Gäste einladen. Und am liebsten ständig verreisen, dachte Andreas, schwieg aber. Auf der anderen Gedankenspur knirschte immer noch der Schnee. Immer mehr hing davon ab, ob er sich daran erinnern würde, wann er das andere Knistern gehört hatte. *Ich werde diese Luftnot nie wieder bekommen, wenn ich wieder weiß, was das war*, sagte er sich und hatte sofort Angst, dass Atemnot, Schweißausbruch, Schwindel, Händezittern und Panik aller Körperglieder gleich wieder kommen würden, falls er das Rätsel nicht löste.

»Wir gehen besser in den Garten, solange die Sonne noch da ist«, sagte Marina.

War vielleicht ihre unruhige Natur schuld, dass er, als sie sich auf stille und unerklärliche Weise vor zwanzig Jahren von ihm getrennt hatte, nichts tun konnte, nur die Situation so annehmen, wie sie war? Oder: er *wollte* nichts tun, aus Angst vor dieser ihrer Unruhe? *Sie* glaubt wohl, dass er nichts tun *wollte*. Als ihr nach zwanzig Jahren wieder danach war, mit ihm zusammen zu sein, fragte er sich, ob es sich lohnte, sich an sie zu gewöhnen. Ob sie länger bei dieser Idee bleiben würde. Für sie wäre es kein Problem, einmal in der Woche, ja öfter sogar, etwas Blödes zu veranstalten, wovon man nicht einmal geträumt hätte, dass man es tun würde.

»Bist du fertig? Gehen wir?«, sagte Marina.
Es passte ihm sowieso, er musste den Schnee unter seinen Sohlen wieder hören, um sich an das andere Knistern erinnern zu können.
Er war bereits im Mantel und am Gehen, als sie das von ihm zugeklappte Buch von Nikolaj Leskow aufschlug und vorlas:

> »Alle wissen: Wenn man keinen Wert darauf legt, ob die Arme und Beine leichter Konstruktion sind, und nicht verlangt, dass jedes Gesicht einen besonderen Ausdruck hat, dann findet man kaum irgendwo in Petersburg so viele frische Gesichter, weiße Schultern und wohlgebaute Brüste, wie wenn du auf der Wassiljewskij-Insel unter ihren tugendhaften Bewohnerinnen deutscher Abstammung bist.«

Andreas wollte sagen, dass das Buch von einem deutschen Mädchen mit zuckendem Würmchen und sehr besonderem Gesichtsausdruck erzählt, was den von Marina hervorgehobenen ironischen Wendungen widerspricht. Er schwieg aber, es fehlte noch, dass Marina ihn auslachte, er sei wegen dieser Beschreibung der Deutschen beleidigt. Er überlegte sich, ob er den Mantel nun wieder ablegen sollte, um ihr noch im Zimmer die Nachricht mitzuteilen:
»Es klappt mit dem Forschungssemester. Wir fahren dann zu dir nach Petersburg. Ich werde endlich richtig Zeit und Ruhe für mein Buch haben.«
Das Sitzen in den Bibliotheken und Archiven von früh bis spät wäre nicht ganz im Sinne der therapeutischen Empfehlungen, aber es würde sich etwas dort finden. Auf jeden Fall eher als hier.
»Was soll ich in Petersburg«, sagte Marina. »Ich habe gerade erst das gefunden, was ich gerne tue. Endlich mal!«
Das war wahr. Unklar war, wie sie überhaupt so lange das Universitätsleben hatte ertragen können. Die Stelle in einem Kul-

turfonds, die sie seit einem Jahr hatte, passte am besten zu ihr: viel Reisen, viele Menschen, Unrast als Auftrag.
»Aber du kannst dort bei mir wohnen. Und ich werde dich besuchen. Ich muss sowieso öfter dorthin, wegen ein paar Projekten, du weißt schon. Oh, weißt du was, ich miete mir für die Zeit etwas in Frankfurt, um nicht ständig pendeln zu müssen. Was soll ich in Berlin, wenn du nicht da bist.«
Gut für sie, dachte er, aber warum muss er immer von Leere umgeben sein, er, der es mag, dass im Hintergrund jemand spricht, atmet, lacht, isst, telefoniert, auch wenn ihn das bei seiner Arbeit stört. Als Sabine und er sich getrennt hatten, hatte er sich sogar überlegt, eine WG zu gründen, mit ein paar Single-Kollegen.

3.

»Sie sind mit Ihren neunzig Jahren sehr gut drauf«, sagte seinem Zimmernachbarn die Krankenschwester, eine kleine Russin mit Haar aus schwarzer Zuckerwatte.
Während der Zimmernachbar seinen Mund langsam zur Antwort auftat, wurden Andreas' Eingeweide kurz mit heißem Dampf abgebrüht und dann mit schwarzem Eis abgeschreckt. Er schaute nicht zum Betttisch seines Zimmernachbarn, er wusste ohnehin, was dort war (ein Plastikbecher, eine Flasche Mineralwasser, Leibniz Butterkekse, Tablettenboxen, eine Bibel und eine ungewisse Zahl schlapper, durch die Beichte entschärfter Todsünden: Gestern, als Andreas im Begriff gewesen war, das Krankenzimmer zu verlassen, um sich mit Marina im Krankenhaus-Café zu treffen, war ein Krankenhauspfarrer gekommen, der noch vor dem Frühstück bestellt worden

war. Der Zimmernachbar hatte beichten wollen. »Beginnen wir mit dem sechsten Gebot«, hatte Andreas den alten Mann sagen hören und war davongeeilt. Jetzt würde ihn allerdings sehr interessieren, was der alte Mann zum siebten Gebot gesagt hatte und ob überhaupt).

Er wusste auch, was dort nicht war (ein Fünfzigeuroschein). Will der alte Mann, der seinen Mund nun zum Sprechen geöffnet hat, den Diebstahl melden?

»So eine nette Krankenschwester sind Sie«, sagte der Zimmernachbar mit einer aus Papier hergestellten Stimme, die zum zerknüllten Pauspapier seiner Haut passte. »Wie heißen Sie?«

Pauspapier, dachte Andreas, *was war das eben gleich mit Pauspapier?*

»Ljuba Rappoport«, die Krankenschwester sammelte die leeren Tablettenboxen auf das Tablett.

»Seltsam«, sagte der Zimmernachbar. »In meiner Jugend, noch vor dem Krieg, habe ich so viele Rappoports gekannt. Und dann nicht mehr. Interessant.«

Die beiden Frauen tauschten Blicke und lachten. Der Zimmernachbar nickte zustimmend und zufrieden, wie einer, dem ein Witz gelungen ist.

Was war da aber zu lachen, wollte Andreas wissen, als Marina und er endlich zwischen den rechteckig geschnittenen und weiß bedeckten Rosenhecken gingen. Der alte Mann hatte keinen Schimmer, was er gerade gesagt hatte.

»So ein unschuldiger Schuft«, sagte Marina zerstreut. Sie musste sich sehr konzentrieren, um mit ihren hohen Absätzen über die bereits kompakte, aber immer noch frische Schneeschicht zu laufen.

»Wieso hast du bei diesem Wetter diese Schuhe an?«, sagte Andreas, der keine Lust mehr hatte, den alten Mann zu verteidigen.

»Ja, ja«, sagte Marina, »du hast recht.« Was meinte sie nun, die sonst immer glaubte, recht zu haben, den alten Mann oder die

Schuhe? »Doch weißt du was, abgesehen davon, dass ich so klein bin, man muss sich anstrengen, keine Ahnung, auf sich achten. Meine Großmama hatte immer einen Lippenstift auf dem Nachttisch, eine Gewohnheit seit dem Krieg. Wenn sie im Schlaf von Bombenalarm überrascht wurde, konnte sie auf dem Weg zum Bombenkeller noch die Lippen nachziehen, um *anständig auszusehen*, oder, wie es bei ihrer Aushilfsfrau hieß, um nicht auszusehen wie *eine alte Sarah*. Stell dir vor, sie hatte immer eine Aushilfsfrau. Sogar als sie gehungert hatte, in den 30ern, nach dem Tod meines Großvaters, als sie Schmuck und Tafelsilber gegen Brot tauschen musste, hat sie ein Dienstmädchen gehabt. Sie war stolz darauf. Mich als Kind hat das befremdet, wenn nicht sogar empört, ich dachte, man kann eher darauf stolz sein, dass man für sich selbst sorgen kann. Das ist auch heute so, ich fühle mich fast unwohl, wenn deine Polin kommt, beschämt, dass sie schmutzige Arbeit erledigt, während ich ein Buch lese. Egal. Das Buch zu lesen *ist* meine Arbeit. Die Aufwartefrau meiner Großmutter sagte mir, wenn zum Beispiel meine Strümpfe verrutscht waren: ›Was hast du Strümpfe wie eine alte Sarah.‹ Für mich war das einfach so ein Spruch, einmal habe ich das Lisa gesagt: ›Was hast du Strümpfe wie eine alte Sarah.‹ Erst an ihrer Reaktion wurde mir klar, nicht *was* ich *wem* gesagt habe, sondern was der Satz überhaupt bedeutet. Das heißt, ich habe verstanden, *was* ich sagte, erst dadurch, *wem* ich das sagte.« Das gilt also zugleich den Schuhen und dem Zimmernachbarn. Womit aber sollte er recht haben? Na gut.
»Meine Großmutter hatte das auch, auch einen Lippenstift griffbereit, ich glaube, aus demselben Grund: Luftalarm«, sagte Andreas, erzählte aber nicht, was *er* als Kind so alles mitbekommen hatte. Um Sarahs Strümpfe nicht unbeantwortet hängen zu lassen, sagte er als Marinas Gastgeber in der deutschen Sprache: »Das ist wie mit ›Kruzitürken‹, wie es der Bayer sagt und dabei wohl auch nicht an Türken denkt.«

»Sag mal, warum willst du nicht noch ein bisschen draufzahlen und Anspruch auf das Einbettzimmer anmelden?«, sagte Marina, die sich, leichtsinnig wie sie war, eine schicke Privatversicherung ausgesucht hatte und nicht zugeben wollte, dass ein Zweibettzimmer Luxus genug war. Sollte er ihr erzählen, dass er eine leichtsinnige Frau, nämlich sie, hatte; dass seine Mutter in einem teuren Pflegeheim war (das sie zwar noch selbst bezahlen konnte, aber wie lange noch?); dass er zwei Kinder hatte; dass er eine Privatsphäre hatte, die auch Geld kostete. Nein, Letzteres sollte er auf keinen Fall erzählen. Und endlich, dass er es nicht mochte, allein in einem Raum zu bleiben.

Übrigens. Das Knirschen hieß Laura. Er wusste es jetzt, als hätte sich ein Vorhang lautlos aufgeschoben. Es war im vorigen Herbst. Marina war in Petersburg. Er lud Laura zu einem gemeinsamen Wochenende auf dem Land ein. Morgens roch die herbstliche Sonne nach Frost. Die Grashalme horchten auf den nahen Winter. Mitten im Feld stand eine Scheune, die nur lange Wände hatte. Das Fehlen von kurzen Wänden formte sie in einen Tunnel um. Auf dem Boden sammelten sich tote Marienkäfer. Einige waren orangerot mit schwarzen Punkten, die anderen waren auf dem Schwarzen rot gepunktet. Ein knuspriger Teppich, der unter den Sohlen knirschte: rot-schwarz, schwarz-rot.

»Ich habe gelesen, Marienkäfer kopulieren bis zu 19 Stunden, dabei sind die Weibchen manchmal tot vor Erschöpfung, die Männchen merken das aber nicht und machen weiter«, sagte Laura: »Stell dir vor, das wären lauter Weibchen unter unseren Stiefeln: von Männchen bis zum Tode geliebt und verlassen.«

Der Schnee unter den Sohlen = das Geknister der toten Marienkäferweibchen.

(Ein Kind winkt in Eile von der spätsommerlichen Ostseeküste und läuft Onkel Peter hinterher, der summt:

Marienwürmchen, Marienwurm,
flieg nach Marienbrünnchen, Marienbrunn,
hol uns 'ne Menge Regen nun
und dann 'ne Menge Sunn

– oder so ähnlich)

Sie liebe einen anderen, der sie nicht liebe, den bekannten Schriftsteller Caspar Waidegger, sagte sie, als sie zum ersten Mal in ihrer kleinen Studentenwohnung zusammen frühstückten, Kaffeekanne in der Hand, Haarsträhnen im gesenkten Gesicht. *Ich auch*, hätte er beinah gesagt, weil er damals noch nicht wusste, wie es mit Marina weitergehen würde (ob er das jetzt weiß?), und überhaupt Lust auf etwas Mitleid hatte. Aber ein Mann darf einer Frau so etwas nicht sagen, dachte er und schwieg, gekränkt. Wie empfindet sie das: Haut an Haut mit der sich langsam reduzierenden Existenz eines alternden Körpers. Er wollte sie immer fragen. Und wagte es nicht.
Was, wenn er ihr genau so fremdartig fossil vorkäme wie ihm sein Zimmernachbar? Er hob die Augen zum ersten Stockwerk. Auf dem Fenstersims stapelten sich Vorräte, die sein Zimmernachbar dort liebevoll arrangiert und seine Frau noch nicht weggeräumt hatte: Vierecke und Zylinder verschiedener Farben und Größen.

4.

»Ich gehe jetzt«, sagte Marina.
»Nein«, sagte Andreas.

»Doch«, sagte Marina.
»Nein«, sagte Andreas.
»Doch«, sagte Marina, »ich bin noch mit deinen Kindern verabredet, ich habe sie in eine Konditorei eingeladen.«
»Na gut«, sagte Andreas, »aber was wollt ihr in einer Konditorei?«
Und Marina sagte: »In den Familienromanen führt man die Kinder des Lebenspartners immer in eine Konditorei. Weißt du das nicht?«
Noch mehr nervte ihn, dass Marina und Sabine sich so gut verstanden. Sie ging, und die Schneeflocken wurden immer größer und deutlicher, bis zur Kenntlichkeit ihrer Sechseckigkeit. Plötzlich bekam er wieder keine Luft mehr. Er setzte sich auf eine Gartenbank. Er könnte sich genau so gut in einen Schneehaufen setzen. Vielleicht war das auch ein Schneehaufen, den er für eine Gartenbank hielt. Er zitterte, als fließe das Blut in seinen Adern im engen Zickzack. Er hob seine Hand und schaute sie an: Die Finger blieben ruhig, sogar das Zittern war nur seine Einbildung.
Steh auf. Sonst wirst du zu einem Schneehaufen in Form eines Professor Bach.
Aha, das wäre das dann – ein Schneehaufen werden. Das wäre das, was er nie gemacht hat und nie vorhatte zu machen. Zu einem Schneehaufen werden – niemand wird dich finden, niemand wird dich begraben müssen. Dann kommen Kinder und machen einen Schneemann aus dir. Dann kommt der Frühling und macht eine Pfütze aus dem Schneemann. Dann kommt die Sonne und macht Dampf aus der Pfütze. Dann kommt der Herbst und macht eine Wolke aus dem Dampf. Dann kommt der Winter und macht Schnee aus der Wolke. Dann kommen Kinder. Du aber wirst nicht mehr sein.
Steh auf.
Wäre ein Bordellbesuch geeignet? Das wäre immerhin etwas

Neues. Das fremde Reich betreten, das nur jenseits deines Lebens existiert. Für dich also nicht real ist. Unwirklich. Nicht wissen, was wie wem sagen, wie groß das Trinkgeld an der Theke (am Tisch?) sein soll. Sich eine Frau aussuchen, die Dienst leistet, der viel persönlicher als eine normale Dienstleistung, zugleich aber viel unpersönlicher als der Dienst einer, sagen wir, Kellnerin ist (*du hast zu viel russische Literatur gelesen*, sagt sich Herr Professor Bach und denkt an seinen amerikanischen Freund, Professor Perlman, der ihm erzählt hat, wie in den USA die ins Alter gekommenen Prostituierten zu Pflegerinnen umgeschult werden, wofür sie gut geeignet sind, sie sind ja gewohnt, sich mit alten unschönen Körpern zu befassen, alles schnell und freundlich zu erledigen).

Steh auf.

Was ginge noch, was würde der Therapeut gutheißen?

Warum gehen die Vorstellungen vom Außergewöhnlichen in diese Richtung? Warum nicht etwas Gutes tun? Etwas außergewöhnlich Gutes.

»Einer meiner Patienten ist für ein paar Stunden betteln gegangen«, sagte der Therapeut. »Die erfrischende Wirkung war gewaltig, er konnte kaum aufhören, darüber zu sprechen. Aber er ist ein junger Mann, ein Schauspieler dazu, und, ich vermute, ein Lebenskünstler hauptsächlich. Ihnen rate ich das selbstverständlich nicht, Herr Professor. Versuchen Sie es als erstes mit einem Fallschirmsprung.«

Was soll das? Warum nicht? Bin ich etwa schon so alt, dass man mir betteln gehen nicht zutraut? Würden die anderen, die echten Bettler mich verjagen?

Marina erzählte, dass es in Indien einen Lehrer gab, der seine Schüler, und das waren junge Männer aus aristokratischen und wohlhabenden Familien, betteln schickte. Sie sollten im Unangenehmen erfahren werden. »Ich war einmal mit einer Freundin trampen, wir haben das gemacht. Das ist unglaub-

lich. Du bist nicht mehr du. Irgendwer bist du schon, aber nicht du. Das ist eine andere Dimension. Ich würde diese Erfahrung weder missen noch wiederholen wollen.«
Steh auf. Sonst wirst du zu einem Schneehaufen, zu einem Schneemann, zu einer Pfütze, zu Dampf, zu einer Wolke.

5.

Als Professor Bach vor seinem Krankenzimmer ankam, gingen die Türen lautlos auseinander, und zwei Pfleger rollten das Bett mit der abgedeckten verlassenen Puppenhülle aus zerknülltem Pauspapier heraus. Was sollte er nun mit dem Fünfzigeuroschein?
Marina hat vielleicht doch recht mit der Zusatzversicherung, dachte Professor Bach und wollte plötzlich Marina sehen, mit ihr sprechen, sie berühren. Einen lebenden Körper berühren, die Haut, unter der das Blut noch fließt. Aber er war allein im geräumigen Krankenzimmer und dachte, dass alle Menschen, die er kannte, ganz gut ohne ihn zurecht zu kommen in der Lage waren, dass sie ihr geheimnisvolles Leben weiter lebten, während er allein im geräumigen Krankenzimmer stand. *Marina*, dachte er, *komm zurück. Komm jetzt.*
Wieder gingen die Türen auseinander. Man rollte das neue, noch leere Bett herein: eine rechteckig geschnittene und mit Schnee bedeckte Rosenhecke aus dem Garten.

♦

MÖRIKES SCHLÜSSELBEIN

1.

Er konnte immer mit dem Nacken (das heißt mit den Ohren) die Stöckelschuhe erkennen, die ihn gerade angingen. Sich umdrehen und unfehlbar die erwartete Gestalt sehen, die zum jeweiligen Schrittrhythmus gehörte.

Als er im Kindergarten auf seine Mutter gewartet und gedacht hatte, sie komme nie wieder, konnte er das Klappern ihrer Lackschuhe von allen anderen unterscheiden und dann den fadenscheinigen Stoffhasen in den Sandkasten fallen lassen und sich umdrehen – es war jedes Mal sie gewesen! Später gab es ein Mädchen in der Schule, von dem er heute kaum mehr wusste, als dass es schwarze Schuhe mit weißem Perlmuttknopf hatte. Lange Zeit schienen alle Frauen weiche lautlose Schuhe zu tragen, bis sogar zwei in den Bereich seiner Aufmerksamkeit traten, die laut stöckelten. Wenn ein sehr junger Mensch (ein Kind) beginnt (als Andreas als Kind begann), Gedichte zu lesen, weiß (wusste) er überhaupt nicht, wie sie (literaturgeschichtlich) einzuordnen sind (waren). Später, falls man später zur Literaturgeschichte kommt (als Andreas zur Literaturgeschichte kam) sagt man (sagte Andreas) sich: »Ach, *das* war das!«

Genau so ist es mit den anderen Lebenseindrücken, die früher kommen als das Verständnis für sie. Erst später sagt man sich: Ach, *das* war das!

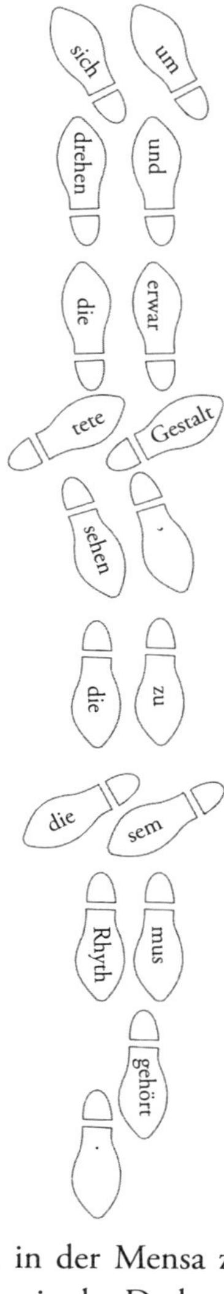

Vorgestern hat er sich in der Mensa zu einem leisen Klipp-Klapp umgedreht, schon in der Drehung wissend, dass es Laura sein wird. Und das war sie. Streichholzmädchen, mit langem Körper und rundem dunklem Kopf; mit etwas herabgelaufenem Schwefel am Nacken seines Zündkopfs: das dunkle Haar stramm zum Nacken gezogen. Und in Spangenschuhen mit breiten Absätzen.

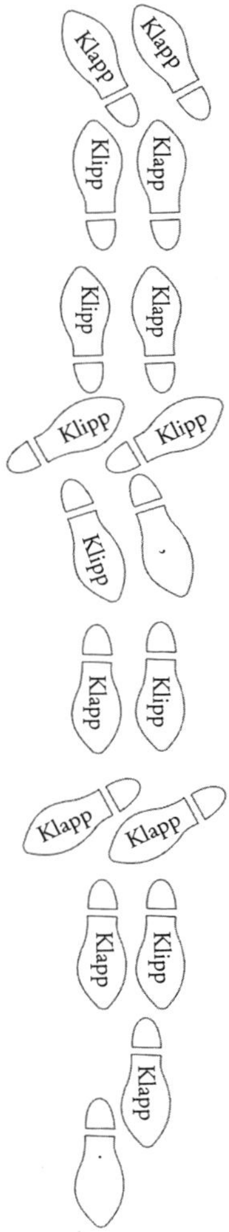

Nun aber war es Marina, das war ohnehin klar, dass sie das war: Im ganzen geräumigen Stifthof waren nur vier Paar Schuhe, seine eingeschlossen, und nur Marina konnte das Klipp-Klapp verursachen, Franziska hatte ihre weichen Chucks an, die

eigentlich zu dünn für diese Jahreszeit waren. Und Moritz hatte normale Männerschuhe.
»Hör mal, Andreas, braucht Franziska nicht vielleicht doch eine Mütze? Bei diesem Wind. Sie friert, schau.«
»Das hättest du Sabine sagen sollen, bevor wir losgefahren sind. Siehst du nicht, sie ist ohnehin genervt. Sie hat wohl wieder ein Drama mit ihrem Freund, und da kommen wir mit unserem dummen ›du solltest dich wärmer anziehen, Schätzchen!‹ Was soll ich machen?«, sagt Andreas.
Marina lacht und sagt: »Ja, nach dem Motto ›Setz die Mütze auf, *ich* friere!‹ Na gut«, sie sagt nicht, dass es eigentlich Andreas ist, der Sabine hätte fragen sollen, schließlich ist Sabine seine und nicht Marinas gewesene Frau. »Wie du meinst. Sie ist schließlich dein Kind.«
War es eine gute Idee, fürs Wochenende nach Tübingen zu fahren? Mit Marina und den Kindern? Sie scheinen sich immerhin gut zu verstehen.
Wieder Stöckelschuhe, aber jetzt nicht mehr so gut hörbar, weil die dazugehörige Gestalt (Marina) bereits vor ihm ist, das Bild dämpft den Klang: klein, zierlich, damenhaft angezogen, Pfennigabsätze. Es geht ihm, als hätte er einmal ein Mädchen in Sneakers, Jeans und T-Shirt gesehen und das nächste Mal eine Frau in Kostüm und Pumps. In der Zeit dazwischen liegt ihr Leben, das nichts mit seinem Leben zu tun hat. Neben ihr Franziska, die Stöckelschuhe hasst, weil sie ihre Größe noch nicht zu schätzen weiß und in ihrem Körper noch unsicher ist. Komisches Bild. So klein die eine. So groß die andere.

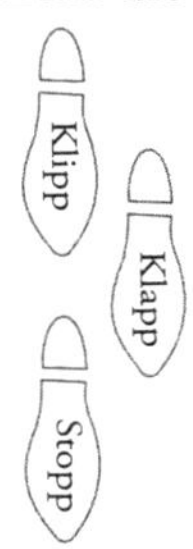

Marina bleibt im Bogendurchgang zum Kreuzgang des Stiftes stehen. Vor einer Vitrine linker Hand.

♦

»Franziska, schau mal!«, sagte sie und bereute fast, dass sie das einem so sensiblen Mädchen wie Franziska zeigte: Im Schaufenster leuchtete opak das Schlüsselbein von Eduard Mörike. In einer Glas- oder Plastikschachtel. Mit einem Zettel versehen:

Schlüsselbein des Dichters Eduard Mörike (1804-1875) (*clavicula moericensis poetae*) Exhum. № 40482 Leihgabe des Pragfriedhofs in Stuttgart

Überraschend viele Abtönungen von Cremebeige, Aschgrau und Honigbräunlich für ein schmales und nicht sonderlich langes Stück Bein auf einem bordeauxfarbenen Tuch.
Als Marina den angewiderten Blick des Mädchens sah, begann sie, um es abzulenken, von Mörike zu erzählen, alles, was sie noch wusste, dass er einer der vielen berühmten Schüler des Tübinger Stiftes gewesen war, dass sie einmal eins seiner Gedichte ins Russische übersetzt hatte, für eine Semesterarbeit über »Todesangst und Romantik«. Das Gedicht hieß »Erinna an Sappho«:

> Dass du zu früh dir nicht die braune Locke mögest
> Für Erinna vom lieben Haupte trennen –

sprach die Poetin Erinna, nicht ahnend, dass ihr eigenes Los war, 19-jährig zu sterben. Dann dachte Marina, dass Franziska gerade 19 war.

»Was soll das, wurde er heilig erklärt, und nun bietet der Pragfriedhof seine Gebeine feil?«, sagte Moritz in dem leicht sarkastischen Ton, den er in der letzten Zeit pflegte (oder nicht pflegte, sondern einfach nicht anders konnte).

»Fragen wir jemanden?«, sagte Marina eine Spur zu munter, wie sie es immer tat, wenn sie mit Andreas' Kindern sprach. Aber niemand war da, außer ihnen vier.
Andreas blieb teilnahmslos. Sie verließen den Stifthof.

♦

Franziska hört nicht mehr, was Marina über Erinnas braune Locke sagt, sie denkt auch nicht an das Schlüsselbein, zerstreut von Schaufenstern mit buntem Glas, bestickten Kleidern, antiken Möbeln, gestrickten Handschuhen, mit allem, was beim Kauf so lebendig aussieht und zu Hause sofort eingeht, schneller als Schnittblumen.
»Schau, Franziska, das Stirnband, hübsch, wäre das was für dich? Damit dir deine Ohren nicht abfrieren.«
»Nein, danke, Marina, ich mag es nicht, wenn die Ohren zugedeckt sind, es drückt, und ich höre die Autos nicht.«
»Na gut. Wie du meinst. Es sind schließlich deine Ohren.«
Marinas Schuh bleibt mit dem Absatz zwischen den Katzenköpfen des Pflasters stecken. Ihr unbeschuhter Fuß spürt die kalte Nässe. Sie zieht den Schuh heraus, die Farbe am Absatz ist abgeschürft.
»Deine Eurocentabsätze!«, sagt Moritz.
»Nicht schlecht«, sagt Marina. »Hast du das selbst erfunden?«
Ja, will Moritz lügen, sagt aber dann: »Nein, in der Schule gehört.«
»Lustig«, sagt Marina.
Moritz stolpert über einen Katzenkopfstein. Stolpert zum Ausgleich mit dem anderen Fuß darüber, aber (Shit!) mit et-

was mehr Kraft als beim ersten Mal. Wenn man das nicht in Ausgleich bringt, passiert etwas Schlimmes, denkt Moritz, nein, Blödsinn, denkt Moritz, und stößt mit dem ersten Fuß ganz leicht gegen einen Stein und nur noch federleicht mit dem zweiten. Von einer Platane schwebt eine braune Taubenfeder herunter und bleibt auf dem grauen Stein liegen, gleich einer Locke.

2.

Eine Frau im Vorbeigehen, laut: »Du musst arbeiten gehen, dann wirst du selbst dein Kleingeld haben. Nein, nein, Schatz, das sage ich der da, dass sie arbeiten gehen muss, dann wird sie ihr Kleingeld haben, na der da, ach nichts, nein, die da, weißt du, sie muss arbeiten gehen, dann wird sie ihr Kleingeld haben, ach nichts, vergiss es.«
Hat das Volk bereits Kleingeldwahnvorstellungen, denkt Marina. Aber um die Ecke sieht sie zwei Mädchen auf ausgebreiteten Decken sitzen. Sie strahlen Unbekümmertheit aus und Ungebundenheit, die Marina immer wollte und nie gewagt hätte. Gefirnisste Buntschöpfe, gestreifte Strümpfe mit pittoresken Löchern, unter denen weitere Strumpfschichten zu sehen sind, silberne Kunstwarzen am Kinn, an der Oberlippe und die Augenbrauen entlang, sie lachen, sie rufen Marina zu: »Hast du etwas Kleingeld für uns?«

3.

Moritz sieht aus dem halbrunden weißen Hölderlinzimmer nach unten: Schwäne. Neckar. Weiden. Das Wasser weidet die Reste des Laubs ab. Die Weidenruten widerstehen dem Fluss. Moritz liest jedes Blatt an den Wänden und in den Vitrinen. Franziska wartet draußen. Andreas wartet draußen. Marina geht hinunter und hinaus. Moritz misst das halbrunde Hölderlinzimmer: zehn Schritte die weiße Wand entlang, fünfzehn Schritte um den Bogen mit den Fenstern zum Neckar. Andreas ist gereizt, dass Moritz wieder hängen geblieben ist. Franziska telefoniert mit Martin, ihrem Freund. Marina zündet sich eine Zigarette an. »Ich bin hungrig«, sagt Andreas. »Ich auch«, denkt Marina. »Du nervst«, sagt Franziska ins Telefon.

4.

Eine Schildpatt-Katze läuft über das vom Raureif steif gewordene Gras auf drei Pfoten, die vierte fehlt. Sie läuft nicht ohne Grazie, nur leicht hinkend. Marina denkt an die hinkende Mätresse von Ludwig XIV., Louise de la Vallière, weil sie, wie ausnahmslos alle Russen, als Kind historische Romane von Alexandre Dumas dem Älteren gelesen hat. Und lange noch las sie einmal im Jahr »Die drei Musketiere«, jedes Mal in der Hoffnung, dass Constance Bonacieux gerettet würde, bis sie die Hoffnung endgültig aufgab.
Moritz lacht: »Schlüsselbein! Schaut, von der haben sie das Schlüsselbein! Von der Katze, das ist ihr Bein!«

»Oh Gott, Moritz«, sagt Marina.
Franziska lacht.
»Du hast Ideen!«, sagt Andreas.
Moritz lacht.
Nie zuvor, kein einziges Mal, hat Marina hören können, worüber Moritz und Franziska sprechen, bevor sie auflachen. Sie waren immer eine Spur zu weit entfernt.
»Ha-ha-ha!«
«Ha-ha-ha!«
Im Gleichklang, hell, etwas theatralisch, sie fangen synchron an und hören synchron auf. Franziska in dicken Strümpfen über langen geraden Beinen, in ihren Chucks, in karierten Tweed-Shorts und kurzer Jacke. Moritz in Kurzmantel. Zwei Jahre jünger als Franziska. Aber sie sehen fast wie Zwillinge aus. Hochgewachsen. Mit braunen Locken, blauen Augen, 30er-Jahre-Gesichter von einer britischen Postkarte, Gott weiß warum Marina an eine britische Postkarte denkt. John Perlman, ihr und Andreas' amerikanischer Freund, der, wie viele Amerikaner, immer noch alles Deutsche am ehesten mit der Nazi-Zeit in Verbindung bringt, würde sagen: »Arische Engel!«
»Ha-ha-ha!«
«Ha-ha-ha!«
Jetzt sind sie wieder eine Spur zu weit weg und lachen auf und brechen ab. Marina kann nicht mehr hören, aus welchem Anlass.
Worüber lachen Engel, sorglos, rigoros, rätselhaft, wenn sie sich an das irdische Leben erinnern? Darüber, dass die Menschen jeden Quatsch für wichtig halten, von dem die Engel wissen, dass es nichts ist. »Schau, die Seele da war die von Frau X, weißt du noch, wie Frau X schrie, als man sie und ihre Familie im Wald erschoss?«
»Ha-ha-ha!«
«Ha-ha-ha!«

»Und da ist die von Herrn Y. Er machte ein so komisches Gesicht, als man ihm sagte, sein Bein sei nicht mehr zu retten.«
»Ha-ha-ha!«
«Ha-ha-ha!«
»Andreas«, sagt Marina: »Ich glaube, eine unsterbliche Seele, wenn sie den sterblichen Körper endlich los wird und dort ankommt, wo sie alle ankommen, sagt als erstes, dass niemand durch das Leben besser wird.«
»Du hast Ideen!«, sagt Andreas. Er ist angespannt, weil ihm kalt ist, weil er Hunger hat, weil Moritz dauernd an etwas hängen bleibt, weil Franziska gereizt auf alles reagiert, weil er all das mit Marina nicht besprechen kann. Mit Sabine kann er auch nicht richtig über die Kinder sprechen.
»Ha-ha-ha!«
«Ha-ha-ha!«

5.

Ein Mädchen in Franziskas Alter in kurzem Jäckchen und mit drei verschiedenfarbenen Schals um den Hals kommt schnell heran, bleibt im Halbschritt stehen:
»Würden Sie mir bitte ein bisschen Geld geben«, sagt sie mit überzeugendem Ernst, schaut die kleine Gruppe streng an und ergänzt für die Begriffsstutzigen: »Fürs Essen.«
Franziska sagt »nein«. Marina sieht, dass sie sich nun quälen wird, und sagt:
»Unglaublich, wie beständig die Menschentypen sind. Genau so waren die Hippies, mit überzeugendem Ernst. Diese Aufgabe, dir ein paar Groschen abzuluchsen, ist eine künstlerische Herausforderung. Sie verkaufen dir ihre Kunst. Entweder wird

man dich überzeugen oder nicht. Das ist, wie wenn du einen, keine Ahnung, sagen wir eine CD kaufst oder nicht kaufst. Es gibt natürlich andere Bettler, Bettlertypen, die ich nicht verstehe, aber diesen verstehe ich, aus meiner Zeit mit den Hippies, glaub mir.« Einerseits sagt Marina die Wahrheit, andererseits denkt sie gleich, dass sie es jetzt so macht, wie es der fürsorgliche und naive Vater von Gautama Buddha gemacht hat, der dem Kind alles Elend der Welt vorenthalten wollte. Schon kommt der andere Bettler in schwarzem Ledermantel und schwarzem Lederhut auf sie zu und sagt: »Hätten Sie ein paar Groschen für einen Vagabunden?« Marina gibt ihm einen Euro, sagt »bitte schön« und zu Franziska, dass sie das wegen der Wörter »Groschen« und »Vagabund« getan habe. Franziska lacht.
»Gehen wir, wer hat Hunger?«, sagt Marina und hört, dass das wieder eine Spur zu munter klingt. Und ihre Schuhe stöckeln zu laut. Und Andreas schweigt und friert. Und die Kinder langweilen sich.

Moritz lacht nicht mehr. Trunkene Schwäne, denkt er,
trunkene Schwäne.
Vertrunkene Schwäne.
In Herbstes Wirtshaus vertrunkene Schwäne.
Getrunkene Schwäne.
Getrunkene Schwäne, klar im Neckar gespiegelt, auch die Stauden, doch kannst du dir nie das Wasser zusammen mit dem schöpfen, was du so deutlich siehst, keinen Schwan trinken, keinen sich küssenden Schwan trinken. Untrinkbare Schwäne.

Franziska lacht nicht mehr, sie denkt an Martin.

Marina denkt, dass sich Andreas seine graublonde (wie vergilbtes Gras im Raureif) Stirnsträhne immer zu früh wegschneiden lässt und dass ihr an ihm diese Strähne am meisten gefällt, seit sie ihn als deutschen Studenten kennenlernte und seine Schillernase und diese ins Gesicht fallende Strähne mit der deutschen Romantik in Verbindung brachte. Und jetzt, ohne diese Strähne, hat er ein rechteckiges Gesicht und friert und ist hungrig und verstimmt.

Wenn dieser Enterich in vier Sekunden nicht wieder auftaucht, denkt Moritz, passiert etwas Schlimmes. Wird Franziska etwas zustoßen. Nein, denkt Moritz, ich habe das nicht gedacht, nicht gedacht, nicht. Ich habe an Mörike gedacht,

> wie er den alten Scardanelli besuchte: Die jungen Dichter werden von den Geheimnissen angezogen, die hinter dem Scheitern eines mit Genialität ausgestatteten Lebens stecken (den alten reicht ihr eigenes Pech). »Mein junger Freund«, sagte Hölderlin zu ihm (Holunder und Wacholder an all den holden Hängen des ganzen Neckar entlang spitzten ihre Ohrenblätter, um ihren Namensvetter besser hören zu können), »nimm dir mein Schlüsselbein, ich werde sowieso bald sterben, was soll ich mit zwei Schlüsselbeinen. Der Scardanelli braucht keins, dem Holder wurde längst alles weggenommen.« Mörike (er war gerade in die vergebliche Liebe seines Lebens verliebt und durchschaute viele Geheimnisse, wie jeder, der die stärkste Verliebtheit seines Lebens gerade erfährt) begriff: In diesem Schlüsselbein ist die dichterische Kraft eingeschlossen. Er nahm sich zusammen, seinen ganzen Willen, und riss aus seinem Körper sein eigenes Schlüsselbein, warf es aus dem Fenster in den bläulich silbernen Neckar und steckte sich an seine Stelle das Schlüsselbein des armen Holder.

Der Enterich ist aufgetaucht, keine vier Sekunden sind vergangen.

Mörikes eigenes Schlüsselbein, das ebenfalls die dichterische Kraft einschloss, blieb in den tränenden Ästen einer Hängeweide stecken. Später hat ein Habicht es gefunden und in die Schwäbische Alb verschleppt.

6.

Nach so viel Frische und Kälte ist die Wärme angenehm und unangenehm zugleich. Franziska schaut die Menschen an, schaut eine Kellnerin an, überlegt, ob die Kellnerin Martin gefallen würde (kleines eifersuchtartiges Prickeln im Sonnengeflecht), schaut den Wirt an, ob er die Kellnerin mit Lust ansieht, denn Martin meint, dass alle sowieso immer Lust meinen, wenn sie kommunizieren. An den Nachbartisch wird ein Servierwagen mit einer gebratenen Gans gerollt.
Der Wirt beginnt die Gans zu tranchieren. Mit einem schmalen langen Messer und einem einer Stimmgabel ähnlichen Zweizack. Schick und geschickt. Geflügelschere liegt bereit. Die Keulen werden abgelöst. Die Szene verlangt nach Publikum. »Pfaffenschnittchen!«, verkündet der Wirt. Flügel beiseite. Honiggold. Kaffeebeige. Karamellglanz. Schlüsselbein. Fallblattbraun. Auch das übrige Fleisch von den Knochen abgelöst. Der schmale Flügel, einem menschlichen Schlüsselbein ähnlich, weggenommen. Franziska, die nicht einmal die flämischen Stillleben anschauen kann, ohne dass ihr übel wird und sie danach von den herausfallenden Eingeweiden der Hirsche und dem Gekröse der Fasanen träumt, kann ihren Blick von der dummen Gans nicht abwenden.

Und Mörike, denkt Moritz, schrieb die Peregrina-Gedichte. Doch irgendwann wollte er sein altes Schlüsselbein zurück.

Er befrachtete einen Kahn samt Ruderer und fuhr in den Vollmondnächten über den Neckar. Er fischte vieles aus dem Wasser, was er im Mondschein für sein Schlüsselbein hielt: Vogelknochen, mit Schlamm überzogene Stäbchen, leere Parfumflakons, Brieföffner aus Elfenbein. Einmal zog er ein menschliches Schlüsselbein heraus. Aber das war nicht seins. Seins war in den tränenden Ästen einer Hängeweide gefangen.

Franziska steht auf und geht auf die Toilette.
»Wann noch mal fliegst du nach Amerika?«, fragt Andreas, weil er das wieder vergessen hat, ihn aber Laura per SMS fragte, was er am übernächsten Wochenende vorhabe.
»Habe ich dir nicht gesagt? Ich fliege diesmal nicht. Erst im Frühjahr. Da bin ich zu einer Konferenz eingeladen, auch Fjodors Buch wird übrigens da vorgestellt«, sagt Marina.
»Ist euer John Perlman ein Spion gewesen, damals, als ihr euch alle in Leningrad kennengelernt habt?«, sagt Moritz.
»Du hast Ideen! Warum?«, sagt Andreas.
»Nun ja, es gab viele damals, die Spione waren«, sagt Moritz.
»Auch dein Vater?«, sagt Marina.
»Du?!« sagt Moritz. »Nein! Das waren eben die Amerikaner, die Spione waren.«
Andreas geht vor die Tür rauchen.
»Sag mal, und hätte man euch damals verhaftet beim Trampen? Als mein Vater und John aus Versehen in die Sperrgebiete kamen? Was wäre dann passiert?«, fragt Moritz, dem Marina von einer Autostoppreise durch fast die ganze Sowjetunion kurz vor dem Zerfall der Supermacht erzählt hat.
»Das war so eine Zeit, man konnte einem Milizionär oder Grenzer einfach eine Handvoll Dollar geben. Mit Westgeld konnte man alles kaufen. Einen Traktor, wenn du einen gebrauchen konntest. Einen roten Stern von einem Kremlturm. Keine Ahnung. Das Schlüsselbein von Gogol.«

»War das die Gorbatschow-Zeit? Oder schon Jelzin?«, will Moritz wissen und Marina, die das selbst nicht mehr so genau weiß, staunt, wozu er das braucht, und sagt:
»Weißt du, keine Ahnung, aber mit John bin ich mir bis heute nicht so sicher. Ich erzähle dir eine Geschichte.«

7.

Die Kellnerin brachte Weißbrot und Olivenöl. Eine Halbkugel Bordeaux im Glas vor Marina. Eine Halbkugel Bordeaux im Glas vor dem Stuhl, der auf Franziska wartete. Andreas trank sein Bier. Moritz auch. Die Kellnerin brachte vier Teller Kürbis-Spinat-Suppe. In jedem Teller ungemischt je ein oranger und ein grüner Halbkreis. Andreas sah auf seine Uhr. Moritz sagte: »Die Suppe ist sowieso zu heiß.« Die gebratene Gans am Nachbartisch wurde für gut befunden. Marina stand auf und ging auf die Toilette.
Franziska hatte sich übergeben müssen. Sie wusch sich gerade das Gesicht, lächelte Marina zu. Marina zog die Lippen nach, um einen Grund vorzutäuschen, warum sie im WC-Raum erschienen war. Sie hatte ohnehin die Lippen nachziehen wollen. Hätte Marina nicht gewusst, wie überempfindlich das Mädchen ist, hätte sie denken können, Franziska hätte ihre Pille nicht genommen und nun mit den Folgen zu tun. Aber Marina machte sich Sorgen um Franziskas Magen. Und um Franziskas Nervenzustand, ob sie in dieser Hinsicht nach ihrem Vater geraten war, Gott bewahre. »Geht es dir gut?« Franziska war es peinlich, diese Frage zu beantworten. Klar, es ging ihr nicht gut. Vielleicht hat sie etwas mit dem Magen. Vielleicht

hat sie mal die Pille vergessen und war schwanger. Vielleicht war es die Vorstellung, es sei ein menschliches Schlüsselbein gewesen + den ganzen Tag in der Kälte spazieren + etwas Wein ohne etwas zu essen.
Aber die Suppe schmeckte auch Franziska. Sie aß und dachte wieder an die Kellnerin, deren Lider lichtblau waren, in der Mode der 60er (Monroe auf dem Warhol-Bild). Andreas wollte noch ein Bier, die Kellnerin notierte und Franziska dachte, dass ihre gesenkten Lider ein surrealistisches Bild abgeben würden, ein ungemaltes Bild von Magritte: anstatt der Lider – zwei klare Sommerhimmel. *Soll ich das malen? Werden sie mich in der Hochschule für ganz bekloppt halten?* Andreas dachte an Laura. Und Moritz dachte daran, dass niemand weiß, wie viel Esslöffel Suppe in einem Suppenteller sind, und dass ihm das immer einfiel, wenn die Suppe schon gegessen war.

8.

Am Abend im Hotel, nachdem sie sich auf drei Zimmer verteilt haben:
Marina (etwas in ihrer Reisetasche suchend): Was willst du machen, Kinder sind unglücklich, ich meine nicht speziell deine, alle, immer.
Andreas (aus der Toilette): Weiß nicht, vielleicht hätte ich doch bei Sabine bleiben sollen, es tut ihnen bestimmt nicht gut, dass sie so viele Bezugspersonen haben.
Marina wollte sagen, dass es überhaupt nicht seine Entscheidung gewesen sei; dass sich eher Sabine von ihm getrennt habe als er sich von Sabine. Schwieg aber, sich fragend, was sie vorzöge: dass Andreas denkt, dass er Sabine ihret(Marinas)wegen

verlassen habe, oder, dass er sich für Marina entschieden habe, als er allein blieb, von Sabine zurückgelassen? Denn diese Geschichte ließe sich unterschiedlich interpretieren, wie jede Geschichte, wie Geschichte überhaupt.
Marina: Bis sie erwachsen werden. So ein spezielles Unglück, Halb-Kind, Halb-Erwachsener zu sein.
Andreas dachte, dass das vielleicht etwas grob geraten war, was er Marina gesagt hatte. Er hatte das nicht gewollt. Was er wollte: Marina zeigen, dass er an ihr hängt, dass er ihretwegen etwas gemacht hatte, was man durchaus als Opfer verstehen könnte, was man zu schätzen wissen sollte.
Andreas: Deine Reisetasche ist albern. Schäbig. Wieso nimmst du nicht deinen Trolley?
Andreas hatte Marina einen guten Trolley-Koffer geschenkt, nicht zu groß, zu ihrer fragilen Erscheinung passend. Schließlich ist sie kein Hippie-Mädchen mehr, um noch mit ulkigen Umhängetaschen herumzulaufen.
Marina: Oh, Hilfe!, ich habe meine Hausschuhe vergessen!

Moritz lag im Dunkel des winzigen Hotelzimmers (es war ein sehr altes Haus, ehemals irgendeine Pilgerherberge) und wunderte sich, wie wenig Platz ein Mensch im Mittelalter zu brauchen meinte. Er erinnerte sich daran, wie vogelartig das Mörike-Schlüsselbein aussah. Auch Schwäne sollen so einen Übergang von der Brust zum Flügel haben, wie ein Oberarm oder eine Elle. Ich trinke Schlüsselbein der Schwäne, ich trinke Küsse des Herbstes

ich trinke schlüsselbein der schwäne,
schwäne trinken küsse des herbstes

ich trinke schlüsselbein der schwäne,
untrinkbare küsse des herbstes

In diesem Kämmerchen brauchst du nicht einmal aufzustehen, um Licht anzumachen und vom Tisch das Hotel-Papier und den Hotel-Kugelschreiber zu holen.

ich trinke schlüsselbein der schwäne,
ich trinke küsse des herbstes
vom herbst geküsst
der herbst ist untrinkbar

Franziska schwebte über dem nüchternen Neckar, der mit dem trügerischen Byssos der hiesigen Schaufenster aufblitzte. Ihr Geist, leichter als eine Taubenfeder, vergaß alles, wovon ihr Körper, auch nicht viel schwerer als ein Bund Vogelknochen, geplagt wurde. Der Körper: halb Kind halb Frau. Der Körper, der sich gegen die Zwei(Ein?)deutigkeit des Lebens wehrt. Beseelter Braten. Trunken. Vom Herbst geküsst. Sie kommt morgen zurück ins Bett, in ihren Körper, wie sie jeden Morgen zurück ins Bett, in ihren Körper kommt, jeden Morgen weniger von der Ein(Zwei?)deutigkeit des Lebens wissend. Eine Spur ruhiger. Erwachsener. Immer weniger ein Kind. Immer mehr eine Frau. Sie fließt mit dem Wasser des Flusses, mit dem Fluss des Wassers, ein trunkener Schwan, sie hat keinen Grund, zurückzukehren. Nur Moritz (nur Martin; nur Mutter; aber auch Vater, na gut, auch Stiefvater und Marina; und ein paar angefangene Bilder) vielleicht. Ein paar angefangene Bilder am ehesten. Und Moritz. Und Martin.

Andreas dachte den ganzen Tag daran, dass es an der Zeit wäre, wieder einmal das zu tun, was ihm sein Therapeut geraten hat, nämlich etwas, was er noch nie im Leben gemacht hat. Er sagte Marina, er wolle vor dem Einschlafen eine Runde um das Viertel machen. Es war kalt draußen. Er ging Richtung Fluss. *Lass dir etwas einfallen.* Ein Spaziergang in der Nacht ist natürlich nichts. Vielleicht im kalten Neckar schwimmen? Eine farblose Nachtweide schob ihre Tränen auseinander und eine dreibeinige Katze, unbestimmt fleckig, wie von Sandpapier geschrubbt, kam heraus, sah ihn an und sagte: »Geh getrost zurück, es ist schon geschehen: Du hast noch nie zuvor mit einer dreibeinigen Katze gesprochen.«

9.

Der neue Tag mischte alles neu. Moritz vergaß das Wirtshaus des Herbstes, erinnerte sich aber an den Vorsitzenden Mao:

> Der Kaiser von China schickte einen in vielem bewanderten und treuen Mann um die Welt, weil er wissen wollte, wie es in den anderen Ländern so ging. Die dürre Gestalt des kaiserlichen Gelehrten verschwand im violetten Sonnenuntergang und tauchte nach fünf Jahren wieder aus dem nebeligen Morgenrot auf.
> »Oh, mein Herr«, so sagte der Gelehrte, »es gab keinen Grund, mich um die Welt zu schicken. Denn überall, wo ich gewesen bin, und ich bin überall gewesen, ist alles gleich wie im Reich der Mitte. Gleich leiden die Menschen und gleich freuen sie sich, gleich versuchen sie die unbegreifliche Absicht der Götter zu begreifen. Ich habe trotzdem jeden Tag alles aufgeschrieben, was ich zu sehen bekam, Eurem Befehl folgend. Das war jedoch vielleicht überflüssig, denn ich habe nichts gesehen, was sich großartig von dem unterschieden hätte, was ich davor zu Hause gesehen habe.«

Und der Gelehrte verbeugte sich tief vor seinem Kaiser und legte seine Schrift zu Füßen seines Herrn.
Der Kaiser war unzufrieden mit dem Bericht und nicht mit der Annahme einverstanden, dass Menschen in seinem Reich leiden. Der Gelehrte wurde mit reichen Geschenken belohnt und auf dem Weg nach Hause (wo er noch nicht gewesen war, denn er hatte sich beeilt, seinen Kaiser zu sehen) mit einem Brokatband erdrosselt.
Seine Schrift blieb in der verbotenen Stadt und wurde in der Schatzkammer von Schichten goldenen Staubs bedeckt.
Von Zeit zu Zeit kam der eine oder der andere der nachfolgenden Kaiser in die Goldstaubkammer, nahm die Schrift in die Hand, nieste und sah sich das Werk des um die Welt gewanderten Gelehrten an. Da jener Gelehrte auch ein Magier war, hatte seine Schrift die Eigenschaft, sich mit der Zeit zu ändern. Seine Berichte wurden der jeweiligen Gegenwart angepasst. Weil er zum Schluss gekommen war, dass nicht nur im Raum alles gleich ist, sondern auch in der Zeit: Nicht nur überall, sondern auch allezeit leiden die Menschen und freuen sich und versuchen die unbegreifliche Absicht der Götter zu begreifen. Und jeder Kaiser, der diese Schrift sah, bedauerte, dass man jenen Gelehrten nicht noch einmal beschenken und erdrosseln konnte.
Einmal kam der Vorsitzende Mao in die Goldstaubkammer. Was er in dieser Schrift las, entrüstete ihn. Er traf an diesem Tag ein paar politische Entscheidungen, die er sonst nie getroffen hätte. Er nahm die Schrift zu sich. Danach verliert sich ihre Spur. Ein alter Freund von uns, ein Sinologe aus St. Petersburg, hat von seinem Lehrer einige Blätter aus dieser Schrift erhalten, allerdings nicht die Originale. Nur die Übersetzungen, die diesem verdienten

Mann, dem Lehrer unseres Freundes, seinerzeit der letzte Kaiser von China anzufertigen erlaubt hatte. Wir haben versucht, sie aus dem Russischen ins Deutsche zu übersetzen. So entstand die folgende kleine Sammlung von Erzählungen.

♦

SELBST AUF DEN FIFTH AVENUEEN/WO DIE BISONS HIN UND HER FEGTEN

– selbst auf den Fifth Avenueen
fällt Sie die Leere an –
(Gottfried Benn)

SELBST AUF DEN FIFTH AVENUEEN/WO DIE BISONS HIN UND HER FEGTEN

Ein betrunkener Mensch ist traurig und leicht. Seine persönlichen Dämonen sind verlangsamt und beschwichtigt. Sie nehmen ihn sanft bei der Hand und schweben mit ihm über seine Sorgen und über das Wissen, dass er verloren ist, hinweg. Kann aber auch sein, dass die persönlichen Dämonen eines betrunkenen Menschen auf einmal schnell und unterhaltsam werden und ihren Schwindeltanz anheben. Dann folgt der betrunkene Mensch in seinen beschwipsten Gedanken ihren Gesängen und Gebärden mit einer Geschwindigkeit, die er sonst nie erreichen würde. Sie bemühen sich also um ihn mit ihrem Singsang und Getanze, und in ihrem Gelaber und Gehopse zeigen sich Bruchstücke der Erkenntnis, die sich sonst nicht zeigen – dachte der nüchterne Fjodor in Vorahnung des ersten Glases des Abends. Zugleich dachte er an eine SMS seiner Frau, er solle sie anrufen, sie wolle ihm etwas sagen, aber er konnte sie nicht erreichen, nicht zu Hause, nicht am Taschentelefon (das war Marinas Wort, das er lustig fand).
Die nüchterne New Yorker Subway ähnelte mitnichten Fjodors Vorstellung von einer U-Bahn. In Petersburg kannst du zwei oder drei oder gar vier Seiten in einem Buch lesen, bis dich die

Rolltreppe nach unten zu den unterirdischen Kronleuchtern und Mosaikwänden gebracht hat. Hier machst du ein paar Schritte eine gewöhnliche Treppe runter und bist bereits in der unspektakulären Unterwelt (so unterscheidet sich wohl die russisch-orthodoxe Prachthölle von dem dezenten Protestantenorkus). Nur die Sitzplätze die Waggonwände entlang, wo eine Reihe der Fahrgäste die gegenübersitzende Reihe vor sich hatte und sich Mühe gab, sie nicht zu betrachten (nach unten schauen, Handy-Displays anstarren, dösen usw.), waren wie zu Hause. Noch tiefer, unter den Gleisen, in den Gängen der unteren Unterwelt, lebten bekanntlich die Krokodile. Fjodor nickte ein (die Krokodile fletschten begrüßend ihre Zähne) und verpasste die Grenze zwischen unten und oben. Als er die Augen aufschlug, bewegte sich über den Köpfen der gegenübersitzenden Passagiere eine rostfarbene städtische Landschaft. Plötzlich huschte Ozean zwischen den Backsteinzeilen. Er dachte an das Schwarze Meer, das von seiner nördlichen Stadt zweieinhalb Tage Zugfahrt entfernt war. Als er das erste Mal zum Schwarzen Meer gefahren wurde, hatten ihm seine Eltern ein grandioses Schauspiel aus dem Zugfenster versprochen. Als er endlich die verwaschene Ferne sah, war er in seinen Erwartungen enttäuscht. Später lernte er, dass die Sinnesorgane für eine erste Begegnung mit einer außerordentlichen Erscheinung oft nicht justiert sind und deshalb deren Bedeutung erst mit Verzögerung erkennen. Als Fjodor zum Beispiel das erste Mal seine zukünftige Frau gesehen hatte, Natascha, wurde sie ihm von seinen Sinnesorganen als ein gewöhnliches Mädchen aus der Provinz gezeigt.

SELBST AUF DEN FIFTH AVENUEEN/WO DIE BISONS HIN UND HER FEGTEN

Der Regen, fast kein Regen mehr, sondern ein Sprudelnebel, in das Riesenglas Amerika eingeschenkt. Chicago-Airport wirkte nahezu bescheiden – nach den verglasten oberirdischen Strecken des Frankfurter Flughafens, wo du in der Shuttlebahn wie im Inneren eines durchsichtigen Flussbettes strömst, nach seinen Labyrinthen mit den selbstlaufenden Pfaden, die beidseitig von Unendlichkeiten umgeben sind, die mit ihren Luxus- und Groschenwaren leuchten; mit den Strumpf-, Wirk-, Sport-, Gold- und Silberwaren; mit den Trink-, Wurst-, Würz-, Kurz- und Zuckerwaren; mit den Gieß-, Wachs- und Schnitzwaren; mit Modeschnack und Miederschmuck; mit Rauchwaren und Rauchzeug; mit Webwaren in beiden Bedeutungen des Wortes. Marina wurde von Professor Victor Gurjev abgeholt, dem Bruder ihrer Freundin Tonja, der hier seit fast drei Jahrzehnten lebte und russische Literatur unterrichtete. Sie beantwortete seine Fragen (*Ja, Andreas ist öfter als ich in Petersburg, ich glaube, das wird ein sehr gutes Buch, das er schreibt, schade, dass du Deutsch nicht liest, ja übrigens, Augenblick, ich schicke ihm schnell eine SMS, dass ich gelandet bin)*, stellte die ihren *(Ist Fjodor schon angekommen? / Wie geht es den Deinen? / Und den Enkelkindern?*) und schaute aus den Autofenstern, nach rechts, nach links, geradeaus, zurück, mit Bewegungstrieb nach dem Flug. Langsame amerikanische Fahrt (60 km/Stunde), perlgraue Trübe, vereinzelte metallische Scheunen, eine in alle Richtungen platte Landschaft, einstige Prärie, wo weiland – eigentlich nicht so lange her – die Bisons hin und her fegten, Indianer herumzogen, Tornados dröhnten, die Ankunft der Eisenbahn voraussagend, so wie Tornados jetzt, in der Beinah-schon-Nach-Eisenbahnzeit, die akustischen Phantome der Züge waren. Die

Autos sind die Geister der Bisons, aus der Perspektive der einstigen Prärie. Gejagt von unsichtbaren rastlosen Indianern.
Marina war mit der unangenehmen Unruhe befasst, von der sie gehofft hatte, sie würde nach dem langen Flug über den Ozean von selbst verschwinden. Sie musste den Auslöser dieser Unruhe lokalisieren (*Was ist falsch*, begann sie abzuhaken: *Andreas? Nein, mit ihm war alles in Ordnung, soweit. Tickets, Pass, Gepäck? Nein, Blödsinn, alles ist da. Doch Andreas? Nein, nicht speziell. Ihr Vortrag für die Konferenz? Blieb da etwas, eine unsichere Stelle? Ach was, nein. Fjodor? Dass er wieder alles durcheinander bringt? Wird er, klar, aber auch das war es nicht*). Was denn nun? Sie wusste bald wieder, dass der Auslöser eine unbedeutende Episode war, ein Gespräch, wenn man es überhaupt Gespräch nennen durfte.
War diese unglückliche Eigenschaft, sich wegen einer Nichtigkeit zu quälen, wegen einer durch das eigene Ungeschick entstandenen Peinlichkeit oder wegen einer Fehlentscheidung, wegen einer falschen Bemerkung, speziell ihre, oder ging es den Menschen wie den Leuten? Man fragt nicht danach. Persönliche Dämonen sind in jedem Menschen eingesperrt, sie sind den persönlichen Dämonen der anderen Menschen so nahe wie die Menschen einander, wissen aber nichts voneinander. Wahrscheinlich tun sie nur so, als wüssten sie nichts voneinander.
Eine logische Auseinandersetzung mit dem Vorkommnis ergab zwar, dass kein Grund zur Unruhe bestand, befreite sie aber nicht von der Unruhe. Mit jemandem darüber zu reden, hätte das Peinlichkeitsgefühl etwas lindern können. Aber das Ganze war zu belanglos, nicht der Rede wert. Oder?
»Victor, ich wollte dich immer schon fragen, erzähl mir etwas von den Indianern, ja?«
»Wie bitte? Du bist wie ein Kind, Tonja hat recht. Was soll ich dir erzählen? Willst du ins Field-Museum? Da gibt es eine

Indianer-Abteilung. Für die Kinder. Können wir machen. Später. Nach der Konferenz. Oder warte, ich kann dir sogar einen Azteken zeigen, aus Mexiko. Die Tochter unserer Freunde wird ihn bald heiraten. Er wird nur zuerst zum Judentum konvertieren müssen. Vorübergehend aber sind sie am Wochenende von seiner Familie zur katholischen Osterfeier eingeladen. Wir auch. Ich kann dich mitnehmen, glaube ich. Sie sind nette Leute. Und sie behaupten, sie seien Azteken, im Ernst.«

»Weißt du noch«, sagte Marina, die sich freute, dass sie deutsche Marzipaneier und Schokohasen im Gepäck hatte, »wie das bei Fjodor heißt? Irgendetwas von unsichtbaren Indianern, die immer noch da sind, von denen niemand weiß, wie sie wirklich waren. Auch die heutigen, die *native Americans*, können das nirgendwoher erfahren haben. Würden sie – die damaligen Indianer und die *native Americans* von heute – sich treffen, würden sie einander nicht wiedererkennen.«

»Übrigens Fjodor …«, sagte Victor.

»Da sind sie endlich!«, sagte Marina. Aus der Ferne zeigten sich die Türme Chicagos. Die Bisons verblassten. Die luftige Größe in der Ferne strahlte. »Wie haben wir alle dich geliebt, Amerika«, dachte Marina gerührt und konnte sich nun beinahe so entspannen, dass sie im Begriff war, Victor von dem Vorfall in Frankfurt zu erzählen, der sie beschäftigte.

»Übrigens Fjodor«, sagte Victor, «er ist noch nicht da, er hat seine Trinkphase, weißt du. Nachdem er seine Lesetour fast geschafft hat. Ausgerechnet jetzt, da er zu uns muss. In allen anderen Universitäten war es ein Erfolg, sagt John. Aber er meint, es hätte keinen Sinn, ihn jetzt zur Konferenz zu schleppen.«

»Hilfe!«, sagte Marina. »Aber zu seiner eigenen Lesung wird ihn John schon bringen?«

»Hoffen wir es«, sagte Victor, »ein paar Tage haben wir noch. Sonst wirst du ihn irgendwie vertreten müssen.«

»Hilfe!«, sagte Marina.

SELBST AUF DEN FIFTH AVENUEEN/WO DIE BISONS HIN UND HER FEGTEN

Der Taxifahrer mit kakaobohnenfarbenem Gesicht wechselte unterwegs fröhliche Flüche mit einem anderen Taxifahrer mit kaffeebohnenfarbenem Gesicht. Die Flüche blieben zurück und flatterten in der geschwinden New Yorker Nacht: auf den eben erblühten Pflaumenbäumen und auf den vielen Lichterketten ungewisser Herkunft. Während Fjodor die Tür öffnete, dann die Stanniolfolie von einer Praline abzog, in der Hoffnung, der entschiedene Schokoladengeschmack würde den von zu viel Alkohol ermüdeten Gaumen beleben, dann ungewaschen und unausgezogen ins überbreite Bett fiel, überlegte er, warum er seinen Fahrer als kaffeebohnenfarben und den anderen als kakaobohnenfarben sah. *Lag wohl am Licht*, dachte er, *Kakao ist glänzend fett, Kaffee ist matt trocken*, dann schlief er ein und träumte davon, dass beide Taxifahrer ihn als fucking Russian von der falben Farbe des Schmantes auf einem dünnen Tee beschimpften.

♦

Das gestreifte Licht glitt durch die Rollladen-Lamellen ins Zimmer, mattiert von der fein zuckenden Staubschwebe. Von seinem Bett aus, das fast den ganzen Raum in Anspruch nahm, konnte Fjodor sehen, wie das gestreifte Little Italy mit seinen Trattorien langsam vom gestreiften Chinatown mit seinen runden Papierlaternen angenagt wurde, und sich überlegen, was er zum Frühstück wollte: Espresso und Cornetto oder Jasmintee und Frühlingsrolle. Alle seine Sachen, von denen er meinte, sie seien wirr über das Zimmer verteilt, lagen mehr oder weniger vernünftig im Koffer, außer denen für heute Morgen. Das von gestreiftem Licht überzogene Laken war mit einem scheißefarbenen Belag befleckt. Fjodor sah all das ungläubig an. Er hatte also in der Nacht den Koffer gepackt und die Praline auf dem Laken liegen lassen, obwohl er sich deutlich daran erinnerte, wie er die Praline gegessen hatte und angezogen ins Bett gefallen war.

»Was wird das Zimmermädchen von mir denken!«, dachte Fjodor und dachte gleich an den armen Oscar Wilde, den ein Zimmermädchen vor Gericht damit blamierte, sie hätte Kotspuren auf seinem Laken entdeckt, was einen Analverkehr zu beweisen hatte.

Beim Zähneputzen und Rasieren unterhielten ihn die lebhaften Fetzen des gestrigen Abends. Er hatte zu viel getrunken nach seiner Lesung. Das anschließende Gespräch in einem Café-Club der hiesigen Russen war wie immer in ein paar letzte Fragen gemündet. Zum Beispiel wer der beste russische Dichter der Gegenwart war. Wie immer waren ein paar Kandidaten anwesend. Eine Sängerin, Lilja, mit großer Nase, dunklem, hoch über die Brauen geschnittenem Pony, rotem Mund und passend rauer Stimme, verkündete (schulterzuckend in dem Sinn, dass das kein Thema für eine Diskussion sei, dass alles doch klar sei), das sei er, Fjodor. Die meisten stimmten zu. Jetzt war ihm peinlich, an seine gestrige Freude zu denken. Er wäre gerne zurück in den gestrigen Abend, um dann die Gesellschaft rechtzeitig, also gleich nach der Lesung, zu verlassen. Er kannte Lilja seit seiner frühen Kindheit. Ihre Eltern spielten im selben Orchester wie seine und waren genau so oft auf Gastspielreisen. Privilegierte einsame Kinder der sowjetischen künstlerischen Elite, besuchten sie denselben privaten Englischkurs. Die Englisch-Dame gab auch Konversationsunterricht: Die Zöglinge saßen an einem runden Teetisch und jeder hatte eine kurze Geschichte zu erzählen, worauf die anderen interessiert zu reagieren, am besten die Geschichte mit ein paar höflichen Fragen zu quittieren hatten. Nach dem Tee wurde

die beste Geschichte gekürt: Jeder Erzähler bekam von den anderen Noten (verdeckt). Lilja war ein unschönes Mädchen. Ihre farblosen Haare waren damals zu zwei dürftigen Zöpfen geflochten, und zwei schicke Schleifen betonten nur deren Dürftigkeit. Schon damals begann sie eine abwehrende Extravaganz zu pflegen, die sie später bis zur Vollkommenheit entwickelte. Einmal erzählte sie, dass die Lehrerin in ihrer Grundschule jedem Kind, das mehr als sechs Mal nacheinander die schlechteste Note bekam, eine Fingerkuppe gekappt hatte. Und jedem Kind, das mehr als sechs Mal nacheinander in eine Schulhofschlägerei verwickelt war, musste ein Zahnarzt ein Loch in die Mitte eines der vorderen Zähne bohren.
Die Englisch-Dame zeigte sich unbeeindruckt, sagte nur: »Es tut mir leid, Lilja, aber deine Geschichte ist nicht gut erzählt. Sag mir bitte, was soll das bedeuten: ›Mehr als sechs Mal nacheinander‹? Sieben Mal, nehme ich an? Dann sollte man das einfach so sagen.«
Als Fjodor sie nach einigen Jahren wieder traf, war ihre Erzählkunst ausgefeilt, wie auch ihre Fähigkeit zu schockieren. Sie gab ein Hauskonzert und sang Straßenchansons, Vorortausfegsel aus dem frühen 20. Jahrhundert: von unkeuschen Tangotänzerinnen und eifersüchtigen Matrosen, von glitzernden Messern und klirrenden Armbändern, berauschend, blöd und blutig. Die Gastgeber, ein Sinologe und eine Tänzerin, versammelten bevorzugt Menschen um sich, die sich durch die eine oder andere Seltsamkeit auszeichneten. Beim Abendessen erzählte sie, wie sie sich von ihrem Mann, einem bekannten Bildhauer, getrennt hatte: »Ich habe ihm gesagt, er widere mich an, mit seinen ewigen Huren immer, auch im Atelier, vor allem im Atelier, weil sie angeblich Modell sitzen. Ich kam da hin, und da waren die zwei in meinen Unterröcken, ich habe klasse Unterkleider, second hand, vom Ende des 19. Jahrhunderts, im Ernst, cremeseiden und mit schwarzen

Spitzen. Na gut, sie zogen sich um und gingen, und ich sagte, sein Hund, ein Airedale Terrier, Bobby, sei mir nicht so widerlich wie er. Ich habe mich ausgezogen und mir Streichwurst hier hingeschmiert«, sie zeigte auf das Jeans-Dreieck zwischen Beinen und Bauch, »hab mich auf das Sofa gelegt und den Hund gerufen, der natürlich zu lecken begann. Meinem Mann war das mindestens genauso unangenehm wie mir die Damen in meinen Dessous. Hoffe ich. Es sah danach aus.«
Fjodor ärgerte sich, dass sie solche Sachen in Gegenwart der kleinen Marina erzählte, die frech, hübsch, sechzehnjährig und mit den Gastgebern irgendwie verwandtschaftlich verbunden war. Andererseits war er neugierig, wie die kultivierten Gastgeber darauf reagieren würden. »Entzückend«, sagte Pawel, der Sinologe, als Lilja ging: »Kein Deut Vulgarität, alles Kunst. Eine perfekte Clownesse. Glauben Sie ihr kein Wort, Marina.«
Tonja, die Tänzerin, lächelte. Das war eine untypische Reaktion auf Lilja, die meisten nannten sie Schlampe, spotteten und verachteten sie, meinten, sie sei dumm und sexsüchtig. Pawel meinte, sie sei aber weder das eine noch das andere. Ihm zufolge sei sie eine Art Frauenrechtlerin, die gegen die für Frauen vorgesehenen sozialen Rollen kämpfe, in der Privatsphäre.
Aus ihrem Äußeren hatte sie ein Kunstobjekt gemacht, so dass man nicht mehr sagen konnte, ob sie hübsch oder hässlich war. Ende der 80er, kurz nachdem Fjodor eine flüchtige und für beide unangenehme Affäre mit ihr gehabt hatte, emigrierte sie in die USA, und gestern Abend, als Fjodor sie nach langer Zeit wiedersah, stellte er fest, dass sie mit fast 50 fast dasselbe Gesicht besaß, das sie sich damals erfunden hatte. Niemand mehr lachte sie aus. Als Sängerin, die es geschafft hatte, nicht nur in der Emigranten-Szene, sondern in anderen angesagten Clubs aufzutreten, wurde sie respektiert. Das Alter stand ihr gut. Ihr Wort hatte Gewicht. Aber Fjodor wusste, dass sie nie im Leben jemanden hochloben würde (wie sie ihn gestern hochgelobt

hatte), ohne sicher zu sein, dass das der in der jeweiligen Situation gesellschaftlich vorteilhaftesten Meinung entsprach.
Fjodor versuchte die unsauber rasierten Stellen zu entdecken, stieß mit der Zunge von innen gegen seine Wangen und Lippen und dachte, wie glücklich ihn eine solche Anerkennung einer angeheiterten und zufälligen Menschenansammlung noch vor einigen Jahren gemacht hätte. Aber seit er Natascha kannte, hatte die Intensität seiner Gefühle eine andere Richtung genommen. Meistens hatte er Angst, es könne ihr etwas zustoßen. Als hätte er ein Mädchen aus Kristall geheiratet, das jederzeit zerbrechen könnte; als wäre sie ein Zuckermädchen, das ihm wegschmelzen könnte.
Als Fjodor gestern Abend erzählte, welche Schwierigkeiten er mit dem US-Visum gehabt hatte, antwortete ihm einer der Gastgeber mit gekränkt erhöhter Stimme: »Also, ihr sitzt da und esst amerikanisches Food und trinkt amerikanischen Whiskey und findet das beschissen, dass der Staat sich gegen Terroristen wehren muss.« Jemand sagte: »Scheißwhiskey« und »Scheißchicken«, und eine große Wortschlacht zwischen den Russen, die hier residierten, und den Russen, die hier zu Gast waren, hob an. Letztere hatten am Anfang des Abends auf alles Russische geschimpft, und am Ende des Abends auf alles Amerikanische. Die hiesigen blieben konsequent US-Patrioten. Nur Lilja behauptete, Amerikaner seien alle blöd, außer den Schwarzen und den Fernost-Asiaten. Fjodor seinerseits trank einfach weiter. Schweigend. An Natascha denkend.
Nach Zähneputzen und Rasur ergriffen ihn Übelkeit, Kopfschmerzen und Melancholie. Die Übelkeit hatte also nur eine Weile so getan, als bliebe sie aus. Die Kopfschmerzen ebenfalls. Die Melancholie hatte sich Fjodor eher ausgedacht, als Ablenkung von Übelkeit und Kopfschmerzen.
Er rief die Rezeption an, wobei sein Magen auf jede Bewegung empört reagierte, und verlängerte seinen Aufenthalt um noch

eine Nacht. Unklar war, wie er noch vor zehn Minuten an Frühstück hatte denken können.
Sorry, John. Sorry, Marina, I can't mich bewegen, ich entgleite der Welt in Übelkeit, Kopfschmerzen und Melancholie, really sorry.
It's fine, sagten die Dämonen.

SELBST AUF DEN FIFTH AVENUEEN/**WO DIE BISONS HIN UND HER FEGTEN**

»Nice to meet you!« Marina hebt ihr Glas, eigentlich in Panik, dass sie alle englischen Wörter im Stich lassen könnten, lächelt deshalb doppelt freundlich ihr freundlich lächelndes Gegenüber an und sagt in einem beschämenden Englisch: »Es ist wirklich großartig, dass die Universität eine so wunderbare Konferenz organisiert hat.«
»Sie leben also in Deutschland? Ein Kollege von mir, er ist ein Österreicher, er erzählt, dass in Deutschland momentan antimuslimische Propaganda herrscht, damit vergleichbar, wie in der Nazizeit die Juden behandelt wurden.«
Nicht aufregen!, sagt sich Marina, die, um sich auf diese Reise vorzubereiten, eine TV-Serie in der hiesigen Sprache angeschaut hat (36 Folgen, nach einer Empfehlung von Andreas), die sie allerdings mit einem völlig undienlichen Wortschatz ausgerüstet hat. Unter dem Einfluss dieser linguistischen Erfahrung entstehen Sätze wie, dass der Kollege ihres freundlichen Gegenübers ein Cocksucker sei, der sich diesen fucking Vergleich up his ass sticken könne, aber sie sagt, die richtigen Wörter zusammenkratzend:
»Das ist genau das, was die Deutschen über die Amerikaner erzählen, zum Beispiel …«

Doch ihr Gesprächspartner hat keinen Bock zu warten, bis sie ihr »example« formuliert. Er erzählt bereits einer Dozentin, Miss Black, dass Marina aus Deutschland gekommen sei und dass in Deutschland momentan eine antimuslimische Propaganda herrsche, die mit der antisemitischen Propaganda der Nazi-Zeit vergleichbar sei.
»Oh«, sagt Miss Black, »sehr interessant! Übrigens, das ist meine Freundin aus Berlin, Katrin.«
»Ach«, sagt Katrin, »was ich gerade erzählt hatte: dieser schreckliche Archäologe mit Tropenhelm, dieser Ägypter, er wollte unsere Nofretete nur zurück, um Mubarak noch reicher zu machen. Eine Unverschämtheit!«
Die Amerikaner konnten sich nicht für die deutsche Nofretete erwärmen, für die einäugige Schönheit mit sehnigem Hals, die zu sehr nach der Mode des Jahres 1912 aussah, um keine Fälschung zu sein. Andererseits war es kaum vorstellbar, dass jemand als Autor eines solchen Meisterwerks in der Anonymität eines Fälschers geblieben wäre. Oder ist sie womöglich kein Meisterwerk, und alles war nur eine gelungene Werbekampagne und eben Mode? Kann man das nach so vielen Jahren Bewunderung unterscheiden?
»Und überhaupt«, setzt Katrin fort, »wer würde sich heute in Ägypten für das alte Zeug interessieren, wären da nicht die Europäer, die seit zwei Jahrhunderten ihre Ägyptomanie pflegen? Zum Beispiel Napoleon …«
Aber niemand hört mehr zu. Miss Black fragt, ob Marina den russischen Dichter Fjodor Stern persönlich kennt, und Marina freut sich über das Thema, bei dem sie sich endlich sicher fühlt. Da verlieren alle zur gleichen Zeit jedes Interesse am Gespräch und wenden sich jeweils an eine andere Person.
Marina denkt an Elias Canettis Behauptung, dass jemand, der auf einer Londoner Party seinen Gesprächspartner mehr als fünf Minuten mit demselben Thema belastet, als »selfish« gel-

te. Hier scheinen sie ähnlich zu empfinden. »Canetti hat sich allerdings auf diesen Partys seinen Nobelpreis erstanden«, sagt sie dem schnell vorbeilaufenden Victor.

SELBST AUF DEN FIFTH AVENUEEN/WO DIE BISONS HIN UND HER FEGTEN

»Can I have an ashtray please?«, sagte Fjodor. Diese Bitte gehörte zur engen Auswahl an Dingen, die er in fast jeder westlichen Sprache ausdrücken konnte. Es gab zwar immer weniger Gelegenheiten, diesen Satz zu sagen, doch sogar in Amerika gab es ab und zu ein Straßencafé, wo man am Tisch unter freiem Himmel ungestraft rauchen konnte. Fjodor, der schon als Kind weder linguistische noch weltmännische Begabung aufwies und auf dem Gebiet der Fremdsprachen eher draußen war, bewunderte die jüngeren Dichterkollegen dafür, dass sie, nach der Öffnung der Grenzen aufgewachsen, mit derselben Selbstverständlichkeit *unrussisch* sprechen konnten, mit der Singvögel ihre Strophen in die Luft setzen. Ihm schien, dass sie das besser konnten, als *russisch* sprechen bzw. schreiben. Jetzt aber war keiner von ihnen da, nur Professor John Perlman, Übersetzer seiner Gedichte und sein Vergil in New York. Und sein Jugendfreund. Den er in seinen jungen Jahren geliebt hatte. Mit der ganzen Verzweiflung eines einsamen jungen Mannes, der in nichts (außer den eigenen Gedichten) sicher war und in einem anderen Mann eine Möglichkeit sah, dem (außer den Gedichten) faden Leben mit einem anderen Leben etwas Existenz zu verleihen. Es kam nie zu einer physischen Beziehung, aus Gründen, die er nie zu ergründen versucht hatte. Er wäre sich dieser Liebe nicht bewusst gewesen, neigte er nicht dazu, die geringsten Regungen seines Gemüts oder seines Körpers verbal zu erfassen. Der Schatten der gewesenen Anziehung blieb und tat manchmal so, als wäre er von einer gewesenen Beziehung geworfen. Die sinnliche Spannung war irgendwann ins Irgendwo vergangen, als hätte es sie nie gegeben. Die gegenseitige Vertrautheit und das Vertrauen, die immer gleich entstanden, egal wie lange sie sich nicht gesehen hatten, waren die übliche verwandtschaftsähnliche Nähe, die von einer Jugendfreundschaft übrigbleibt. Aber diese gegenseitige Nähe entartete ab und zu in eine Feindseligkeit, für die nur der Schatten der verfehlten Liebe verantwortlich sein konnte. Heute war John gereizt, weil er gestern (als er aus New Jersey gekommen war, wo er seine Eltern besucht hatte) Fjodor in seiner Trinkphase vorgefunden hatte und die Tickets nach Chicago umtauschen musste.

Auf das »Can I have an ashtray please?« wurden die Augen des mexikanischen Jungen (so riet Fjodor, dachte aber gleich, dass er, gut möglich, gar kein Mexikaner war, sondern Albaner, Georgier, Afghane, Ägypter oder wer sonst so ein tiefes dunkles Augenstrahlen haben konnte), der John gerade das Wasser nachgoss, flehend groß, und Fjodor sagte sich, dass er das Angebot seiner Frau, ihm bei der Auffrischung seines Englisch zu helfen, besser nicht abgelehnt hätte. Meine Frau, dachte Fjodor ungläubig, meine Tochter, kann das sein, dass das wirklich er war, der eine Frau und eine Tochter hatte? Der sich jedesmal wunderte, dass er kein Kind mehr war, als ihm das aus irgendeinem Grund einfiel: wenn ihn ein alternder Mann im Spiegel daran erinnerte; wenn junge Dichter ihm Respekt zeigten, der frei von jeder Konkurrenz war; wenn junge Dichterinnen ihm ungeniert zu verstehen gaben, dass sie ihn attraktiv fanden (wie sehr hätte er beides in seinen frühen Jahren gebrauchen

können! Und jetzt hat er nur die Sorge, dass ihm seine zuckerne Frau nicht zergeht).
John tat Daumen und Mittelfinger zusammen und klopfte mit dem Zeigefinger die Asche von einer unsichtbaren Zigarette ab. Der Junge nickte erleichtert und rannte mit einer Geschwindigkeit weg, die ihm unter anderen Umständen ein Sportabzeichen gebracht hätte: zwischen den Tischen, die der dunkel verglasten Wand entlang und dem beginnenden Frühling entgegen aufgestellt waren.
»Entspann dich, der Kleine kann Englisch noch weniger als du. Er ist hier nur fürs Wasserbringen zuständig. Bald kriegt er vielleicht auch die Lizenz fürs Servietten-und-Besteck-Bringen. Wenn er weiter so flink macht«, sagte John.
»Sag bitte, John, bist du nicht zufällig, ich wollte das immer fragen – weißt du noch, dieser Major …«
Da war der Junge schon zurück. Er stellte den Aschenbecher auf den Tisch und goss den beiden Wasser nach.
»Thank you! Shit, John, ich kann das nicht verstehen. Mir würde reichen, wenn er sich mit normaler Geschwindigkeit bewegen würde. Und das Wasser muss auch nicht unbedingt nach jedem Schluck nachgefüllt werden. Ich werde nervös, beginne mir bei jedem Schluck zu überlegen, ob er wirklich nötig ist. Oder trinke zu viel, um ihm mehr Raum fürs Nachgießen zu schaffen. Das ist so, als ob, ich weiß nicht, als wäre er vom Kellner zum Wassernachgießautomaten degradiert worden.«
Sie saßen inmitten des gewaschenen Glanzes New Yorks. Die von den schwarzen Händen der Straßenjungen den weißen Plastikeimern abgerungenen Rhythmen brachten Fjodor in Verlegenheit, wie jede Musik, die ihn ergriff. Sein Dichterkopf wusste nicht, wohin damit, wie diese Rhythmen zu verwenden wären.
»Stell dir vor, er ernährt damit die ganze Familie in seinem, sagen wir, karpatischen Dorf und befreit seine kleine Schwe-

ster von der Notwendigkeit, eine Prostituierte zu werden. Und dann schau, sag mir«, sagte John, der vor kurzem mit einem Studenten dessen Seminararbeit über Kapitalismus im postsowjetischen Russland besprochen hatte, »sind eure in Russland etwa nicht so? Nicht so geworden? Nicht noch schlimmer?«

»Nein, wir glauben, klar, dass wir jetzt Amerika und Kapitalismus haben, aber so einfach ist das nicht. Ich weiß nicht. Anders. Und weißt du, so sehr wollen wir nun Amerika und den Kapitalismus auch wieder nicht. Sie sind jetzt wieder alle links und antikapitalistisch. Es funktioniert nicht in Russland. Kaum hat ein Russe einen eigenen Laden, ist er für die anderen bereits ein Ausbeuter und ein Arschloch. Blutsauger. Warte, ich muss Natascha anrufen. Nein, warte, weißt du noch, der besoffene Major in der Kneipe – was war das?«

»Wer?« fragte John. Das war mehr als zwanzig Jahre her. John war sicher, dass Marina und Fjodor damals nichts bemerkt und diesen Major nicht wahrgenommen hatten. Es war eine blöde Geschichte, die John manchmal vergaß, manchmal tauchte sie wieder auf, aber dass Fjodor etwas mitbekommen hatte, das war neu. Und Marina?

»Na, du weißt schon«, sagte Fjodor, »ich wollte dich immer fragen.«

»Nein«, sagte John, »ich weiß nicht, was du meinst. Sorry, Telefon. Hier ist es zu laut, ich bin gleich wieder da.«

Es war Professor Gurjev, und John berichtete, dass Fjodors Trinkphase möglicherweise am Abklingen war und dass sie in Chicago zu Fjodors Lesung möglicherweise erscheinen würden. Aber bei Fjodor könne man ja nie wissen. John fühlte sich plötzlich müde, schwunglos. Alt. Der ganze Zeit- und Nervenaufwand für Fjodors Lesereise war ihm plötzlich zu schade. Klar war Fjodor ein großartiger Dichter. Aber musste man sich deswegen alles gefallen lassen? Und jetzt noch diese Scheiße mit dem Major. Übrigens würde John selbst gerne wissen, was aus diesem Major geworden war.

SELBST AUF DEN FIFTH AVENUEEN/WO DIE BISONS HIN UND HER FEGTEN

Miriam machte Licht im Garten, und es unterstützte das schwache Licht aus den Hausfenstern, »es ist ungewöhnlich warm für diese Jahreszeit«, sagte sie und stellte neue Gläser auf den Gartentisch, weil Victor wie immer, nachdem die Gäste weg waren, noch eine Weile wach bleiben und noch etwas trinken wollte. Miriam hatte so viele russische Gewohnheiten von Victor übernommen, und Victor im Laufe der Jahre so viel von ihr, dass Marina oft schien, Miriam sei russisch und Victor amerikanisch. Bei diesem Brauch war ihr allerdings unklar, ob er aus einem russischen oder einem amerikanischen Register stammte. Kein Wunder, dachte sie, dass Victor sich so todsicher in Miriam verliebt hatte: Jahrzehnte sind vergangen, und sie ist immer noch wie ein gewundener gusseiserner Blumenstängel, der aus einem Balkongitter in Wien genommen wurde, schlank, groß, großnasig, schwarzes Haar in vielen auseinanderfliegenden Locken, Distelstern-Augen, als wäre sie ein Däumelinchen, aus einem gusseisernen Korn gewachsen, das ihre Mutter bei der Flucht aus dem angeschlossenen Österreich mitgenommen hatte, um es später zu pflanzen (Miriam-Däumelinchen kannte von ihrer Großmutter drei deutsche Wörter: »Schwalbe«, »Ameise« und »Bienenstich«). Anfang der achtziger Jahre schaffte es die Geschichte von Miriam und Victor in die Weltnachrichten: wie zuerst Miriam kein Einreisevisum bekommen konnte, um nach Leningrad zur eigenen

Hochzeit zu kommen, wie dann Victor lange Zeit kein Ausreisevisum bekommen konnte, um zu seiner Frau in die USA zu fliegen (eine Mustergeschichte, wie speziell dazu erfunden, um als Karte in der Weltpolitik ausgespielt zu werden).
Marinas Vortrag bei der Konferenz hatte Anklang gefunden. Sie hatte ihn auf Victors Wunsch geschrieben, sie möge etwas Informationshintergrund im Vorfeld von Fjodors Lesung geben. Dementsprechend handelte er von der spätsowjetischen inoffiziellen Dichterszene, insbesondere in Leningrad. In der Vorbereitungsphase hatte Marina ein seltsames Gefühl, bei einer philologischen Konferenz über eigene Jugendfreunde erzählen zu müssen (zu dürfen). Jetzt war sie durchaus zufrieden, wie alles gelaufen war. Aber nicht mit ihrem Englisch und nicht mit den Gesprächen, die sie versucht hatte zu führen: »Wie viele Menschen da waren und wie viel geredet wurde! Und wie wenig davon ist bei jemandem angekommen! Wie Fledermäuse.«
»Was ist mit Fledermäusen? Sind sie schon da? Sagte ich eben, wir haben einen zeitigen Frühling«, sagte Miriam.
»Nein, nicht die, Fjodors Fledermäuse-Gedicht:

Sie schreien, so laut wie ein Bohrhammer in der benachbarten Wohnung, wenn du deinen Morgenschlaf und die Nachbarn ihre Renovierung haben wollen. Aber du hörst ihren Ultraschall nicht. Sie nehmen deine Frequenzen wahrscheinlich auch nicht wahr, wie könnten sie anders deine Nähe ertragen. Oder doch? Dann sind sie besser dran als du. Oder schlechter. Es gibt bestimmt auch viele kleine und große Wesen um dich herum, die du nicht nur nicht hörst, sondern auch nicht sehen kannst, weil sie in anderen Wellen des Lichtspektrums erfassbar wären als die, die du wahrnimmst. Auch dein Berührungssinn bleibt von manchem Wesen unberührt, und der seine von dir. Raumsparend. So passen mehr Weseneinheiten in eine Raumeinheit.

So ungefähr, weißt du noch?«

Miriam bewahrte standhaft ihren wachen Gesichtsausdruck. Victor döste. Die Streichschatten der Fledermäuse konnten Marina zwar hören, schenkten ihren Worten aber keine Aufmerksamkeit. Marina wollte den Fledermäusen von der nichtigen Episode in Frankfurt erzählen, an die sie immer wieder denken musste. Aber da öffnete Victor die Augen und sagte: »Na gut, gehen wir schlafen.« Alle drei nahmen sie jeweils ein Glas, um es unterwegs zu ihren Schlafzimmern neben die laufende Spülmaschine zu stellen. Bevor sie aber nach oben gingen, sagte Victor noch: »Ach ja, John hat angerufen, so sicher ist es wieder nicht, dass sie morgen ankommen, Fjodor ist noch nicht im Hotel, sein Mobiltelefon reagiert auch nicht.«

Marina, die begriff, warum Victor so wenig Enthusiasmus für das Fjodor-Zitat zeigte, sagte: »Was soll ich denn dann machen? Nein, dann muss wenigstens John kommen, das ist schließlich auch sein Buch, er ist doch der Übersetzer. Ach, Scheiße! Klar, er ist ein großartiger Dichter, aber warum müssen alle so viel Extra-Spaß mit ihm haben, immer!« Das hätte sie im nüchternen Zustand nie gesagt, dachte sie gleich.

SELBST AUF DEN FIFTH AVENUEEN/WO DIE BISONS HIN UND HER FEGTEN

Fjodor blieb in der Menge stehen, um sich eine Frau in kurzem rundem Jäckchen oberhalb der glitzernden langen Beine genauer anzusehen und zu überlegen, wie man sie beschreiben könnte, Stelzvogel nicht, aber wie dann, ein Stieleis mit zwei Stielen, auch nicht, ein …

»Mein Lieber, du bist in den USA, es ist bei uns eigentlich nicht erlaubt, den Frauen hinterherzuschauen«, sagte John und verärgerte seinen Freund, der des Spazierens durch Manhattan müde geworden war, dem es zu warm war, der Durst und Hunger hatte, der nicht mehr wusste, ob er je ein Stieleis mit zwei Stielen gesehen hatte, der an eine (seine) Frau dachte, die ihm jederzeit zerbrechen oder wegschmelzen konnte, von der er gerade nicht wusste, was sie tat.

»John, wie bist du überhaupt darauf gekommen, die Fünfte Avenue zu nehmen? Kein normaler Mensch wird sich in dieser Straße fortbewegen wollen! Kein normaler Mensch wird sich hier etwas kaufen wollen! Auch essen wird er hier nicht! Ich bin sicher, dass kein normaler Mensch sich hier je etwas gekauft hat. Wir hätten im Central Park bleiben sollen, da blühen wenigstens die Bäume, jetzt stecken wir für immer hier fest!« Eine Aversion gegen die Fifth Avenue fand Fjodor schick. Ein Junge mit schwarzen Händen und weißem Eimer hatte das Gesicht seines gestrigen Taxifahrers.

Eine männliche Schaufensterpuppe, sportlich gekleidet und kopflos, mit Baseballmütze in der Hand und Sonnenbrille vor der Brust, hatte die Figur und Körperhaltung eines Moskauer Prosaikers, der ebenfalls mit Vorträgen in den USA war und Fjodor vorgestern Abend erzählt hatte, es gebe ein ernsthaftes Problem im Leben eines ernsthaften Schriftstellers: Es gibt eine Zeit, in der du prominent genug bist, um in die schicke Gesellschaft aufgenommen zu werden. Aber du verdienst noch nicht so viel Geld, dass du mit dieser Gesellschaft Schritt halten kannst. Fjodor spürte leichtes Bedauern, dass er darauf nichts erwidert hatte, zum Beispiel, dass er, Fjodor, nie ein solches Problem haben werde, weil die wirklich ernsthaften Dichter in solche Gesellschaften erstens sowieso nie eingeladen werden und zweitens dort nichts zu suchen haben.

Eine Chinesin, die im Hof der St. Patrick's Cathedral saß und

die Batterie in ihrer Kamera wechselte, wurde plötzlich zu Lilja, mit ihrem Pony in der Stirnmitte und ihrem roten Mund. Fjodor durchzuckte der Verdacht, alle Menschen seien nur aus Papier geschnittene auswechselbare Figuren, von einem fernen Performancekünstler gesteuert. Und wenn es zu solchen Bildüberblendungen kommt, wenn Dinge sich anhäufen und verdoppeln, wenn all diese Zusammentreffen, Zusammenfälle, Zusammenspiele zu sehen sind, heißt das, dass die Teile des Mechanismus nicht sauber ineinander greifen, dass sich die verdeckten Details (Zahnräder, Schrauben, Kolben) verräterisch zeigen. Dieser Argwohn gegen die Realität war ein wiederkehrender Zustand, der ihm je nach seiner Verfassung entweder nicht geheuer war oder als hoffnungsvoller Hinweis auf einen transzendenten Spielmeister erschien.
Als sie trotz allem das Metropolitan Museum erreicht hatten, war John immer noch verstimmt. Nach einigen Stunden Kunst wurde er noch müde dazu. In der altägyptischen Abteilung fragte ihn Fjodor, ob er wisse, wo sie sich befänden:
»Weißt du, wo wir sind, John?«
»Im Met«, John hatte keine Lust mehr, Fjodors Einfällen zu folgen. Victor wird wohl nie mehr seine Ideen unterstützen, sogar wenn sie morgen tatsächlich in Chicago ankommen. Und dieser blöde Major, hoffentlich war das eine vorübergehende Eingebung nach mehrtägigem Alkoholeinfluss, die nie wieder auftaucht.
»Nein, nicht das. Die Ägypter haben all das für das Jenseits gedacht, verstehst du, sie wollten mit all dem ins Jenseits kommen. Und nun sind sie da! Verstehst du nicht, was das bedeutet?«
»Was?«
»Das bedeutet, dass wir in ihrem Jenseits sind! Wir sind die Unterwelt-Gestalten! Sie sind hier gelandet und meinen, dass wir vielleicht die Richter und Gottheiten sind! Ich bin Osiris und du bist Ptah.«

»Nein, ich will Osiris sein«, fragte John.
Aber Fjodor hörte ihn nicht, er folgte den bunten Figuren, die plötzlich auseinanderstrebten, wie Käfer aus einer Streichholzschachtel, die von der Mutter eines jungen Insektensammlers geöffnet wird, in der falschen Annahme, darin seien Streichhölzer.
Während John die benachbarten Säle auf Fjodors Anwesenheit hin untersuchte (die Met-Wächter schielten argwöhnisch herüber)und dachte, Fjodor habe wieder überraschend jemanden getroffen, der ihn eingeladen hat gemeinsam ein Glas zu trinken, folgte Fjodor den sich zerstreuenden ägyptischen Plastiken. Er sah ein türkisblaues Nilpferdchen auf einem winzigen sephardischen Friedhof in Manhattan grasen, auf einem Fleckchen aus dem 17. Jahrhundert, das dem Tier der geeignetste Ort für eine altägyptische Geisel zu sein schien; er sah eine schlanke Frau in gestreiftem, eng anliegendem Kleid, mit einem Korb auf dem Kopf und einer Ente in der Hand, auf dem Laufsteg defilieren, oberhalb des Cafés, in dem er und John über den Kapitalismus gesprochen hatten. Er sah sich in der Spiegelverkleidung eines Wolkenkratzers: von der Frühlingssonne gebräunt, knochig, schwarzhaarig; war er von hier, oder war er erst mit den Met-Ägyptern hierher gekommen?

SELBST AUF DEN FIFTH AVENUEEN/**WO DIE BISONS HIN UND HER FEGTEN**

»Sehr geehrte Damen und Herren,
leider konnte Fjodor Stern aus gesundheitlichen Gründen nicht zur Präsentation seines Buches erscheinen. Daher werde ich, der

die Ehre hat, sein Übersetzer zu sein, Ihnen sein Werk vorstellen. Ich lese zuerst ein Kapitel vor, das einen russischen Blick auf die USA darstellt. Also, wie sieht man uns aus der verschneiten Ferne«, sagte John und dachte sofort, dass es seiner Begrüßung an Witz fehle. Oder an Dramatik. Er begann zu lesen:

> Amerika – zu groß, um nahtlos zu sein. Immer wieder schlägt das Urchaos durch.
> Es geht mir hier manchmal wie in einer russischen Provinzstadt im Norden: Eine Straße mit festlich beleuchteten großen Häusern. Kurz vor Neujahr. Schnee und Kälte sind gezähmt. Lichterketten. Lachen. Die Schwarzbrotkruste der Nacht riecht trügerisch nach warmer Feinbrotkruste. Hinter einem harmlos aussehenden Haus beginnt plötzlich die Leere, ein breites weißes Feld, Ödnis. Du fühlst dich verloren. Jemand pfeift ein langes freches Pfeifen. Es kann alles passieren. Manchmal passiert auch etwas. Deshalb erzählen Leute in solchen Städtchen ihre Gruselgeschichten.
> Zum Beispiel:
>
>> Eine junge Frau ging aus ihrer Wohnung, um Milch zu holen, die sie für den Teig brauchte. Es war ihr Namenstag und sie wollte einen Kuchen backen, um ihre Familie und ihre Freunde zu bewirten. Nach einer halben Stunde öffnete eine verwirrte alte Frau die Tür mit dem Schlüssel. Der Mann der jungen Frau fragte sie, wer sie sei und woher sie den Schlüssel zu seiner Wohnung habe. Die Alte, in unsauberer Kleidung und mit ungekämmtem weißen Haar, wollte ihn auf die Wange küssen, wie es seine Frau immer tat, wenn sie nach Hause kam. Da merkte er, dass ihre Kleidung dieselbe war wie bei seiner Frau, nur

eben schmutzig und alt. Die Kinder begannen zu weinen. Die alte Frau auch. Die junge Frau kam nicht mehr. Die Polizei suchte vergeblich nach ihr. Die Namenstagsgäste mussten wieder nach Hause gehen. Die Alte lebt jetzt im Irrenhaus. Ab und zu kommt der Mann der jungen Frau ins Irrenhaus und bringt ihr Pfefferminzkekse, die sie sehr liebt, die auch seine Frau geliebt hatte, das haben die beiden Frauen gemeinsam. Die Kinder der jungen Frau leben bei deren Eltern.

Aber wenn du durchhältst und etwas Glück hast, erreichst du die Stelle, wo die Straße weitergeht, und siehst wieder schmucke Häuser und adrette Menschen. Egal wie gepflegt das jeweilige Leben ist, direkt neben ihm ist Draußen, Der Dunkle Wald mit unbestimmten Absichten, jeder spürt seine Nähe. Aber in Amerika und in Russland ist diese Nähe näher. Deshalb erzählen auch Amerikaner gerne Gruselgeschichten: Von Riesenaffen und -fledermäusen, von lebenden Mechanismen und toten Organismen, von allem, womit man die Angst vor diesem Draußen fassen kann. Von unterirdischen Krokodilen, die von ihren Herrchen und Frauchen in die Kanalisationssysteme entlassen wurden: In der mondlosen Nacht hebt man einen Schachtdeckel, rund wie der abwesende Mond, glanzlos und rostig, und lässt das Tierchen hinunter (früher spülte man sie durch die Klos, weswegen die Kloschüsselkonstruktion landesweit geändert wurde). Sie vermehren sich im Verborgenen und bereiten den großen Aufstand der Reptilien vor.

Europa ist hier überflüssig – als hätten sie ihre Städte als Andenken gebaut. New Yorker Gotik, New Yorker Renaissance, New Yorker Romanik. Als hätte die Vergangenheit keine Zukunft: als wäre sie von Seuchen,

Kriegen, Hunger und Revolutionen bereits gelöscht. So könnte eine Menschheit vorgehen, die sich vor einer Naturkatastrophe auf einen fremden Planeten rettet und weiß, es gibt kein Zurück mehr. Sie würde alles Ursprüngliche auf diesem neuen Planeten ausrotten und durch das Eigene ersetzen. Das Nachgeahmte würde durchaus wahrheitsgetreu sein, aber etwas unsicher in den Abmessungen. Wie hier: Einiges ist hier anderthalb bis zwei Größen kleiner. Das meiste anderthalb bis zwei Größen größer: Heidel- und Moosbeeren, Rotkehlchen und Milchpackungen, Kochherde und Eichhörnchen. Nur in New York sind die Eichhörnchen klein, im Vergleich zu ihren XXL-Cousinen aus dem mittleren Westen. Sie ähneln den aufgeschürzten New Yorker Damen in Pelz. In der Provinz sind die Villen mit ihren Portiken und Säulen deutlich raumgreifender als ihre Urbilder in Europa. In den Großstädten kann man die Hochhäuser imaginär etwas verkleinern und – da sind sie: Paris, Berlin, Madrid. Aber Paris, Berlin und Madrid sind hier sowieso überflüssig.

Das ist ein redundantes System. Wenn es morgen kein Europa mehr gibt – bitteschön, hier ist es gespeichert. In großartigen Bibliotheken mit beweglichen Regalen, in Kaffeehäusern mit europäisch eng gestellten Tischen. Die nach Europa gebrachten Starbucks' sind eine Art Rückwanderer.

Nach einem Besuch hier erstaunen dich die Nachrichten in den amerikanischen Sendern nicht mehr: Es ist völlig irrelevant, was in Europa passiert.

Aber warum regt mich das so auf? Vielleicht weil die heutigen Russen im Grunde nicht viel mehr mit den Russen vor Peter dem Großen zu tun haben als die Amerikaner mit den Indianern oder mit den Europäern?

Auch wir haben die übrige Welt (nicht nur Europa) nachgeahmt. Auch Peter hat gebaut, als hätte Russlands Vergangenheit keine Zukunft.
Werden sich diese jeweiligen Vergangenheiten noch melden?

SELBST AUF DEN FIFTH AVENUEEN/WO DIE BISONS HIN UND HER FEGTEN

Das restliche Tageslicht zögerte noch über dem Hudson River. An der Uferpromenade wurde es bereits von der Elektrizität verdrängt. Auf den glitschigen Magnolienfallblüten hinter einer Bank predigte ein hagerer Mann in breiter Hose und weitem Hemd den Möwen. Um ihre Aufmerksamkeit zu gewinnen, warf er ihnen ab und zu etwas Weißbrot hin. Fjodor sah seine dattelfarbenen dünnen Knöchel und dachte, auch er wäre vielleicht eine aus dem Met entlaufene Plastik. Der Prediger wandte seinen von einer grünen Strickmütze bedeckten Nacken den Möwen zu und sein Hutzeldattelgesicht zu Fjodor. Was er sprach, war nicht das Englisch, das Fjodor als Kind gelernt hatte (*I said, »How do you do?« and gave her the flowers that I had bought for her. She said: »Oh, thank you. What beautiful roses! How kind of you to bring me them.«*). Bei dem Möwenerlöser konnte er nur »ain't gonna gotta wanna dunno« wahrnehmen. Der Ain't-gonna-gotta-wanna-dunno-Mann brach einen Happen vom Laib ab, streckte die gebende Hand freundlich Fjodor entgegen und sprach weiter. Fjodor nahm das Brot und überlegte, ob er etwas für den Ain't-gonna-gotta-wanna-dunno-Mann hätte. In seinen Taschen gab es mehrere Eindollarscheine, für die Penner, für die Gepäckträger in Hotels und für den Fall, er würde von jemandem auf der Straße nachdrücklich um etwas Geld gebeten. Aber ob das für den Möwenprediger passte? Der Prediger schüttelte den Kopf, als könnte er Fjodors Gedanken lesen, und sagte: *Auch du wirst gerettet, mein kleiner Bruder. Das wird nicht so einfach sein wie mit den Möwen, aber ich werde für dich ein gutes Wort einlegen vor dem Herrn, du brauchst keine Angst zu haben.* Das konnte Fjodor nicht verstehen, nur diverse »gonna-wanna's«, aber er antwortete, auf Russisch, am Ain't-gonna-gotta-wanna-dunno-Mann vorbei schauend auf die Freiheitsstatue, hinter der sich ein Einwanderermuseum befinden sollte: *Ich mag mein Land und meine Landsleute nicht besonders, ich mag dein Land und deine Landsleute nicht besonders, ich habe viele Länder und Völker gesehen, ich mag sie alle nicht besonders. Alle hassen einander, alle sind neidisch und selfish* (Fjodor stockte und ersetzte »selfish« durch »selbstsüchtig«). Der Ain't-gonna-gotta-wanna-dunno-Mann sagte: *Das macht aber nichts, du wirst gerettet, die Möwen werden gerettet, die deinen und die meinen Leute werden gerettet, denn ich werde ein gutes Wort für sie einlegen vor dem Herrn.* In diesem Moment fiel Fjodor ein, dass es in Petersburg für Natascha gerade die Zeit war, mit Mascha vom Baby-Schwimmen nach Hause zu kommen (wenn er den Zeitunterschied in die richtige Richtung berechnet hatte). Ob Natascha unterwegs etwas passiert war, Gott bewahre, dachte er, nahm sein Taschentelefon aus der Tasche und tippte, sich vom Fluss und seinem Propheten entfernend, eine SMS (gestern hatte er sie endlich erreicht: »Was ist passiert?« – »Nichts.« – »Was wolltest du sagen, warum sollte ich anrufen?« – »Ach das, ja, ich hatte sagen wollen, dass ich dich vermisse.« / *Das war's?*, wollte er sagen. *Deswegen musste ich mir die ganze Zeit Sorgen machen?* Aber er hatte das nicht gesagt, denn was wichtiger war als das, er hörte es gern, und sie konnte nichts dafür, dass er ein Neurotiker war).

Als Fjodor nicht mehr zu sehen und zu hören war, machte der Ain't-gonna-gotta-wanna-dunno-Mann den Möwen ein Zeichen mit plötzlich spitzbübisch gewordenen Augen, und es stellte sich heraus, dass sie gar keine Möwen, sondern die Met-Ägypter waren. Erleichtert nahmen sie ihre gewohnten Formen an und setzten ihre Wege fort, getarnt durch die endlich ausgebreitete Nacht.

SELBST AUF DEN FIFTH AVENUEEN/WO DIE BISONS HIN UND HER FEGTEN

Marina, John, Victor und Miriam saßen auf den Bisonfellen in einem Wigwam. Von draußen stieß die Unendlichkeit von Wäldern und Prärien, Bergen und Seen und Schneeweiten an die Wigwam-Wände. Marina musste in vier Stunden nach Hause (das hieß seltsamerweise Frankfurt, während ihr Berliner Mann, Andreas, öfter in Petersburg war und ein Buch über Petersburger Deutsche schrieb). John musste zur selben Zeit nach New York, um Fjodor dort zum Flughafen zu bringen und nach Hause (Petersburg) zu schicken. Marina dachte, dass sie Fjodor sowieso bald sehen würde, in Petersburg. Vielleicht würde sie auch Andreas helfen, in den Rumpelkammern in Fjodors Wohnung nach deutschen Spuren zu suchen (für das Buch). Fjodor hatte gesagt, er sei selbst gespannt, was sie finden würden, wenn überhaupt Als Deutsche wurden seine Großeltern am Anfang des Krieges nach Kasachstan verbannt, was sie als Russen vielleicht vor dem Hungertod im belagerten Leningrad rettete, aber viele Familiensachen gingen natürlich verloren. Die Papiere, dass sie eigentlich »*von* Stern« waren, hatten sie bestimmt noch früher vernichtet. Die Familie war ohnehin bereits im 19. Jahrhundert lediglich durch den Namen mit der eigenen Herkunft verbunden.

Es war ein geräumiger Wigwam, von einem Indianerstamm errichtet, der einst von hier nach weiter Draußen vertrieben worden war und vor kurzem seine Söhne wegen dieses musealen Auftrags hierher geschickt hatte. Sie sprachen über Fjodor, dass er nicht hier war, obwohl er hier sein sollte. Alle waren einerseits enttäuscht, wollten andererseits nicht lästern. Dann sprachen sie über Fjodor, dass er, seit er verheiratet war, keine Gedichte mehr schrieb. Niemand wollte über Natascha lästern, so gab es nicht viel Stoff zu diesem Thema. Dann sprachen sie über Fjodor, dass seine Prosa genau so verrückt wie seine Gedichte war.

»Wie sind die Texte bei euch angekommen?,« fragte Marina.

»Was heißt ›bei uns‹? Immer sagt ihr ›bei uns‹, als wären wir Außerirdische. Ihr alle vergleicht einen Berliner oder von mir aus einen Moskauer Professor mit unserem Farmer und unterm Strich kommt raus, dass eure Professoren mehr Bildung haben als unsere Bauern. Natürlich sind die Texte gut angekommen«, John verzichtete auf seine übliche Gelassenheit, vielleicht um die anderen daran zu erinnern, dass er zwei Wochen mit dem trinkenden Fjodor hinter sich hatte. Miriam nickte energisch. Victor lächelte nachsichtig.

»Wisst ihr, was in Frankfurt war, als wir zum Flughafen gefahren sind?«, fragte Marina, um das Thema zu wechseln und ihre Geschichte endlich los zu werden, die nicht einmal eine Geschichte war:

Der Taxifahrer war ein redseliger Ägypter. Nachdem er Marina, einen österreichischen Literaturkritiker, eine deutsche Slawistin und einen Schweizer Übersetzer (»Klingt wie der Anfang eines Witzes«, sagte Marina) nach ihren Berufen befragt hatte, sich über die Finanzkrise äußerte und feststellte, dass

Marina Russin war, ging er zur Weltlage im Allgemeinen über. Irgendwo am Museumsufer sagte er, »Ja, Islam ist schlimm. Nicht wahr?« Die vier Fahrgäste schwiegen. »Das ist so was von schlimm, glauben Sie mir«, sagte er. Die vier Fahrgäste schwiegen. Während Marina sich überlegte, wie sie am diplomatischsten sagen könnte, dass jede Religion den Menschen so viel Freiheit nimmt, wie man ihr erlaubt, meldete sich der Literaturkritiker: »Ach nein, ich bitte Sie, nur die Extremisten sind schlimm, der Islam hat viele positive Seiten.« Der Fahrer winkte verdrossen ab und schwieg bis zum Flughafen.
Miriam begann von den Deutschen und der antiislamischen Propaganda zu erzählen. Victor blätterte im letzten »New Yorker«. Marina sagte: »Versteht ihr, es roch im Auto nach Angst. Ich schäme mich jetzt, dass ich dem Ägypter nichts Vernünftiges sagen konnte.«
Victor sagte: »Ich kenne diesen Geruch. Das ist keine Angst. Das ist *political correctness*.«
Miriam, die immer noch alles Amerikanische vor Victor verteidigte, auch *political correctness*, war unschlüssig, was sie sagen sollte. Und John merkte nicht, dass das ein Themenwechsel war.
Im nahen Draußen strahlte der Michigansee seine Kälte aus, die der bereitwillige Wind in alle Straßen und Höfe austrug. Die Spitzen und Zinnen der Hochhäuser rauchten die Pfeifen, die die Indianer einst in Eile hier hatten liegen lassen. Die grauen Rauchwolken verjagten pfeifend das weiße Gewölk.

SELBST AUF DEN FIFTH AVENUEEN/WO DIE BISONS HIN UND HER FEGTEN

»Das ist doch einfach«, sagte John, im Flughafen Newark mit Fjodor beim Karottensaft sitzend, »›gonna‹ heißt ›going to‹, ›gotta‹ heißt ›got to‹, ›wanna‹ heißt ›want to‹ und ›dunno‹ heißt ›don't know‹.«
»Dunno«, sagte Fjodor.
»Und ›ain't‹ ist ›to be‹ in present tense negative für alle Personen. Und ist für die Verneinung auch sonst gut geeignet«, sagte John.
»Klar«, sagte Fjodor.

♦

SPIEL IM AUFTRAG

SPIEL

John stieg aus dem Auto aus, den Rucksack seitlich über einer Schulter, »danke, Beth, gute Ferien« – »In Ordnung, Prof, Ihnen auch«, nicht vergessen, Beth für das neu gestiftete Stipendium vorzuschlagen. Stopp. Im Sinne von: »Weiter gehen« und »Nicht weiter denken«.
Es ist wie eine Mondsucht, ein Anfall, dem du nicht widerstehen kannst. Einfach weiter gehen. Die Straße, der Mond, vor dir blinken Kiesel, Stern spricht zu Stern. Die zu dieser Stunde seltenen Autos spielen mit deinem Schatten, als bräuchten sie Zerstreuung auf ihrem monotonen Weg. Dein Schatten wird lang, wird kurz, wird dick, wird dürr, wirft sich zur Seite, als wolle er weg (*Halt – oder ich schieße!*). Fuck, Telefon, ja, nein, oh nein, shit, gut, klar, morgen um sieben Uhr, Helikopter am selben Platz wie voriges Mal, klar, Colonel, bis morgen in New York.
Taxi, wo nehm ich ein Taxi hier, wo bist du jetzt, Beth, mit deinem Auto, du trinkst wohl schon Kakao bei deinen Eltern, in diesem Kaff, ab dessen Ortsgrenze ich gehofft hatte, ein paar Wochen einen ungebundenen Menschen spielen zu können: kein Auto, keine Studenten, keine Professoren, keine Slawistikinstitutssekretärin, die siebzehn und vier mit einem Taschenrechner addiert. Eine Weile kann man (d.h. ein von allen Seiten immer dichter erfasster Mensch) in diesem Land (und überhaupt) immer noch einen freien Menschen spielen, wenn man Geld hat und sonst aus staatlicher Sicht alles geregelt ist.

Vor hundert Jahren dummen Lebens hatten sie in der Schule einander gefragt, in welchem Jahrhundert man gerne geboren wäre. Alle hatten ihre Wünsche Im 19.: ein Revolverheld werden oder zu den ersten Luftballonreisenden gehören; im 17.: als Pirat reiche Schiffe mit schicken Frauen kapern; um die Zeitenwende: einem wandernden Prediger folgen oder selber einer sein. Nichts Auffälliges. Er sagte damals, er wolle in die Zukunft: Raumschiffkapitän werden. Hätte man ihn jetzt gefragt (irgendwann will niemand mehr solche Dinge von dir wissen – je mehr man zu erzählen hat, desto weniger wird man gefragt), hätte er gesagt, dass er, hätte er wählen können, seine Geburt in die Vergangenheit versetzt hätte, aber nur um 20 Jahre, damit seine Jugend in die Zeit von den frühen 50ern bis zur Mitte der 60er gefallen wäre, so, dass die Hinrichtung der Rosenbergs und der Koreakrieg schon vorbei gewesen wären und der Vietnamkrieg noch nicht wirklich begonnen hätte. Was hätte er alles machen können. Kreuz und quer das Land durchstreifen, Charlie Parker für Buddha halten, Burroughs lesen, Fellini träumen, kiffen, *Liebe, nicht Krieg machen* (noch ohne von diesem Appell zu wissen) und – vielleicht hätte er glücklicher gelebt? Und – die Hauptsache – vielleicht müsste er jetzt nicht ein Taxi suchen, bloß weil er vor 30 Jahren seine Abenteuerlust falsch gedeutet hatte. Gut, aber was nun? Trampen? Kein Auto mehr da. Laufen? Es wären wohl fünf Stunden zu Fuß, nicht schlimm, er hatte sowieso bis zum Morgengrauen laufen wollen. Oder lieber zurück zur Siedlung? Besser zurück zur Siedlung. Lichter trüb wie der Mond im Nebel, eine Kneipe, ein Taxi, TAXI!

»Sorry, ich kann Sie nicht nehmen, verstehen Sie, ich habe nur eine Lizenz für X...town, habe einen von dort gebracht, und hier kann ich keinen nehmen, sorry, wirklich nicht.«

»Warten Sie, *ich* werde *Sie* nach X...town fahren. So werde ich kein Kunde sein, wenn es dazu kommt, werden wir sagen,

ich sei ein Freund. *Poshalujsta, otschen' nado*«, fügte John sein »bitte-bitte« auf Russisch hinzu, weil der Fahrer einen starken russischen Akzent aufwies.
»Na gut, Landsmann, ich darf das natürlich nicht, klar. Aber ich fahre dich, in Ordnung. Falls es wirklich dazu kommt, sagst du, du seiest in X...town eingestiegen, für hin und zurück, und du zahlst natürlich auch für hin und zurück«, antwortete der Fahrer auf Russisch.
John nannte die Adresse und schloss die Augen. Aber dem vermeintlichen Landsmann war nach Unterhaltung.
»Du sprichst aber klasse Englisch! Schon lange in den States?«
John checkte ein paar Varianten durch und erzählte eine Story über einen amerikanischen Großvater, der Kommunist war und nach dem Spanischen Bürgerkrieg in der Sowjetunion zuerst in einer Komintern-Zeitschrift arbeitete, dann ins Lager geschickt wurde, wo er eine Russin heiratete, und wie die Familie zur Tauwetterzeit in das Großvaterland zurück durfte.

AUFTRAG

»Folgendes, Mister Green« (John hatte seinen Decknamen nie gemocht), sagte der Colonel: »Im Jahr 1988 hatten Sie eine Erfahrung mit dem auf den Hochebenen im Südosten der ehemaligen Sowjetunion eventuell verbreiteten Bigfoot. Wir haben Ihre Berichte gelesen und hätten diesbezüglich ein paar Fragen an Sie.«
Sie spinnen, dachte John, in der Welt ist sonst was los, und sie wollen die verstaubten Tadschiken-Sagen über Schneemenschen hören. Ein guter Grund, mir meinen ersten Ferientag kaputt zu machen.

Aber es gab einen anderen Grund, der in einem für die geheimsten Angelegenheiten vorgesehenen Konferenzraum mit runden himbeerroten Wänden bekannt gegeben wurde. John und die anderen saßen an einem hufeisenförmigen Tisch mit Erfrischungsinseln: Tee, Kaffee, Cola, Wasser, Kekse.
Wie alt alle hier geworden waren. Seine »Kollegen« traf er so selten, dass er sich nicht sicher war, ob sie sich so verändert hatten oder neu waren. Ist dieser Dörrfisch in Chanel das Mädchen mit dem unvergesslichen schnellen Lächeln, mit dem er vor 30 Jahren eine Woche in Soho verbracht hatte? Sie hatte gekifft und ihm chinesische Gedichte vorgelesen, die sie gerade übersetzt hatte: *Im stillen Bach wasche ich von meinem Ohr die eitlen weltlichen Klänge ab. Der Wind versteckt sich in den Föhrennadeln.* (Jennifer? Du?) Dann hatte man ihnen zu verstehen gegeben, engere Beziehungen unter »Kollegen« seien unerwünscht. Der Colonel: Sein Gesicht war wie eine Winterlandschaft, die man früher als Sommerwiese gekannt hatte: vertraut, aber unzugänglich. Ihn hatte John noch als Leutnant gekannt. Und Mr. White war einst ein Junge gewesen, der ausschließlich aus weißen Zähnen und schwarzen Wimpern zu bestehen schien. Die Zähne waren zwar immer noch weiß, die Wimpern lang und die Augen sehnsüchtig, aber er hatte unebene Wangen, eine schiefe Nase und ein schwammiges Kinn dazubekommen. In einer Thermos-Kaffeekanne sah John sein eigenes Gesicht: ein noch nicht so alter Woody Allen, nur ohne Brille, eine traurige rothaarige Teekanne.
»Meine Damen und Herren. Wir suchen Freiwillige. Für eine Reise. Kann riskant werden. Mr. White wird Sie kurz mit dem technischen Aspekt der Sache vertraut machen.«
Der technische Aspekt sah so aus, dass man gewisse physikalische (teilweise auch chemische) Eigenschaften der Zeit und des Raumes nutzte, um eine Person von einem Punkt an einen anderen zu transportieren. Da es nichts mit Teleportation bzw.

Transmission zu tun habe, die man aus science fiction kenne, sei das psychisch und physisch völlig unbedenklich. Die Klippe war nur, dass man es nur in eine Richtung machen konnte, dazu war noch nicht ganz klar, in welche. Doch, in groben Zügen schon. »Daher wählen wir relativ sichere Gegenden aus, die großflächig genug sind, dass wir uns einen kleinen Fehler leisten können, also dass er nicht fatal wird. Bei der Auswahl haben wir Ihre philologischen Kompetenzen berücksichtigt, ich meine, welche Sprachen Sie beherrschen.

Also, von dort, wo Sie landen, zurückzukehren, ist generell Ihre Sache. In den Überlebenswesten und -gürteln werden Sie alles Nötige finden. Medizin, eingeschweißte Wassertüten, Wassertabletten, Notrationen, Reisepässe, Geld, Messer, Telefone (Botschafternummern sind unter üblicher Kodierung gespeichert), Draht, Magnesiumstarter undsoweiter. Der Stoff der Westen ist übrigens modifiziert. Drei Schichten: Kälte/Wärmeschutz, wasserdicht und feuerlöschend (das ist die neueste Erfindung). Schusswaffe haben Sie nur für den worst case bei der Landung, andernfalls muss sie sofort entladen, zerlegt und entsorgt werden. Sonst wie immer. Survivalzeug. Ms. Brown wird Ihnen alles detailliert zeigen. (Ms. Brown kannte John nicht. Sie war so jung, dass er kaum die Chance hatte, sie irgendwann alt geworden zu erleben. Und so rund, dass der rundlich gewordene Mr. White neben ihr schlank wirkte.) Wir prüfen altersstufenweise, jetzt ist die Gruppe 45 bis 54 dran. Wer sich meldet, wird bei seinem Arbeitsplatz beurlaubt, jeweils mit plausibler Legende. Ja, die Legenden vor Ort sind ebenso Ihre Sache, je nachdem. Ein paar Musterstorys wird Ihnen Ms. Brown präsentieren. Das ist das eigentliche Risiko, der Landungsort, denn das Wichtigste ist gesichert: Wie gesagt, die transportierten Lebewesen nehmen keinerlei körperlichen oder psychischen Schaden. Die Transportkapsel ist nach der Landung zusammenfaltbar und als solche nicht weiter er-

kennbar, auch funktionsunfähig. Sie kann weggeworfen bzw. als Decke benutzt werden. Ansonsten schnellstmöglich unsere Botschaft ausfindig machen, dort die Papiere entsprechend den jeweiligen Landesgesetzen in Ordnung bringen, und ab zum Flughafen. Geheimhaltung hat höchste Priorität. Über die Legenden für unsere Botschaften bzw. Konsulate werden Sie noch unterrichtet. Fragen?«
»Colonel, gibt es Kollegen, die in solcher Mission verschollen sind?«
Alle lachten, als wäre das zum Spaß gefragt worden, denn solche Fragen stellt man nicht.
»Einer sitzt in einem tropischen Land im Gefängnis. Der Fall wird von unseren Anwälten geklärt. Ein anderer hat sich noch nicht gemeldet. Wir suchen nach Hinweisen. Und der Dritte wurde in russischen Hoheitsgewässern von Grenzern vor einem Hai gerettet, nun aber sollen sie ihm abkaufen, dass er ein in Japan ins Meer gestiegener Hobbytaucher sei. Wir arbeiten dran. Es wird schon.«

ZEITSCHLEIFE

»Schließen Sie am besten die Augen, entspannen Sie sich. Die Reise beginnt. Sie werden eventuell leichte Übelkeit verspüren und es kann Ihnen ein bisschen schwindlig werden, vielleicht etwas Ohrendruck. Nichts Schlimmes, keine Angst. Nach dem verabredeten Piepton (hier noch einmal: *piep*) Augen öffnen, die Kapsel verlassen, sie zusammenfalten und – handeln.«

♦

Wie groß kann eine Lücke in der Zeit sein? Wie kannst du Zeit messen in einem zeitlosen Raum?
Einer hört also aus der Gefängniszelle dem Regenjazz auf den Bananenblättern zu oder beobachtet aus dem tiefen Fenster eine Maus auf der violetten Stulpe einer Kannenpflanze, wie sie vom süßen Geruch zittert, in der Aufregung einen falschen Schritt macht und in die Verdauungspfütze stürzt. Dem Häftling erscheint die in einer fleischfressenden Pflanze gefangene Maus deshalb so ekelhaft, weil der Vorgang die gewohnte Logik der Nahrungskette verletzt: Grashalm – Kuh – Mensch. Oder: Grashalm – Grashüpfer – Rotkehlchen – Uhu – Fuchs. Und wenn diese hierarchische Kette der Wesen unterbrochen wird: Grashalm – Grashüpfer – Rotkehlchen – *Schlange* – *Igel* – Uhu – Fuchs, also wenn eine Schlange dazwischen kommt und einen Igel mitbringt, wird dieser Zickzacksprung als eine infame Aktion empfunden und die Schlange zum Erzfeind des Menschen erklärt. Das ist so, wie wenn die Kühe beginnen würden die Menschen zu fressen. Und das Gras die Kühe. Insbesondere ist es abscheulich, dass der Aaskäfer die Nahrungskette schließt (allerdings kann er sie auch eröffnen). Der Häftling wird jede Nacht vom schnellen Aufstieg und Fall der glänzenden Schnurrhaare träumen. Der Fall wird von unseren Anwälten geklärt. Ein anderer ist der Welt in dieser Zeit-Raum-Schleife abhanden gekommen. Und ein Dritter hat einen Hai aus der Nähe gesehen. Wir arbeiten daran.
Ach was, denkt John, wir benutzen auch sonst Dinge, von deren Funktionsweise wir keinen Schimmer haben. Unsere vom Fortschritt begeisterten Vorfahren hingen noch der Illusion nach, zu wissen, was hinter den schicken Dingen der Neuzeit stand, was das alles war: Camera obscura; Mikroskop; Pinkertons Fleckentferner; Penizillin; Planetarium; Lokomotive. Ab einem gewissen Zeitpunkt im späten 20. Jahrhundert tun Dinge nicht mehr so, als wären sie fassbar.

Im späten 20. Jahrhundert ist John dieser Vorrichtung schon einmal begegnet, ist ihm eingefallen, als sie von Mr. White instruiert wurden. Nein, das kann nicht sein (?). Er hat sie wahrscheinlich einem besoffenen sowjetischen Major abgekauft. Oder? Was war das eigentlich? War das *das*?
Ende der 1980er. In Leningrad. In einer schmuddeligen Bierkneipe, die einer der spätsowjetischen Desperados von dem sich Stück für Stück aufgebenden Staat übernommen und zu einem *VIP-Salon* umgetauft hatte. Das Ambiente erinnerte ihn an einen Satz aus »Lolita«, der ihn seinerzeit beinahe verletzt hatte, daran, wie Nabokov eine amerikanische Hotelbar beschreibt: »Der schmale Saal wurde von demselben trüben, unwahrscheinlich granatfarbenen Licht überschwemmt, das in Europa vor langer Zeit die Bordelle auszeichnete, hier aber einfach in einem anständigen Familienhotel ›Stimmung machte‹«. Für die Granatfarbe sorgten rotgläserne Glocken mit einem Rauminhalt von etwa drei bis fünf Litern, die an allen Glühbirnen als Lichtdeckel angebracht waren. »Ich kenne diese Glasglocke«, sagte Marina. »Ein Freund von mir ist Techniker im Fernsehturm, er hat mir so eine zum Geburtstag geschenkt, als Vase, dachte er, aber sie kann auf ihrem Halbkugelboden nicht stehen. Das sind Warnlichter von unserem Fernsehturm.« Das wunderte John nicht. Wenn man wollte, konnte man damals für eine Handvoll Dollar einen Panzer kaufen, eine Chemiefabrik, einen Elefanten aus dem Zoo. Der sowjetische Koloss war wie von einem Tropenfieber befallen, wie John das inzwischen formulieren konnte, allerdings ohne recht zu verstehen, was das war. Auch damals verstand niemand, was das war. Der Gang der Geschichte eben. Ich weiß, dachte John plötzlich, ich weiß, was das war. Das war ein Neustart. Das geschwächte System brauchte Erneuerung. Es war eine geniale Selbsterhaltungsaktion, die von außen wie Selbstauflösung aussah und für die Insassen wie die Befreiung

von dem System. Reset. Das wäre ein gutes Thema für Davis' Doktorarbeit. Nicht vergessen.

Aber damals feierte die ganze Welt den Sieg der USA im Kalten Krieg, die Russen eingeschlossen.

In der granatfarbenen Kneipe traf er den besoffenen Major, der die Augen einer Maus in der Falle hatte. Je mehr der Major trank, desto deutlicher sprach er.

»Woher hätte ich das wissen können, sag es mir!«, sagte der Major.

Ein Gläschen Wodka kam auf seinen Spatzenbeinchen zu des Majors rechter Hand gehüpft und quietschte zustimmend.

Er holte aus seiner Kartentasche eine zusammengefaltete Decke, die ein gediegenes Picknick-Plaid hätte sein können, wäre sie nicht etwas zu saftig grün-orange gestreift gewesen.

»Scheiße!«, sagte der Major.

Das Gläschen torkelte auf seinen Spatzenbeinchen hin und her und schaute schräg nach oben zu einer Karaffe.

»Ich muss gleich zurück, verstehst du, sonst: Schluss! Aus!«, sagte der Major.

Das Gläschen rutschte von der Theke. Auf dem steinernen Boden wurden seine Splitter zu Granatkörnern.

»Und wie? Wie kann ich am Montag zurück in Wladiwostok sein?«, sagte der Major.

Ein neues Gläschen kam auf Spatzenbeinchen angehüpft, wusste aber auch nicht, wie das dem Major gelingen sollte. Oder doch? Der Major trank seinen Wodka aus, und durch sein blasses, verschwitztes, rot beleuchtetes Gesicht zuckte plötzlich ein rettender Gedanke:

»Kumpel, ich brauche Geld! Für den Flug. Ich schick es dir morgen zurück, nimm meine Uhr, schau, eine Offiziersuhr, mit Stern«, sagte der Major.

»Wie bist du hierher gekommen?«, fragte John vorsichtig und bestellte noch eine Karaffe Wodka.

»Na eben!«, sagte der Major. »Ich hab hier gedrückt, siehst du, siehst du hier den Knopf, siehst du? Diese bescheuerte Decke kann man zuknöpfen, siehst du? Und das ging. Frag mich nicht, *was* ging. Ich kam einfach hierher. Bin hier gelandet. Und jetzt geht das nicht!«, er drückte und drückte den Knopf, vergeblich.
Zwei Gläschen Wodka nacheinander.
Er ist verrückt, dachte John und fragte: »Wo haben Sie das Ding her, Genosse Major?«
»Na! Bei uns! Im Labor!«, sagte der Major, der offensichtlich ein Militärwissenschaftler war, und bestellte sich ein Glas Bier. »Ich dachte, das wäre eine hübsche Decke für meinen Welpen, deutscher Schäferhund, noch ganz klein.«
Marina und Fjodor, die der Unterhaltung mit dem Major zunächst zugehört hatten, standen nun vor einem Spielautomaten und versuchten, den *Einarmigen Banditen*, eine der Sensationen der »Perestrojka«, wie diese hinterlistige Scheinauflösung, dieser Reset des Systems hieß, zu überlisten.
»Genosse Major«, sagte John mit einer Stimme, die staatliche Härte und freundschaftliche Milde vereinte, »das ist ein streng geheimes Objekt. Niemand darf wissen, dass Sie es getan haben. Ich bin eigens aus Japan hierher geflogen, um Sie zurück nach Wladiwostok zu bringen. Das Objekt geben Sie mir gleich. Es wird bei uns auf Schäden untersucht. Leider wurde das Fehlen des Objektes schon gemeldet. Aber unsere Organisation wird Sie decken. Bewahren Sie Schweigen, das ist Ihre einzige Chance.«
Nachdem im Flughafen des Majors üppiger Schnurrbart zum letzten Mal dankbar nach oben und nach unten gezuckt war, eilte John zum wartenden Taxi, in der Hoffnung, dass Marina und Fjodor seine Abwesenheit nicht bemerkt hatten. Sie standen in der Tat noch immer vor dem blinzelnden und trillernden Automaten.

Als John das »Ding« im Studentenwohnheim ausbreitete, war ihm klar, dass er es nirgends abgeben konnte. Welcher Abenteuerlust bist du gefolgt?, fragte er sich. Wer hat dich gebeten, militärische Dinge zu kaufen? Deine Aufgabe war lediglich, zu beobachten, was von selbst da ist, und ab und zu darüber zu berichten. Was dachtest du überhaupt?, sagte er sich wieder und wieder. Um sich zu beruhigen, versuchte er zu meditieren, setzte sich mit gekreuzten Beinen auf den Boden und beobachtete seine Gedanken, die nicht aufhören wollten:

Was sollte er bitteschön sagen, fragten ihn seine Gedanken. Dass er einem Major eine gebrauchte grün-orange gestreifte Decke abgekauft hatte? Für eine Flugkarte nach Wladiwostok? Sie werden ihn für einen Idioten halten. Und zurecht. Seine Gedanken wurden immer sarkastischer.

Vor seiner Abreise fragte er Marina, ob sie eine Wolldecke gebrauchen könne, denn er habe zu viele Sachen, und sie passe nicht mehr in seinen Koffer.

Und nun wird er mittels einer, wie es scheint, gleichen Decke wer weiß wohin transportiert. Und auf der des Majors liegt der Mops von Marinas Mutter.

SPIEL IM AUFTRAG

Die Augen passten sich langsam an die chaotischen Schatten an. Der Helm eines getarnten Scharfschützen wurde zum fleckigen Riesenfrosch und sprang fort. Die zusammengerollten Blätter einer unbekannten Pflanze entrollten sich zu aufwachenden Papageien. Die Dämmerung war eine Morgendämmerung: Das Grau der Luft und der undeutlichen Formen

ging langsam in Durchsichtiges und Farbiges über. Als hätte eine unsichtbare Hand mit einem unsichtbaren Lappen den Staub von allen Oberflächen gewischt, Schicht für Schicht. Das zusammengefaltete Zelt wurde zum grün-orange gestreiften Picknickplaid. Na, dachte John misstrauisch, diese grün-orangen Streifen sind wohl durch die physikalisch-chemischen Eigenschaften der *One-Way-Decke* bedingt, deshalb sehen diese Vorrichtungen überall gleich aus. Oder hat jemand dem Major ein *unbenutztes* Ding abgekauft?
Ein Papagei nahm seinen kleinen roten Kopf aus seiner grün gefiederten Achselhöhle und sagte: »Watch your tongue!«, während die anderen Papageien einfach wegflogen. Dieser wahrscheinlich aus einem Haus in der Nähe entflohene Vogel erschien John wie jene Taube mit dem Olivenzweig im Schnabel, die Noah Kunde von nahem Land brachte: englische Wörter statt des Zweiges.
Fürs erste ist das okay. Festland. Wald. Ein Pfad sogar. Nicht einmal Regen oder Schnee. Warm. Muttersprachenmilch an der Spitze eines Vogelschnabels. Telefon? Kein Empfang. Die Benutzung wird auch nicht empfohlen. Der Papagei sagte: »Please leave your message«, und flog weg. John überlegte kurz, ob er den Pfad nach unten oder den nach oben nehmen sollte. Oben in den Bergen war das Risiko einer Begegnung mit der Staatsgewalt nicht so groß. Unten war die Chance nicht so gering, sich zu orientieren und das amerikanische Konsulat zu finden (ist der Papagei daraus entflohen?). Aber was sollte das? Er hatte Ferien! Er hatte eine Survivalausrüstung, die für mindestens zwei Wochen Wildnis ausgelegt war. Nach oben also.

♦

PAPIERENES MÄDCHEN UND SINGENDER TOD

PAPIERENES MÄDCHEN/SINGENDER TOD

Oh nein, flieg weg, du Fliege, ich bin noch am Leben, was machst du es dir hier bequem, dachte Dichter Fjodor, hatte aber nicht die Kraft, die Fliege zu verscheuchen. Er hob langsam den Arm, und sie begann kitzelnd zwischen seinen sich ihr entgegensträubenden Härchen zu wandern. Ich werde nie wieder trinken, dachte Fjodor und zögerte, den Arm mit der Fliege zu senken, denn die Übelkeit schien auf die kleinsten Bewegungen zu reagieren, sogar auf die gedachten.

PAPIERENES MÄDCHEN/SINGENDER TOD

Nein, das Trinken ist es nicht, zu alltäglich, mein Therapeut hätte das als zu trivial eingestuft, dachte Professor Bach, noch nicht ganz wach und ganz unsicher in der Frage, wo er war und das dachte. Verdammte Fliege, ich bin doch nicht tot, was machst du es dir hier bequem, dachte er. Er zog die Brauen kräftig hoch. Sie flog von seiner Stirn auf und landete gleich auf seinem Ellenbogen. Er hob den Winkel seines gebogenen Armes. Sie flog auf und setzte sich auf seinen Fußspann. Er bewegte den Fuß, wie Pferde ihre langen Köpfe bewegen, um Bremsen aufzuscheuchen (der menschliche Fuß ist einem Pferdekopf ähnlich, würde Marina sagen, dachte Professor Bach). Sein Fußgelenk knackte. Die Fliege aber blieb, unbeeindruckt.

PAPIERENES MÄDCHEN/**SINGENDER TOD**

Er machte sich einen starken Tee und (während der Tee zog) presste sich den Saft einer Zitrone aus. Der gelbe Saft im weißen Becher: das Frühstücksei. Bei der Vorstellung von Essen meldete sich die Übelkeit erneut. Er trank den Saft aus dem Becher der Zitronenpresse gegen den Widerstand seines Magens. Zündete sich eine Zigarette an. Drückte sie sofort aus. Der Tee war noch zu heiß. Warum sind Nath und Mascha noch nicht zurück? Er drehte sich zum Fenster: Frühe Petersburger Winterdämmerung war schon da, der Tag dahin. Soll sie lieber nicht gleich kommen, er muss sich zuerst in einen anständigen Zustand bringen. In einen zuständigen Anstand, versuchte er zu scherzen.

PAPIERENES MÄDCHEN/SINGENDER TOD

Professor Bach lag auf dem Rücken und versuchte, sich seine Umgebung räumlich vorzustellen. Ihm war zuerst, als wäre er in seinem eigenen Schlafzimmer: Die Tür führe ins Wohnzimmer und dann ginge es weiter zum Flur und von dem aus gäbe es nach links das Gästezimmer (das nun als Marinas Schreibzimmer dient) und rechter Hand wäre dann sein Arbeitszimmer/Bibliothek. Küche, Klos, Dusche und Bad wären die Blätter und Staubfäden dieser Wohnblume:

Klo / Bad
Schlafzimmer
Wohnzimmer
Arbeitzimmer Flur Gästezimmer
Flur
Flur
Flur Klo / Dusche
Küche Flur
Flur

Aber der wirkliche Raum um ihn herum war das nicht. Mühsam zog er die überflüssigen Wohnräume weg aus der imaginären Bildfläche, wie mit einem zögerlichen Cursor. Verschob die Küche in das Wohnzimmer: eine Kochnische. Zog die Tür zu Klo-und-Dusche näher zum Bett. Fertig! Das Bild fiel mit der Realität zusammen. Er befand sich in Lauras Einzimmerwohnung. Der Cursor flog flink aus dem Sichtrahmen hinaus.

Kochnische
Balkon Zimmer Flur
Klo / Dusche

Professor Bach öffnete die Augen. Vor der Balkontür stand Laura, viele grüne Lider der Hinterhofbäume zwinkerten hinter ihr, sie selbst war kaum zu sehen, vom dichten Junilicht umhüllt. Nur ein Schattenriss: ein langer Körper und ein kleiner runder Kopf, das dunkle Haar stramm zum Nacken gezogen und zu einem Knoten gebunden, wie bei der Flamencotänzerin gestern im Film, die aber alt und zäh aussah, während Lauras Schattenriss Jugend und Frische ausstrahlte. Sie drückte ihre Zigarette aus und murmelte, die Vokale in die Länge ziehend, aus dem Film gestern:

El que se tenga por grande
Er, der meint größer als die anderen zu sein,

Sie wollte den Film unbedingt sehen,

que se vaya al cementerio
muss zum Friedhof gehen,

weil ihre Flamencolehrerin ihn ihr empfohlen hatte –

y verá lo que es el mundo
dort wird er sehen, wie die Welt in der Tat ist —

wegen dieses Liedes, das ihre Flamencolehrerin kannte und großartig fand und das Laura deshalb ebenfalls bereits kannte.

es un palmo de terreno.
eine Handvoll Dreck.

Wie war es für sie, Haut an Haut mit einem alten (mit seinem, dachte er gegen Widerstand) Körper zu sein? Wie was? Er fühlte sie an seiner Haut nicht ganz real – wie Zukunft (bevor sie die unsichtbare Pforte der Gegenwart durchsickert und zur starren Vergangenheit wird). Sie sollte ihn an ihrer Haut ein wenig abgestanden spüren, wie (k)alter Rauch. Wie Vergangenheit. Doch logisch wäre es anders: Ihre Jugend ist für ihn seine Vergangenheit. Sein Alter ist für sie ihre Zukunft. Er war plötzlich so gerührt, von ihrer Jugend, von der Erinnerung an die Nacht, die nun in allen zu einem einzigen Bild gesammelten Einzelheiten erschien, wie ein Baum sich aus seinen Ästen bildet, und ein Ast aus seinen Blättern, dass er fast weinen musste.

es un palmo de terreno.
eine Handvoll Dreck.

Er erinnerte sich auch an gestern Abend, wie sie auf dem Balkon beim Rotwein saßen, wie sie da saß und er aus der Toilette zurück kam, sich zu ihrem offenen Haar neigte und meinte, ihre junge Frische an ihren Haaren zu riechen. Doch das war nur der scharfe Geruch des alten Rauchs. Darauf sagte er, und das war beschämend dumm, »du rauchst viel«.

PAPIERENES MÄDCHEN/**SINGENDER TOD**

Der Tag war dahin, sagte ihm die Dämmerung vor dem Fenster.
Wenn du deinen Tag planst, dachte er, hast du vor dir so etwas wie ein Poster mit der Darstellung der Rinderteile in einer Metzgerei: Formen und Figuren, auf ein in passiver Erwartung seiner Zerteilung stehendes Vieh aufgetragen. Aber der Tag läuft selten nach Plan: Die Teile ändern ihre Formen und gehen durcheinander. Gegen Abend wird aus einem Rind ein Fabeltier, das dich vorwurfsvoll anschaut (*Wozu habe ich sechs Beine, drei Hodensäckchen und fünf Flimmerflügelchen, wenn ich doch kein Insekt bin,* denkt das Tier). Fjodor sah auf die Wanduhr.
Er, der immer unruhig wurde, wenn Natascha zehn Minuten

später kam, als er dachte, dass sie kommen würde, besonders seit Maschas Geburt, geriet in Panik.
Er wusste nicht, wohin er sein Handy tun sollte, und jede Bewegung war ihm zu anstrengend.

PAPIERENES MÄDCHEN/SINGENDER TOD

Heute Morgen war Laura sich ihres Körpers in jedem seiner Partikel bewusst. Jeder Muskel war konzentriert und in seiner eigenen Kraft eingeschlossen. Dieses Körpergefühl muss eine echte Flamencotänzerin haben, dachte sie.
Der, den sie liebte, den sie vielleicht noch seltener sah, als sie Andreas sah, hatte ihr zu Weihnachten Flamencoabendkurse für ein Jahr geschenkt. So stampfte sie fleißig einmal in der Woche, ihrer Liebe wegen. Sie bewunderte ihre Flamencolehrerin (die der, den sie liebte, als eine den Dolchstoß überlebende und folglich gealterte Carmen bezeichnete, als er einmal so nett war, sie nach der Tanzstunde abzuholen, bei einem seiner seltenen Berlinbesuche), war aber eine schlechte Schülerin. Sie konnte dieses konzentrierte Körpergefühl beim Flamencostampfen nie erreichen. Eher schon mit dem, den sie liebte. »Ich war in dich verliebt«, dachte Laura. Sie dachte, dass sie das Andreas sagen könnte, gerührt von diesem »Flamencogefühl«. Sie fragte sich, ob dieses »war« auch dem, den sie liebte, galt, ob sie von ihrer sinnlosen Liebe nun befreit wurde. Nein, wurde sie nicht. »Fliegen«, sagte Laura. »In diesem Jahr gibt es zu viele Fliegen. Kaffee? Soll ich Brötchen holen? Dusch dich, ich hole Brötchen.« »Es un palmo de terreno«, sang sie etwas falsch, während sie den Schlüssel und die kleine

rotlederne Geldbörse, ein Geschenk von dem, den sie liebte, in die Tasche tat.

PAPIERENES MÄDCHEN/**SINGENDER TOD**

»Wieso spät? Es ist früh«, sagte Natascha erstaunt. »Was ist? Was? Ich bin … Nein, warte, wir kommen gleich, warte, bleib da!« Sie schrie.
Das Trennsignal piepste. *Warum schreist du*, dachte Fjodor und schaute noch einmal nach der Uhrzeit. Die Zeiger zeigten etwas Unnützes. *Wieso spät*, wiederholte er Nataschas Frage. *Wieso spät. Wieso ist es so dunkel hier*, dachte er.

PAPIERENES MÄDCHEN/SINGENDER TOD

Andreas war noch aus der Dusche als Wasserschwappen zu hören (nur als Wasserschwappen; der, den sie liebte, schnaufte in der Dusche, putzte sich posaunisch die Nase, klatschte seine nassen Oberschenkel ab). Laura stand neben ihrem Schreibtisch, an dem sie so viele Stunden gesessen und an ihren Fingerknöcheln genagt hatte, ohne einen einzigen Satz aus ihrem Kopf in ihre Magisterarbeit versetzen zu können. Nicht einmal »NN schrieb am Xten Dezember 18** einen Brief, in dem er XX (mit der Begründung, seine Umstände seien so eng, dass er nicht in der Lage sei, sein Zimmer zu bezahlen) um einen Vorschuss bat«. Sollte es lieber heißen: »Wie eng NNs Umstände gegen die Jahrhundertwende waren, sehen wir zum Beispiel aus seinem Brief vom Xten Dezember 18** an seinen Verleger: ›Zitat.....Zitatende‹«? Oder: »Der Verleger XX war so ignorant, dass NN ihn mehrmals um einen Vorschuss bitten musste.« Doch die Tasten blieben unberührt, der Bildschirm wurde dunkel, der Computer wechselte in den Standby-Modus, Abdrücke ihrer Zähne umklammerten ihre Fingerknöchel. »Ich will nicht mehr«, sagte sie laut. Rechts neben dem Tisch standen im Regal alle Bücher von dem, den sie liebte, auf deren Rücken sie öfter die zwei Wörter *Caspar Waidegger* las. Er selbst war für sie beinah zum Buch geworden, dachte sie, ein papierener Freund mit papierenem Herzen (amigo de papel con un corazón de papel). Um sie herum, in diesem Zimmer jetzt und immer und überall, hingen die spärlichen Erinnerungen an jedes Mal, wenn sie sich sahen (Spinngewebe im Altweibersommer). Jedes Mal so viele Male in ihrem Kopf wiederholt, dass jedes dieser Male durch dieses Wiedererleben ausgelaugt, durchscheinend geworden war, kristallisiert und brüchig. Verkrusteter Schaum der Tage.

PAPIERENES MÄDCHEN/**SINGENDER TOD**

Mit Staunen erinnerte sich Fjodor daran, dass er gestern überhaupt nicht getrunken, sondern nur gelesen hatte, dass der Abend sonst nur aus Nataschas Gezwitscher und Maschas Lallen bestanden hatte. Dass es überhaupt ein Junimorgen und kein Dezemberabend war. Das Küchenfenster führte in einen hohen und von Bäumen, Blumen und Gras, also auch von den Jahreszeiten freien Petersburger Innenhof. Nur die aus den

benachbarten Straßen angewehte Pappelwolle lag weiß in den Ecken.
Die Wanduhr blieb unsinnig. Die Zeit hat ausgetickt, dachte Fjodor und hörte von allen Seiten einen undeutlichen Lärm, der immer ein Vorbote eines Gedichtes war. Als er noch Gedichte schrieb. Nur war das, was früher war, leiser, mehr Rhythmus als Melodie, ferne Rufe und Trommeln, von denen du fast nur eine Vibration vernimmst. Die Töne wurden immer greller, der Rhythmus ging in einen aufdringlichen Singsang über. Als verlangte er nach etwas.
Ein Gedicht? Er würde sich freuen, wie er sich immer darauf freute. Aber ihm war zu übel für diese Anstrengung, für das Eingehen auf diesen dreisten Rhythmus. *Sei still, du*, dachte er, und hörte Nataschas Schlüssel im Schloss. Endlich.

PAPIERENES MÄDCHEN/SINGENDER TOD

Laura sah die Badezimmertür freundlich an. Ihr war ein bisschen peinlich, dass sie seine Frau gut kannte. Aber ihre seltsame, sporadische Beziehung zu Andreas hatte früher begonnen, als sie Marina kennengelernt hatte. Und sie hatte Marina kennengelernt, ohne von ihr und Andreas als Paar zu wissen. Im Grunde egal. Weil der, den sie liebte, nie da war, hat sie diese Beziehung wohl angefangen. Über die Beweggründe und Gefühle des hinter der Badezimmertür platschenden Andreas hatte sie damals nicht nachgedacht, denn sie war wohl davon ausgegangen, dass *welche Beweggründe können Männer schon haben.*

Amigo de papel con un corazón de papel
Ein papierener Freund mit papierenem Herzen,

sang Laura.

Sie beobachtete eine rote Katze, die vom Nachbarbalkon auf den ihren sprang, wie sie es oft machte (muss es sein?/nein, Frau Mayr, das stört mich überhaupt nicht, so ein hübsches Kätzlein). Sie nahm ein Buch von dem, den sie liebte, aus dem Regal, fuhr mit den Fingern über den Deckel, schlug das Buch auf. Eine Weile schaute sie unschlüssig auf die Katze, auf den Bildschirm und ins Buch, als könne sie sich zwischen Natur, Elektronen und Papier nicht entscheiden. Dann verschwand sie im Buch. Sie sprang von der einen Seite, wo sie eine unglückliche Frau, eine scheue Lyrikerin und eine überstrapazierte Studentin war, in die andere, wo sie zu einem papierenen Mädchen dessen geworden war, den sie liebte.

PAPIERENES MÄDCHEN/**SINGENDER TOD**

Natascha, meinte Fjodor zu sagen, mach das Licht an und die Musik aus. Nein, ich meine, Licht und Musik an. »Was? Was ist?« – Natascha hatte kein Wort verstanden. Sie konnte Fjodor nicht richtig sehen, nur einen dunklen Umriss, weil er vor dem Fenster stand und das ganze Licht eines Petersburger Sommers hinter ihm war. »Was?!«

PAPIERENES MÄDCHEN/SINGENDER TOD

Beim Abtrocknen freute sich Andreas, dass Laura endlich aufgehört hatte falsch zu singen. Er kam aus der Dusche und fragte sich, wo sie sich in diesem kleinen Raum verstecken mochte. Die Brötchen lagen auf dem Tisch, Kaffee war noch nicht gemacht. Er sah eine fleckige Katze auf dem Balkon, die ihn kurz anschaute, etwas miaute, was dem falsch gesungenen spanischen Lied ähnelte (amiaugo, amiaugo), und dann nach unten sprang. Oh Gott, Laura, sagte Professor Bach. Du hast Ideen, sagte er.

PAPIERENES MÄDCHEN/SINGENDER TOD/ NATASCHA

Natascha packte Fjodor an der Schulter, drehte ihn mit dem Gesicht zum Licht und registrierte etwas verlangsamt, wie sich ihr ganzes Wesen gegen die neue Aufgabe sträubte, die ihr das Leben stellte. Als stünde sie wieder in einem Klassenzimmer vor der Tafel und betrachtete einen Tannenzweig, der unter dem Gewicht eines Schneelaibs nur deshalb nicht abgebrochen war, weil ein roter Gimpelfleck seine Leichtigkeit mit ihm teilte – sie betrachtete ihn am lähmenden Blick der Chemielehrerin vorbei durch die Fensterscheibe, an der der Schnee stellenweise klebte und stellenweise dunkelgraue Schneckenspuren hinterließ, weil dieser Schnee nur trügerisch schneeweiß war und die schwarzen Partikel der hiesigen Industrie- und Autoauspuffgase in sich trug. »Na gut, lassen wir das, *Natascha Snegirjowa hatte eine schwere Kindheit*, wer will die Formel an die Tafel schreiben?« Diese Aufgabe (die Formel, die Lehrerin, das Geheimnis des schwerelosen Dompfaffen, das Grinsen der Mitschüler) wurde Natascha los, indem sie schweigend aus der Klasse ging und sich weigerte, wieder in die Schule zu gehen. Ihre Tante und deren Mann schimpften, sie sei undankbar, ihre Vettern und Cousinen sahen sie neidisch an, sie selbst weinte drei Tage lang.

Dann begann sie in einem Kiosk zu jobben. Hier wurden, außer Zigaretten, Kondomen und Eis auch die Strickjacken verkauft, die in der hiesigen Fabrik produziert wurden. Der Betrieb der Fabrik lief störungsfrei, der Vertrieb aber wurde sofort nach der Selbstauflösung des Sowjetstaates eingestellt. Niemand mehr wurde verpflichtet, die Jacken abzunehmen. Für Nataschas Tante und Onkel, die in dieser Fabrik arbeiteten, bedeutete das, ihren Monatslohn in Strickjacken zu bekommen. Der Onkel fluchte und soff, die Tante brachte die Jacken nach Hause und modifizierte sie nach Mustern aus mit Mühe ergatterten Zeitschriften, »Burda« usw. Als Natascha klein war, waren es Glitter und Flitter, die an das graue Gestrick anzunähen und anzukleben waren. Goldener Staub, silberne Glaskügelchen, irisierende Herzchen und Sternchen, von denen Natascha nachts träumte, sie hätten sich zum Kleid ihrer Mutter zusammengetan, die endlich gekommen sei, um sie abzuholen. Später sollten grobleinene Borten, die keinen Zugang zu Nataschas Träumen hatten, den Jacken einen modischen Look verleihen. Tante und Onkel setzten die Jacken über Kioske ab und ernährten so ihre Kinder plus Natascha, die sie aufgenommen hatten, nachdem Nataschas Eltern infolge ihres Versuches, die Chancen des wilden Kapitalismus zu nutzen, von der »Konkurrenz« umgebracht worden waren (*Natascha Snegirjowa hatte eine schwere Kindheit, du blöde Henne, shut up,* dachte Natascha).

Wenn du als sechzehnjähriges Mädchen den ganzen Tag am Bahnhofskiosk stehst, bist du … Na ja. Bald hatte Natascha einen Liebhaber, der sie wenigstens vor den anderen Bewerbern beschützte. Nachts las sie alte Englisch-Schulbücher. Nicht, dass sie wirklich einen Traum hatte, nach Amerika oder sonstwohin zu reisen (man erzählte immer wieder Geschichten von Mädchen, denen man eine Modelkarriere im Ausland versprach und die stattdessen an westliche bzw. östliche Bordelle verkauft wurden). Sie baute sich aus einer fernen Sprache eine Einfriedung gegen ihre Stadt, ihren Liebhaber, die Zeitschrift »Burda«, die ewige Jagd aller nach Geld, nach Lebensmitteln, nach Klamotten, nach Dingen, die sich sinnlos anhäuften und der elende Prunk der Armut wurden. Sie aß so wenig, dass sie die Jeans und T-Shirts ihres jüngeren Cousins tragen konnte, nachdem sie ihm zu klein geworden waren.

Einmal im Sommer bekam sie einen zerknüllten Zettel mit einer Adresse in Petersburg: von einem dieser Typen mit langem Haar, ausgetrocknetem Leib und diversen Bändchen und Kettchen, die dich nach etwas Kleingeld fragen. Sie hatte kein Kleingeld, überhaupt kein Geld, aber ein Einkaufsnetz mit Brot, Birnenmarmelade und Äpfeln. Der lange Tag des kurzen nördlichen Sommers ging unauffällig in die milchtrübe Nacht über. Brot, Marmelade und Äpfel wurden gegessen, Bison, wie er sich vorgestellt hatte, sprach die ganze Zeit, und Natascha war fasziniert von der fernen Welt, die sich hinter seinen Reden und seinen teilweise unbekannten Wörtern abzeichnete. Es beeindruckte sie auch, dass er keinen Versuch unternahm, mit ihr zu schlafen. In der Morgendämmerung ging er »on the road«, um auf die ersten Lastwagen zu lauern, und gab ihr diesen Zettel, den sie ein halbes Jahr als Lesezeichen in ihrem Englischbuch versteckte.
Sie konnte nicht ahnen, dass der Ticketverkäufer direkt aus

seinem Schalter heraus Ljoscha, ihren Liebhaber, anrufen und ihn davon unterrichten würde, dass sie in einer Stunde nach Petersburg aufbrechen wollte. Sie überlebte, eine hässliche Narbe oberhalb ihres linken Schulterblattes blieb, Ljoscha kaufte sich bei der Miliz frei und beschaffte Natascha ein neues Ticket, damit sie keine Klage erhob. Sie nahm das Ticket, für das erste, verfallene, hatte sie ein halbes Jahr gespart.
Tante und Onkel schimpften, sie sei ein undankbares Miststück, und die Vettern und Cousinen sahen sie neidisch an. Sie fuhr leichten Herzens, am liebsten hätte sie keinen von ihnen wiedergesehen. Aber ein feines Gift, das Schuldgefühl einer Entlaufenen, hemmte, neben der Angst einer Entlaufenen, ihre Freude.

Natascha stand vor der Tür und ihr Herz stand ihr in der Kehle und versperrte den Atem. »Wen? Bison? Er ist lange nicht hier gewesen«, sagte eine lange hagere Frau mit langem schwarzen Haar und weißen Strähnen darin, drehte sich um und ging in den langen breiten Flur, im Gehen ausrufend: »People, hier ist eine von Mischa Bison, er hat ihr Unterkunft versprochen, wer hätte Platz?«
In all den Monaten, die Natascha dort verbrachte, konnte sie nicht mit Bestimmtheit sagen, über wie viele Zimmer diese riesige verfallene Wohnung verfügte, die ihre Bewohner Kommune nannten. Natascha wurde von Janis beherbergt, das bedeutete, Janis räumte etwas Platz frei zwischen gestapelten CDs, Büchern und Souvenirs wie Gänsefedern aus Kunststoff mit Signatur von Alexander Puschkin auf der Federfahne und Leinenhandtaschen mit aufgedrucktem Kruzifix. Sie durfte mit Janis auch den Arbeitsplatz teilen, also wieder als Kioskmädchen ein bisschen Geld verdienen. Am Anfang fühlte sich Natascha etwas verwirrt von all den Namen – Tanja Luna, Pascha Katholik, Andrej Wolke, Wasja Sputnik, Katja Kängu-

ru, die lange Frau, die ihr geöffnet hatte, hieß Ljuba Tornado; von all der Musik, Janis Joplin bei Janis pausenlos; von all den bunten Konservendosen, Mais, Wurst, von den unwahrscheinlichen Erscheinungen wie Avocados oder Kiwis, die sie zuvor nie gesehen hatte. Alle waren hungrig, die Lebensmittel waren knapp, Grundnahrung blieben Nudeln, Reis und Brot, immer kochte, aß und klatschte jemand in der gemeinsamen Küche. Wenn sich Natascha später an die Kommune erinnerte, ergab sich ein hinkender Falter daraus:

	Tür	
Max	Korridor	Orakel / Apple / Känguru
Wolke / Katmandu / ???	Korridor	Linda / Ringo / Alex
Sputnik / Regenbogen	Korridor	Janis / Natascha
???	Korridor	Grace / Eule / ??? / ???
Tornado	Korridor	Tramper
Luna	Korridor	??? / Katholik
???	Korridor	???
	Korridor	Rumpelkammer / Gästezimmer
Küche	Korridor	Klo / Bad
Küche		
Küche		
Küche		

Natascha dachte zuerst, dass sie in diesem Menschenwirrwarr unbemerkt bleiben würde, aber der scharfe kollektive Verstand hatte sie bald als Fremde identifiziert. Wenn sie gewöhnliche Dinge – Essen, Trinken, Kleidung, Armbänder, Wandposter – bei ihren gewöhnlichen Namen nannte, lachten die anderen sie aus. Wenn sie die hiesigen Slangwörter ausprobierte, lachten sie noch fröhlicher. Sie gab die Imitationsversuche auf und sprach betont korrekt und höflich, wie weiland ihre Literaturlehrerin, über die man erzählte, sie sei die Urenkelin

eines im 19. Jahrhundert in das nördliche Provinzstädtchen verbannten adligen Aufrührers. Also sprach sie: »Känguru, würdest du mir bitte sagen, welchen Teller ich benutzen dürfte?« (»Bist du bescheuert, Nath, jeden, du kannst jeden Teller nehmen, solltest ihn allerdings danach waschen!«, antwortete Känguru). Sie verschenkte alle aufgebesserten Strickjacken, die sie mitgenommen hatte und die Tante und Onkel nicht mehr brauchten, weil sie zu Besitzern einer Imbissbude geworden waren (»Danke, Nath, ich verschenke meine Sachen auch immer, man darf an den Sachen nicht hängen!«, sagten die Bescherten). Und nachdem sie einmal einen Jimi-Hendrix-Song nach Gehör übersetzt hatte (war nicht schwer: kein Sonnenschein kommt durch meine Fenster, als säße ich am Boden einer Gruft), behandelte man (*People*) sie mit Achtung, der ein Hauch Herablassung beigemischt war.
Man nannte sie hier Nath, der Name passte gut zu ihr: In Jeans und Sweatshirt ihres jüngeren Cousins, ungeschminkt, mit kurzen Haarfransen und abgeknabberten Nägeln sah sie wie ein Straßenjunge aus.

Mit der Stadt hatte sie sich sofort angefreundet. Bereits als sie vom Bahnhof aus die Kommune suchte. Aus den grauen Dezemberrauchpartikeln traten die Ecken ihrer Plätze hervor, muskulöse Atlanten, Erker, Maskarone, Putten, Löwen offenen Mauls, Löwen geschlossenen Mauls, Pferde mit und ohne Reiter, Hufe, Nüstern, Gelock, die Kälte, die Unwirtlichkeit. Unwirklichkeit. Zwei ägyptische Sphingen, die vom hunderttorigen Theben am Nil zum schwarzen Newa-Wasser gebracht wurden. Zwei chinesische Wächterlöwen Shíshī, die von der Stadt Jilin am Fluss Sungari zum schwarzen Newa-Wasser gebracht wurden. Schnee, der alles überschüttete und, nachdem er auf den Oberflächen landete, klassische und barocke Formen annahm.

Wenn sie frei hatte, ging sie stundenlang durch die dunkel leuchtenden Gassen, der braune Schneematsch und der Stoff ihrer Schuhe vereinten sich miteinander, sie kam zurück, tat ihre Schuhe auf den Heizkörper, wechselte die Socken, trank Tee und besprach mit Janis Neuigkeiten, kleine Romanzen, die sie hatten, große Romane, die sie lasen. Nach einiger Zeit wusste sie, wer hier ein Künstler, wer ein CD-Faker, wer mit unbekannten Absichten hier hängen geblieben war. Petersburg war oft das Gesprächsthema. Alle glaubten, eine besondere Beziehung zu dieser Stadt zu haben, jeder meinte, die einzige Person zu sein, die der Herausforderung, in dieser Stadt zu leben, gewachsen war. Einmal stand Natascha mit Pascha Katholik am Ufer der Newa, die aus ihrem Inneren ein dumpfes Licht aussandte. »Ich hasse diese Stadt!«, rief Pascha und sprang in das eisige Aprilwasser. Nach zwei Monaten Irrenanstalt konnte er keine Ruhe finden, in der Nacht hörte man ihn auf dem Flur hin und her gehen.
Es gab wenige legendäre *Oldies*, die noch aus der Sowjetzeit stammten. Das waren alte Hippies, die wenigen, die noch am Leben waren und dabei nicht zu einem, wie es hieß, *zivilen* Lebensstil gewechselt hatten. Zu ihnen gehörte auch Mischa Bison, dessen zerknüllten Zettel, der ihr nichts mehr nützte, sie nicht wegwerfen konnte, als handle es sich um einen Liebesbrief. Einmal kam er. Sie traf ihn auf dem Flur und dann mehrmals in der Küche. Er erkannte sie nicht wieder, und sie wollte das so sein lassen. »Hey, bist du nicht als Bisons Freundin hier einquartiert?«, fragte Ljuba Tornado, als sie alle drei in der Küche standen. *Ich will sterben*, dachte Natascha. »Ah, du, gut, dass du hier bist!«, sagte Bison, und Natascha erfuhr nie, ob er sich an sie erinnerte oder nicht. Zwei Wochen lang genoss sie das Privileg, Bisons Freundin zu sein. Er lag in Janis' Zimmer auf einer Kameldecke aus seinem Rucksack und erzählte von seinen vielen Reisen und was ihm sonst so einfiel, wie:

»Nicht der Körper ist ein Gefäß. Die Seele ist ein Gefäß für den Körper. Sie ist nicht drin, sondern draußen, eine Hülle. Der Körper ist wie der Wein im Krug. In eine Seele wird immer ein anderer Körper eingeschenkt. Wenn Inder oder Tibeter ihre Toten verbrennen, dann helfen sie deren Seelen, sich vom vergifteten Wein des Körpers zu befreien. Wer trinkt dann diesen vergifteten Wein, wenn wir sterben? Was glaubst du? Die niederen Dämonen? Ein Schamane hat mir erzählt, dass sich bei manchen Schamanen die Körperglieder von selbst verflüchtigen. Sie werden nach und nach durchsichtig.«
»Ich muss jetzt aber weg«, sagte er, »ein Freund wartet auf mich. Er ist Schamane. Er musste einer werden. Weißt du, Nath, was die Schamanenkrankheit ist?

SCHAMANENKRANKHEIT

Es kommen zu einem Menschen die Geister und sagen: ›Werde Schamane!‹ Falls er das nicht will, verfolgen sie ihn und sagen wieder: ›Werde Schamane!‹ Er kann weit weggehen, studieren, einen Beruf ausüben, sie werden ihn einholen, er wird krank werden und sterben. Die Geister kommen dann zu seinem Verwandten, zum Bruder oder auch zur Schwester, und sagen: ›Werde Schamane!‹ Mein Freund hat in Moskau am Literaturinstitut studiert. Wollte Dichter werden. Hat nur zu viel getrunken. Und da kamen sie, die Geister.«

Das war eine dieser Geschichten, aus denen das Band geflochten war, das ihre Gedanken an Mischa Bison band, seit sie ihn in ihrem Provinzstädtchen mit Brot, Äpfeln und Marmelade gefüttert und er ihr als Gegenleistung vom Schwarzen Meer erzählt hatte, wo man am Strand neben Kies auch Jade, Achat und Bergkristall findet. Oder von den Felsen Asiens, auf deren Halden und in deren Höhlen sich Gräberwachs bildet, ein Mittel der dortigen Heilkundigen, das entweder verharzter Kot von Fledermäusen ist, so sagen die einen, oder Bienenspeichel, so sagen die anderen, oder gar der Schweiß der Steine (er schenkte ihr einen dunkelbraunen, bitterriechenden Klumpen: »Solltest du dir mal den Arm brechen, wird das helfen.«). Als er aus der Kommune fort war, warf sie den zerknüllten Zettel mit der Adresse weg. Sie brauchte ihn (nachdem sie Bison drei Nächte nachgeweint und drei Tage taggeträumt hatte, »Nath, bist du okay?«, fragte Janis) wirklich nicht mehr, sie brauchte auch diese Behausung nicht mehr, sie hatte Programmierkurse absolviert und einen Job gefunden und konnte sich leisten, eine kleine Wohnung zu mieten. Als Janis gecheckt hatte, dass Natascha Programmierkurse besuchte, hatte sie mit der hochnäsigen Ironie, die die Kommunebewohner auszeichnete, gesagt: »Eine Woche ohne Joint – und schon kannst du Power Point.« *Ich bin verrückt*, dachte Natascha, als sie das Schuldgefühl einer Entlaufenen in sich registrierte.

Sie war auf der Suche nach einer Wohnung, als Fjodor in die Kommune kam und Gedichte las, eingeladen von Pascha Katholik, der sich endlich von der Klapsmühlenkur zu erholen schien. Die anderen Dichter der Kommune wollten wissen, wie Pascha Katholik das gelungen war. »Nath«, sagte Max, »Fjodor war ein Samisdat-Star in der Sowjetunion, weißt du, was das ist? Weißt du, was Underground ist? War?« Fjodor las, und die Pappeln draußen im Regen applaudierten mit ihren grünen kleinen Flossen. Das Publikum drinnen wurde aufgeregt, verlegen und albern, merkte Natascha mit Staunen. Max sagte, durch die klirrende und sich in fließendes Was-

ser verwandelnde Fensterscheibe unklar was betrachtend: »Wäre nicht schlecht, jetzt nach draußen zu gehen und sich wenigstens zu erkälten.« Katmandu machte einen Kopfstand, nachdem er erklärt hatte, ein Mensch sei ein Stundenglas und neben dem Blut, das in den Adern fließt, gebe es da auch einen feinen Zeitsand, der irgendwann alle werde. Stehe man Kopf, riesele der Sand in die andere Richtung. So drehe man seine biologische Uhr zurück. Als das Gewitter seine Kraft verbraucht und sich zurückgezogen hatte, gingen alle – Fjodor und seine Gastgeber – hinaus in die gewaschene Nacht. Die Geschichten, die Fjodor erzählte, waren noch seltsamer als die von Bison. »Nath, kommst du oder was?«, sagte Max, als sie, Fjodor folgend, im Begriff war, in den Bus einzusteigen, in den Fjodor einstieg. Es war der erste Morgenbus.
»Heißt du Nath?«, fragte Fjodor, als er sie die Treppe in seinem Haus hinaufsteigen sah. Natascha wollte ihm erklären, dass sie ihn nicht unterbrechen wollte, dass sie seinem Sprechen folgte, viel mehr eigentlich als ihm, aber wie willst du etwas so Dummes erklären.
»Natascha. Ich heiße Natascha. Ich gehe jetzt nach Hause«, sagte sie.

Als sie ein paar Tage später in die Kommune kam, um ihre Sachen zu holen und Janis Bescheid zu sagen, meinte Janis, die gerade eine Ausbildung in einem psychotherapeutischen Zentrum begann: «Nath, dir hat dein Vater immer gefehlt, deshalb magst du ältere Männer. Das ist eine kompensatorische Suche nach einer Vaterfigur.«
Eine Woche ohne Joint, und schon kennst du Sigmund Freud! – wollte Natascha sagen, schwieg aber und freute sich, dass sich Janis endlich für etwas anderes als die uralte Musik interessierte

In der still gewordenen Wohnung bewohnte Fjodor nach wie vor nur sein kleines Zimmer und die Küche. Er bewegte sich neben den dunklen antiken Möbeln, wie er sich zuvor neben seinen Eltern bewegt hatte: vorsichtig. Und ohne Hoffnung, dass diese Leere jemals mit Geräuschen, Gerüchen und Farben aufgefüllt würde, wie er davor ohne Hoffnung lebte, dass er aus dem Irrgarten des Elternhauses hinaus fände. Seine Eltern, die sich seinetwegen geschämt hatten, als er ein ungedruckter Dichter war, ihn, wie er meinte, nur herablassend duldeten, hatten ihn später, als er und seine Gedichte in der von den Verboten befreiten postsowjetischen Literaturlandschaft anerkannt waren, mit Stolz angeschaut, ohne jeden Übergang, als wäre es die natürlichste Sache, eine Meinung gegen die entgegengesetzte zu tauschen. Als sie plötzlich kurz nacheinander gestorben waren, begann er, mit ihren Schatten lange Diskussionen zu führen. Er wusste, dass diese neuen Gesprächspartner nicht seine Eltern waren, sondern Hirngespinste. Aber er vermochte nicht, diese Gespräche zu unterbrechen. Er konnte ohne Hemmung alles erklären, was er früher nicht hatte erklären wollen, weil er immer eine Barriere zwischen sich und den Eltern gesehen hatte, die nun weg war. So wäre es weitergegangen, hätte Natascha diese imaginären Gespräche nicht mit ihrem Zwitschern übertönt. Natascha, ein Bündel Jammer, ein Mädchen, so schmächtig, dass es einem Hähnchen glich, ja nur einer Hähnchenhälfte sogar, die gerupft war, aber unerklärlicherweise noch piepste, das in nichts den wenigen Frauen ähnelte, mit denen er kurze, immer auf irgendeine Art peinliche Beziehungen hatte. Eine Hähnchenhälftenfrau, das Schönste, was ihm je begegnet war. Nach einer Weile schien ihm, er selbst habe sie erfunden und gemeißelt, alles an ihr schien ihm von ihm zu sein, außer einer Narbe oberhalb ihres linken Schulterblatts, die auf ihn sehr aufregend wirkte.
Natascha ängstigte der viele Platz in Fjodors Wohnung, sie war

an Gedränge gewöhnt, die Kommune war für sie die natürliche Fortsetzung ihres Lebens bei Tante und Onkel gewesen, deren Schlafzimmer vor Fernsehschluss das Wohnzimmer war – die drei Cousins teilten sich einen kleinen Raum, durch den sie und ihre zwei Cousinen zu marschieren hatten, wenn sie in der Nacht aus ihrem noch kleineren Kämmerchen auf die Toilette mussten.

Sie domestizierte den verwilderten Raum und füllte ihn mit dem Klang ihrer Stimme. Sie sprach und sang und Fjodor sah sie an und lächelte.

In der Nacht schaute sie, nachdem die Augen sich an die Dunkelheit gewöhnt hatten, den blätternden Stuck an und stellte sich vor, wie im Schrank die in den Falten der Kleidung gefangenen Motten niesten – von den Orangenschalen, die sie hineingeworfen hatte. Sie traute sich lange Zeit nicht, die Sachen von Fjodors Eltern anzurühren. Erst als die ganze Wohnung von ihrer Stimme erfüllt war, verlagerte sie alles in einen Verschlag hinter der Küche, wo sich der Generationenkram aufschichtete. Nur ein paar Kleidungsstücke brachte sie zu Janis.

Ihre Verwandten wollten sie besuchen. »Wann habt ihr Hochzeit? Was sollen wir euch schenken?« Sie stellte sich vor, wie sie kommen, wie sie diese Wohnung in Petersburg als ihre Chance sehen würden, die Provinz loszuwerden, wie sie kochen, aufräumen, einkaufen würden, wie sie diese geräumigen Räume, deren Ecken und Winkel im rauchigen Nebel der Endlosigkeit zu verschwinden schienen, mit *ihren* Stimmen füllen und festigen würden, mit dem Schwalbenspeichel der Sippe. Sie stellte sich vor, wie Fjodor daran leiden würde. »Nein, Tante Mascha, nein, das geht nicht, mein Mann duldet fast keine Menschen, ein Dichter halt. Die Hochzeit hatten wir schon, wir hatten gar keine, wir haben uns einfach trauen lassen. Es tut mir leid, er ist ein sehr problematischer Mensch«, sagte sie am Telefon.

»Ich habe es nicht einfach«, log sie. »Quatsch«, sagte die Tante, »ich muss deinen Mann sehen, ich komme in einer Woche, gib mir deine Adresse.« »Nein«, sagte Natascha.
Dann wurde Mascha geboren. Das Gebären war, als werde das ganze All durch ihren Körper gezogen, die Erde mit ihren Gebüschen und Steinen, mit allen bereits gestorbenen und noch nicht gezeugten Wesen, mit den Automobilen, den Telefonen, den Strickjacken und allem, was sonst da ist; der Ozean mit den Delfinen, den U-Booten und den Blaugrünalgen; der Himmel mit seinen Hubschraubern, Marienkäfern, Gimpeln und Raketen; alle Galaxien mit ihren schwarzen Löchern, Sonnen und Milchstraßen, mit ihren kleinen grünen Männchen und Engeln. Kein Wunder, dass das weh tat. Natascha kaufte zwei Koffer Geschenke und fuhr schweren Herzens mit der kleinen Mascha in ihre Heimatstadt, um das Kind seinen Verwandten zu zeigen, zu denen nun auch Ljoscha zählte, der eine ihrer Cousinen geheiratet hatte.
Ein anderes Problem waren Fjodors Freunde. In seinem Kreis, wo alle einander seit Jahrzehnten kannten, wo sie irgendwelche verschlüsselten schöngeistigen Botschaften von sich gaben, war sie hoffnungslos unpassend. Ihre übertrieben korrekte und höfliche Art zu sprechen wäre hier genauso läppisch gewesen wie in der Kommune ihre Versuche, Slang zu sprechen. So gab sie ihre Russischlehrerinnenmanieren auf und spielte das begeisterte Kommunenmädchen, das sie ebenso wenig war wie die Russischlehrerin. Sie sprach zu viel, erzählte von den Gräberwachsfelsen, von den spirituellen Erfahrungen der Schamanen, traf auf nachsichtige Blicke und konnte dann in der Nacht nicht schlafen, wegen des beschämenden Gefühls, dass sie zu viel und zu dumm geredet hatte. Sie lag und starrte die bestuckte Decke an. Und hörte dem Mottenniesen zu.
In einer dieser Nächte dachte sie einmal im Halbschlaf an ein georgisches Gericht, das ihre Tante zu allen Geburtstagen

zubereitete: Vor dem Braten muss man die Hähnchenhälften platt klopfen, sie so lange schlagen, bis alle Knochen zerbrochen sind und sie zu etwas ganz anderem werden, fast gar nicht mehr als Hähnchenhälften erkennbar. Sie kam sich vor wie eine solche Hähnchenhälfte, die immer wieder zu einer formlosen Schlachtmasse geschlagen und dann aufs Neue modelliert wurde.

Nach einigen Jahren mit Fjodor hatte sie geglaubt, ihre endgültige Form angenommen zu haben. Und nun kam neues Plattklopfen in Sicht. Wozu? Um was aus ihr zu gestalten? Am liebsten hätte sie Janis angerufen und sie gebeten, mit einem Joint vorbeizukommen. Sie hätte gerne ein Tauschgeschäft gemacht: Fjodor bliebe heil, und dafür wäre sie im Klassenzimmer geblieben und hätte einen Tannenzweig mit Schnee und rotem Gimpelfleck betrachtet, an der Tafel und am Blick der Chemielehrerin vorbei. Oder sie wäre sogar für immer bei Ljoscha geblieben. Aber mit wem willst du da verhandeln.

Der Notdienst wurde angerufen. Fjodor war im Bett. Mascha war im Laufställchen. Was noch? Tante Mascha anrufen? Noch nie hatte sie sich so allein gefühlt. Ein Spatz schaute sie von der Fensterbank an, durch die hellgrauen Schneckenspuren des gestrigen Regens.

PAPIERENES MÄDCHEN/SINGENDER TOD

Autor Caspar Waidegger saß auf der Terrasse seines Hauses und überlegte sich seine Nobelpreisrede, die er in Stockholm vortragen würde, falls …

Der Lächerlichkeit dieser Beschäftigung war er sich völlig bewusst. Aber sie war für ihn eine seit langem bewährte Entspannungsmethode. Sein Lieblingspfad aus der Realität. Im Laufe der Jahrzehnte verlor diese Vision ihre Schärfe. Er war weder aufgeregt darüber noch schämte er sich deswegen.
Je geringer die Wahrscheinlichkeit war, dass er die Rede würde schreiben müssen, desto weniger reizte bzw. nervte sie ihn. Im Gegenteil: Er benutzte diese imaginäre Rede, wenn er eine Ablenkung von den lästigen oder unerfreulichen Tatsachen seines Lebens brauchte. Im Laufe der Jahrzehnte änderte sich auch der hypothetische Inhalt. Das, was er der Menschheit sagen wollte, war zuerst eine edle Botschaft, von der er nicht mehr viel wusste. Die weiteren Versionen wechselten zwischen Erbitterung und Erbauung, je nachdem. Wie ein Flaschengeist, der seine besten Jahre in einer Flaschenzelle verschmachtet und, um sich zu zerstreuen, seinem eventuellen Erlöser mal eine ausgiebige Belohnung verspricht, mal es sich anders überlegt und ihm für sein Zögern eine ausgeklügelte Strafe erdenkt, wechselte Waidegger seine Erwiderungen, die er regelmäßig für die Preise verbrauchte, die er »ersatzweise« bekommen hatte.
Er dachte heute an seine Stockholmer Rede, um sich von der unerfreulichen Tatsache abzulenken, dass er seit Wochen an einem Text schrieb, ohne etwas zu schreiben, was ihm gefiel. Eine rauchfarbene Katze schaute an ihm vorbei aus dem Gebüsch. Sie lauerte auf einen Häher. Er sah die Katze und hatte (freilich ohne jede Zusammenhang) seine Geschichte im Griff. Es ging um eine junge Frau, die ihre Lebenslust an einer sinnlosen Liebe verbraucht. Alles nahm seinen Platz ein. Auf dem Papier (er schrieb mit der Hand, war stolz darauf) erschien eine lächelnde Laura (ein Grübchen auf der linken Wange ließ ihr Lächeln ironisch aussehen). Ein unangenehmes Gefühl, das ihn kratzte, wenn er an Laura dachte, Reue wegen ihrer leisen Treue und Wehrlosigkeit, meldete sich nicht. Im Gegen-

teil: er dachte gerne an sie. Ein sinnloser Übergriff auf und ein sinnloser Eingriff in das fremde Leben wurden sinnvoll. Die Katze scheuchte den Häher auf.

PAPIERENES MÄDCHEN/**SINGENDER TOD**

Der Spatz wurde von einer Elster verscheucht. Die Elster wollte durch das Fenster, weil auf dem Fensterbrett innen ein Taschenspiegel lag und blitzte. Sie brauchte ihn.
Fjodor war es gelungen, Natascha zu verstehen zu geben, dass sie Musik einschalten müsse. Er hoffte, sie würde den dreisten Trommelrhythmus übertönen.
Aber der kam von allen Seiten. *Gib mir Zeit, du*, dachte Fjodor ihm entgegen, *ich werde dich noch fangen. Abschiedsgedichte*, dachte er entsetzt.
»Der Sonnenaufgang wie ein Dompfaff« – sang die Sängerin, die Natascha aus ihrer Kommune-Zeit mochte.
»Natascha, du musst aufschreiben, mach deinen Laptop auf, hör zu:

In Windeln,
wenn du dein Leben beginnst,
schwebt es vor dir wie ein Poster
in einer Metzgerei:
Farben und Figuren,
auch Zahlen und nummerierte Legende.
Die Kuh steht in Erwartung
ihrer Zerteilung.
Das Leben aber geht seinen Gang:

Die Teile ändern ihre Formen und verrutschen.
In der Mitte des Lebens
wird aus der Kuh ein Fabeltier,
das dich vorwurfsvoll anschaut.
Im Winde klirrend.«

Die Elster gab ihre Versuche, den Spiegel zu klauen, nicht auf. Sie pickte an die Scheibe, schüttelte vorwurfsvoll den Kopf und pickte aufs Neue. Niemand beachtete sie. So gesehen gab es sie gar nicht.

PAPIERENES MÄDCHEN/SINGENDER TOD

Andreas schaute, wie spät es war, und dachte, dass er leider nicht auf Laura warten könne, er ging und vergaß die Balkontür zuzumachen. Die Katze war wieder da, kam herein, sagte ihr »amiaugo, amiaugo«. »Ich ruf dich morgen an«, dachte Andreas, die sich ineinander spiegelnden Töne des graublauen und perlgelben Berliner Morgens nicht beachtend.

♦

ICH WERDE SAGEN: »HI!«

1.

Ich werde sagen: »Hi...«, dachte Moritz.
Ein dunkles Mädchen. Schwarze Fischchenkontur um jedes Auge. Schweres Haar hinter den Ohren. Pony bis zur Mitte der Stirn. Der Hals ist etwas kurz geraten, sodass die Schultern unsicher hochgezogen scheinen und das Lächeln ebenso unsicher wirkt. Gelenke schmal, Arm- und Knöchelreifen bunt – Moritz zerlegte das Bild in Einzelteile, um es besser festhalten zu können: Ein unsichtbares Mädchen, das über die Straßen des Städtchens lief, in dem Tante Anita lebte. Tante Anita ging die Treppe herunter, öffnete die Tür in den Garten, um die warme und stickige Blütenluft ins kühle Haus zu lassen, und legte ein Blatt Papier vor Moritz auf den Küchentisch: »Sag mal, was besser ist: ›Sie‹ oder ›Du‹? Wir führen ein neues Produkt ein (*coproduction* mit unserem amerikanischen Partner). Ich muss die Übersetzung für den Flyer freigeben.« Moritz las den Text und sagte: »Mach ›Du‹. Das ist vertraulicher.« Anita las vor, bei jedem »Du« oder »Sie« zeichnete sie sich ein Luftkomma hinter das Ohr, um eine akazienhonigfarbene Haarsträhne zu richten:

»Wer kennt das nicht: Ein Kollege mit Mundgeruch macht den Büroalltag zur Qual. Eine zu laut sprechende Mitfahrerin im Zug verdirbt die Urlaubsvorfreude. Noch schlimmer ist es, wenn Sie (wenn du) im engen Freundeskreis oder gar in der eigenen Familie eine Person nicht leiden kannst. Man muss das ändern. Aber wie?

Es liegt an IHNEN (an DIR). Du musst lernen, deinen Nächsten zu akzeptieren (sag mal, vielleicht besser: ›deinen Nächsten zu lieben‹?). *Wir bieten ein Training für Menschen, die ihre Antipathien und Aversionen endlich überwinden möchten. Diskret und zuverlässig. Überzeugen Sie sich selbst: Sie werden ein glücklicherer Mensch!*

Ich weiß nicht, ich werde den Chef fragen. Oder den Pfarrer, er wollte den Flyer in der Kirche auslegen. Ok. Was wirst du heute machen?«, sagte Anita.
»Ich nehme das Rad und fahre in die Stadt. Eis essen und so«, sagte Moritz.

Er dachte wieder an das unsichtbare dunkle Mädchen, weil erstens ein gleiches, aber sichtbares, ihm eben sein Eis verkauft hatte. Das Mädchen war aus dem lichtlosen Schlauch der Eisdiele hinter der riesigen Wasserfarbenbox der von der Sonne beleuchteten Eistheke erschienen. In einem breit gestreiften Sommerkleid, in jedem Streifen ein Muster aus Vogelflügeln und -köpfen. Und zweitens, weil er mit dem Eis in der Hand vor der Gedenktafel stand, die erzählte, dass in diesem Haus vor hundertfünfunddreißig Jahren ein Kunst- und Kulturliebhaberverein gegründet worden sei, mit der Absicht, eine altägyptische Mumie für die hiesige historische Kunstsammlung zu erwerben. Leider sei die erfolgreich aus einem fernen Land herbeigeschaffte und dem »Natur- und Kunstmuseum« anvertraute Mumie später den alliierten Bomben zum Opfer gefallen.
Man kann auch zweimal am Tag Eis essen, oder? Die Ähnlichkeit des Eis-Mädchens mit Figuren auf altägyptischen Sarkophagen ließ Moritz nicht los. Das unsichere Lächeln. Kleine Ohren vor dem Haar, das schwarz ist und glänzt wie die frisch gefirnissten Fachwerkbalken am Haus mit der Tafel. Ein leich-

ter Vogelknochenkörper, der einer Pharaonentochter womöglich, der Jahrtausende überdauert hat, um im barbarischen Norden bis zum endgültigen Verschwinden mit Himmelsfeuer bespuckt zu werden. Ich nehme eine andere Sorte, ich werde sagen: »Hi, das Eis war …« Nein, das ist blöd, ich werde sagen: »Hi…«

Das Fachwerkhaus mit seinen Inschriften und Schnitzereien war im Frühjahr fünfundvierzig als einziges auf diesem Platz heil geblieben und glich nun einem alten Zahn zwischen frischen Kronen und Brücken, dachte Moritz unter dem Eindruck des Abendbrots vom Vortag, das von einem munteren Tischgespräch über Kronen und Brücken begleitet worden war, weil Tante Anita und Onkel Robert anlässlich Onkel Roberts neuer Zähne Meinungsverschiedenheiten hatten. Es war im späten Mittelalter ein Apotheker-Haus, eines der prächtigsten Gebäude des Städtchens, und heute ein Museum. Da war auch der Raum zu besichtigen, in dem die feierliche Auswicklung stattgefunden hatte, geleitet von einem angesehenen Ägyptologen. Die in den Leinenschichten gefundenen Ölfläschchen, Fayenceperlen, Mistkäfer aus Türkis und ein Spieglein aus polierter Bronze waren in der Bombennacht ebenso vernichtet worden. Auch die Papyrusrollen mit einem Unterweltführer, mit den Namen der Unterweltrichter und mit den Rechtfertigungsworten, die das Mädchen vor ihnen zu sagen hatte.

2.

Es war einmal ein kleiner Moritz, dachte Moritz, als er die matten, dichten und grün-orange gestreiften Strümpfe seiner

Tante sah. Eines Tages, dachte Moritz, sah der kleine Moritz die golden gleißenden hauchdünnen Strümpfe seiner Tante Anita. Wie alt war er? – Nicht viel älter als vier. Das Gefunkel stimmte ihn fröhlich, er lachte und klatschte und schmiegte sich an ihr Bein. Die Oberfläche erwies sich als unangenehm, feingrießig und kratzig. Anita lachte, wodurch die Muskeln ihres Beines fester wurden, und sagte zu Moritz' Mutter, ihrer kleinen Schwester: »Strümpfe haben doch etwas an sich, was? Sie locken die Jungs einfach herbei, sogar die Knirpse.« Die Begeisterung, die der Seidenglanz in ihm geweckt hatte, wurde ihm peinlich. Er fühlte sich angegriffen und gekränkt, ohne zu ahnen, warum sie lachte. Oder doch? Wie auch immer. Seitdem wich er Anitas Berührungen aus. Wohl aus Rache. Aber seine Aufmerksamkeit folgte ihrem Parfum, wie ein Straßenkater dem Selchwurstgeruch aus einer Einkaufstasche folgt, bis diese im Kofferraum verschwindet und anstelle des Kofferraums eine Auspuffwolke bleibt.

Die übliche erste Ferienwoche bei Anita und Robert begann gestern. Das hieß: tagsüber herumhängen, am Abend Bier mit Robert trinken, morgens die Wespen beobachten, die durch die offene Tür aus dem Garten zufliegen und am Frühstück teilhaben wollen, Anita sagen hören: »Scheißviecher! Passt auf!« Die Holunderblüten riechen nach Sperma, Anitas Parfum riecht nach Kindheit.

»Da hatte ich keine Zeit für«, sagte Anita.

»Na, wenn man immer am Telefon hängt«, sagte Robert.

»Ich hänge nicht am Telefon«, sagte Anita.

»Und mit wem hast du gestern den ganzen Nachmittag telefoniert?«, sagte Robert.

»Na mit dir«, sagte Anita.

»Und warum war es besetzt?«, sagte Robert.

»Ich habe sonst nicht telefoniert«, sagte Anita.

»Und mit wem hast du gesprochen?«, sagte Robert.

»Mit dir, sage ich doch«, sagte Anita.
»Nein, warum bin ich nicht durchgekommen?«, sagte Robert.
»Ich habe nur mit dir gesprochen«, sagte Anita.
»Bring deinen grünen Anzug zur Reinigung«, sagte Anita.
»Du hast heute deine Tochter zu Mittag eingeladen, vergiss es nicht, und geht nicht in die ›Blume‹, sie lassen einen immer lange warten, geht ins ›La Mama‹ oder so«, sagte Anita.
»Nimm einen Regenschirm mit, sie haben gesagt, es wird heute regnen«, sagte Anita.
»Die Gartentür quietscht, sag Rami, er soll sie ölen«, sagte Anita.
Robert trank den letzten Schluck Kaffee, nahm das Paket mit dem grünen Anzug, griff einen Regenschirm und ging.
»Vergiss deinen Schnauzbart nicht«, sagte Moritz sehr leise.
Anita nahm das Telefon, wählte und ging nach oben. Je weiter sie sich entfernte, desto klangvoller war ihr Lachen.

Ein Austauschschüler aus Amerika, der vorhatte, *creative writing* zu studieren, hielt es für schick, mit der Hand auf Papier zu schreiben. Moritz hatte sich von dem knochigen Amerikaner mit kleinem blauen Hut auf einer unscharfen Menge eng geringelten Haars und mit verschiedengroßen Moleskin-Heftchen in der Hängetasche beeindrucken lassen: Obwohl ihm sein Vater ein iPad zum Geburtstag geschenkt hatte und ihn seitdem jedesmal fragte, ob ihm das Ding gefalle, nahm er sein papierenes Notizbuch und schrieb sehr langsam, um die Notizen später entziffern zu können:

HÄTTE ADAM EVA GELIEBT, WÄRE NICHTS PASSIERT

Hätte Adam Eva geliebt, wäre nichts passiert. Aber Adam liebte Eva nicht. Sie war eine ihm vom Herrn gegebene Frau. So eine Frau, die alles mit einem teilt, die das Leben managt, sich kümmert. Eine Frau, die sagt: »Lass endlich mal dein Rad

reparieren!« Man nimmt dann das Rad und bringt es in die Werkstatt. Oder sie sagt: »Du, nächste Woche hat deine Cousine Anke Geburtstag. Wir müssen ihr einen Blumenstrauß schicken. Oder nein, eine Postkarte reicht, sie hat dir ja letztes Jahr auch nichts geschenkt. Schicken wir ihr eine Postkarte.« Man nickt, und die Sache ist erledigt.
Hätte Adam Eva geliebt, hätte er anders reagiert, als sie ihm sagte: »Schau, eine Frucht. Schmeckt auch. Koste mal, hat mir ein Kerl von nebenan gegeben.« Was tat Adam? Er kostete, klar, warum nicht. Er war nicht wählerisch und aß alles, was sie ihm auftischte.
Hätte Adam Eva geliebt, hätte er sich gefragt: »Von was für einem von nebenan bekommt meine Frau Geschenke?«
»Eva«, hätte er gesagt, »bring das Ding sofort zurück und sprich nie wieder mit dem Typen von nebenan.« »Mensch«, hätte Eva gesagt, »er ist so ein netter, ein Engel von einem Wurm!« »WURM?!«, hätte Adam gesagt. Und er hätte den Feind erkannt und erschlagen.

»Wer schreiben will, muss lesen«, hatte der Leiter einer Schülerschreibwerkstatt gesagt, »wer zum Beispiel die Bibel nicht gelesen hat, hat vieles verpasst, wer Fabulieren lernen will, kann es von der Bibel lernen«, und Moritz dachte damals, er habe zu wenig im Religionsunterricht mitbekommen, und begann das Buch zu lesen. Er las Genesis und Exodus und blieb in Levitikus stecken, Numeri waren nicht spannender, auch Deuteronomium nicht. Er las Kohelet und Hohes Lied und ließ es damit gut sein.

Moritz schlug sein Notizbuch zu und radelte in die Stadt, Eis essen. Nicht weit vom Fahrradständer ragte aus dem Katzenkopfpflaster der glatte schwarze Stein, dessen Inschrift er genauso gut kannte wie die Geschichte der Mumienfreunde: Es habe an dieser Stelle eine Synagoge gestanden, die es seit dem 9. November 1938 nicht mehr gebe, wobei die Beziehung der jüdischen und nichtjüdischen Stadtbürger ansonsten vorzüglich gewesen sei. Ich werde sagen: »Hi, was soll ich heute nehmen?«, nein, ich werde sagen: »Hi, wie heißt du?« Nein, auch nicht, dachte Moritz.

3.

Heute war Anita früher weg als Robert. Enger Rock bis zur Kniemitte, enges kurzes Jackett, Stöckelschuhe, schwarze Strümpfe, das heute rote Haar hochgesteckt: Dienstag ist Anitas Bürotag. Ihr Chef hat fünf Sekretärinnen, eine für jeden Wochentag. Er wolle kein erschöpftes Arbeitsvieh sehen, sondern eine zufriedene, gebildete Frau, die aus Langeweile einen Tag in der Woche arbeitet, die ansonsten erwachsene Kinder und einen wohlhabenden Mann hat, dem sie zeigen will, dass sie Wichtigeres zu tun hat als ihm das Frühstücksbrötchen zu schmieren (so ungefähr hat Moritz' Mutter das dargestellt). Sie ging, sagte nur noch, dass es zum Frühstück keine Gurken und Tomaten gebe, weil man nun kein rohes Gemüse essen dürfe, bis auf weiteres, so sei die Meldung des Robert-Koch-Instituts gewesen.
»Dr. Koch hat befohlen, alles zu kochen. Dr. Händewasch hat befohlen, vor dem Essen Hände zu waschen«, sagte Moritz.
»Die Gartentür quietscht, sag Rami, dass er sie ölt. Oder hast du schon?«, sagte Anita noch zu Robert.
Der Duft ihres Parfums mischte sich mit den Holunderblüten aus dem Garten.

Die Montagssekretärin hatte BWL studiert und ordnete die Papiere in diesem Sinne. Anita konnte Englisch, Spanisch und Französisch und war für Telefonate und Korrespondenz mit dem Ausland zuständig. Die vom Mittwoch war Altphilologin und verfasste eloquente Reden mit angeberischen Zitaten. Von der Donnerstagsdame wusste Moritz nicht mehr, was sie konnte. Die vom Freitag war eine Sportlerin und ihre Kompetenz war das Fitnessprogramm fürs Wochenende. Ein Arbeitsvieh gab es allerdings auch, das all das beherrschte plus jeden Tag den alltäglichen Kram erledigte. Sie hasste die anderen fünf und war in den Chef verliebt.

Robert tat seine Zeitung in den Papierkorb und las lächelnd die SMS, von denen er beim Frühstück gesagt hatte, sie seien von seinem Mobilfunkanbieter. Dann trank er den letzten Schluck Kaffee und sagte, immer noch woanders hin lächelnd: »Er spinnt, Anitas Chef. Wir waren auf einer Betriebsfeier, keine Tischordnung, aber nach jedem Gang stehen alle auf und tauschen die Plätze: über Kreuz, die einen im Uhrzeigersinn, die anderen umgekehrt. Damit alle mit allen in Kontakt kommen. Ok jetzt, ich muss los. Was machst du heute? Wenn du noch da bist, sag Rami von der Gartentür, dass sie quietscht«, sagte Robert und ging, an den Neffen seiner Frau mit jenem solidarischen Mitgefühl denkend, das erwachsene Männer für männliche Heranwachsende aufbringen.

Ich werde sagen: »Hi…«, dachte Moritz und stockte. Er sah die von Robert offen gelassene Gartentür und begriff, dass sie ihm den Weg versperrte. Würde er jetzt gehen, ohne Rami Bescheid zu geben, wäre ihm den ganzen Tag mulmig zumute. »Unrast und Unruh – und raus bist du! Nein: Ohne Rast und ohne Ruh – und raus bist du!«, murmelte Moritz. Du Idiot, sagte er sich, niemand erwartet, dass du wartest, bis Rami mit

seinem Rasenmäher kommt, niemanden interessiert die blöde Tür wirklich, außer dir.
Na gut. Vor hundertfünfunddreißig Jahren haben sich die Bewohner dieser Stadt gesagt: »Es ist eine Schande, dass wir in der ganzen Gegend (und wir sind nicht die Ärmsten!) keine altägyptische Mumie haben.« Moritz nimmt sein iPhone (Stiefvaters Geschenk zum Geburtstag) und googelt, was sie damals alles anhatten: die Damen mit der ab der hohen Brust streng nach unten fallenden Körperlinie vorne und mit dem abstehenden Tournüre-Hintern, sodass sie im Stehen Stühlen ähnelten (der Hintern als Sitzfläche); die Herren in Gehrock und Melone. Die Stuhldamen und die Herren mit den Uhrkettenwasserfällchen an den Westentaschen (oder waren das Monokelketten?) gründeten also einen Verein, dessen Zweck das Sammeln der Mittel für den Erwerb einer Mumie war. Auch die aufgeklärten und emanzipierten Juden der Stadt unterstützten diese Idee mit reichlich Geld und Begeisterung. Passen sie in diese Geschichte? Gut, warum nicht, dachte Moritz, alle Menschen wurden Brüder.
Schade, dachte er außerdem, dass diese Geschichte nicht zur Zeit von E.T.A. Hoffmann passierte, was der alles daraus hätte machen können, halt, das wäre doch was für den nächsten Kurzdramenwettbewerb, dachte Moritz, und schrieb:

Handelnde Personen:
Mumie: ein Mädchen, fünfzehn, höchstens sechzehn Jahre alt. Mit großen Haselnussaugen (er strich die Haselnussaugen). Mit zu den Schläfen gezogenen Augen. Nein, auch das nicht.

Ach was, dachte Moritz, ich lasse für Rami einen Zettel da. Kann er Deutsch lesen? Und wie soll ich schreiben? »Sehr geehrter Herr Rami …« Das ist doof. Wie ist denn der Nachname? Moritz öffnete und schloss die Gartentür und hörte zu, wie sie quietschte, während das Eis-Mädchen ihre Sachen einpackte, vom Geschrei der Geschwister genervt. Ihr Ferienjob war zu Ende, die Ferien noch nicht, drei Wochen Kopftuchtragen und zweimal Flugangst. Der Vater musste nur noch ein paar Rasen mähen.

4.

Moritz radelte einen Bach entlang, orange Lilien im hohen grünen Gras, hechtgrau das Wasser, das alte Rad quietschte lauter als die Frösche und Heupferdchen. Ich werde sagen, dachte er, dachte aber gleich an das andere Mädchen: an das nur für ihn sichtbare, unsichere, unsichtbare.

> Sie kommt in einem schmalen Kahn über einen grau glänzenden Bach, schmächtig, schüchtern, die Schultern hochgezogen. Ich werde sagen, denkt sie, wenn ich endlich vor dem Lichttor stehen werde: »Hi, ich kam über viele Wege …« Sie kommt aus der Lichtlosigkeit und gelangt zum Tor, das offen ist, ihr aber den Weg versperrt, jetzt, wo sie fast am Ziel ihrer Fahrt ist. Ihr Herz schwimmt herauf und versperrt ihr den Atem, sie sagt trotzdem: »Hi, ich kam über viele Wege. Die Brote, die man mir auf den Weg mitgegeben hatte, damit ich nicht vergesse, was Hunger ist, wurden mir weggenommen. Der Wein, den man mir auf den Weg mitgegeben hatte, damit ich nicht vergesse, was Rausch ist, wurde mir weggenommen. Der Papyrus, den man mir auf den Weg mitgegeben hatte, damit ich nicht vergesse,

wie meine Richter heißen, wurde mir weggenommen. Der Schmuck, den man mir auf den Weg mitgegeben hatte, damit ich nicht vergesse, dass ich Königstochter bin, wurde mir weggenommen. Mein Bildnis, das man mir auf den Weg mitgegeben hatte, damit ich nicht vergesse, wie ich aussehe, wurde mir weggenommen. Die Himmelsschlangen bespuckten mich. Aber mir wurde ein Schreiber geschickt, der mein Gesicht erkannte. Ich kann mich an die Namen der 11 Götter erinnern« (sie stockt) »und an die der 42 Götter. Ich bin nicht schuldig.« Das Tor entspannt seine Luftsperre und sie entkommt den Gassen des Städtchens, in das sie, als sie auf ihrem langen Weg zu ihren Richtern war, für die Kunst- und Kulturliebhaber verschleppt wurde.

5.

Moritz radelte in die Stadt, entschieden und entschlossen. Die Eisdiele war leer, aus dem länglichen Dunkel hinter der Wasserfarbentheke erschien eine fröhliche dicke Tante, die Moritz kannte, seit er denken konnte, und schaute ihn fragend an. »Äh«, sagte Moritz. »Grüß Gott«, sagte er und fuhr weiter. Sein Magen freute sich heimlich über das Ausbleiben des Eises.

6.

Die Mädchen, die einander gleichen, reihen sich die Museenwände entlang und lächeln unsicher, die Schultern hochgezogen, die Streifen ihrer Kleider sind mit den Namen ihrer Richter beschrieben. Und von uns bleibt nichts. Alle unsere Datenträger sind viel fragiler als Pergament, Papyrus und Papier, die schon viel anfälliger als Ton und Stein waren, dachte Moritz, stieg vom Rad und schrieb das auf, auf das graue handgeschöpfte Papier seines Notizbuches.

7.

»Das ist eine Schande, sie hängen ihre Wäsche einfach auf den Balkons zum Trocknen auf und ihre Teppiche breiten sie auf den Gehsteigen zum Waschen aus, eine Balkanisierung unserer Städte ist das. Das ist es, eine Balkanisierung! Und sie klopfen ihre Läufer einfach aus dem Fenster!« Mit dieser Kunde erschien Robert zum Abendbrot.
»Lass die Leute leben, wie sie wollen«, sagte Anita.
»Ich lasse sie leben, wie sie wollen, keine Frage, aber nur solange sie mit ihrem Leben das meine nicht stören«, sagte Robert.
»Was stören sie dich, du siehst sie kaum«, sagte Anita.
»Na eben! Ich fahre nur ungern in die Innenstadt, weil sie dort alles balkanisiert haben«, sagte Robert.
»Quatsch«, sagte Anita.
»Du musst mal mittags in die Stadt fahren und selber sehen«, sagte Robert.

»Da habe ich keine Zeit für«, sagte Anita.
»Na, wenn man immer am Telefon hängt«, sagte Robert.
»Ich hänge nicht am Telefon«, sagte Anita.
»Und mit wem hast du gesprochen?«, sagte Robert.
»Mit dir«, sagte Anita.

Nachts konnte Moritz nicht schlafen, weil ihm eine Geschichte einfiel, die weiterzudenken er nicht aufhören konnte, die aufzuschreiben er aber zu müde war:

> Aus einem Fenster in der ersten Etage eines Innenstadthauses hängte ein Türke einen Läufer und begann ihn in weitschweifigen Bewegungen auszuschütteln.
> Aus dem Fenster in der zweiten Etage desselben Hauses guckte ein Serbe heraus und hängte seinen schweißgetränkten Jogginganzug zum Lüften. Der Gestank strich um alle Gegenstände, die unvorsichtig draußen platziert worden waren, auch um die frisch gewaschenen Höschen, Büstenhalter und Unterhemden einer alten Bulgarin, die im dritten Stock einen Balkon besaß, wo ihre Unterwäsche zum Trocknen flatterte.
> Ein Grieche aus dem vierten Stock goss die an der Brüstung seines französischen Fensters befestigten und von Dr. Koch untersagten Gurken- und Tomatenpflanzen. Das überflüssige Wasser strömte nach unten, und die Wäsche wurde wieder nass.
> Ein Albaner darüber hängte aus dem kleinen Fensterchen seinen kleinen bunten Teppich, der ihn an seine kleine liebe Heimat erinnerte, und klopfte ihn aus.
> Auf dem Außensims der Dachwohnung legte ein Ägypter schmale Papyrusstreifen zum Trocknen hin, die er mit bunten schakal- und paviansköpfigen Menschen bemalt hatte, um sie am nächsten Tag auf dem Flohmarkt

zu verkaufen. Am Rande jedes Streifens waren winzige Kähne mit Pharaonentöchtern gezeichnet, die in die taufeuchte Luft glitten und in der Ferne verschwanden. Der Ägypter dachte, die schlechte Farbe sei schuld, dass nach dem Trocknen keine Kähne mehr zu sehen waren, und schimpfte auf die deutschen Farbenhersteller.
Mein Onkel Robert wohnte im Erdgeschoss. Während er auf seiner Terrasse seine Guten-Morgen-Zigarette rauchte, wurde er zu dem nach Schweiß riechenden, begossenen Staubsack, der er bis heute geblieben ist –

Oder ist »der er bis heute geblieben ist« überflüssig?, dachte Moritz und schlief endlich ein.

♦

FRIEND, POETRY, WINE

Ich bin der Gärtner, doch ich bin auch die Blume,
mir ist nicht einsam im Verlies der Welt.
(Ossip Mandelstam)

1.

Unten im Tal: Ein Wasserfall wird zu einem Bergbach. Steine zeigen ihre Rücken. Wüsste man nicht, dass das Wasser ist, was sich bewegt, könnte man die Steine für Fische halten. Frauen knien auf dem Geröll, beugen sich zum schnellen Wasser und schwenken die Wäsche aus. Das eisige Bergwasser wäre nicht auszuhalten, aber die Wäschestücke zappeln in runden Weidenkörben, die Vogelbauern ähneln. Die Frauen halten bloß die Ringe oben an den Körben. Die Kiefern hier unten können endlich den Stamm aufrichten und die Zweige ausbreiten. Oben, fast schon im Himmel: Kiefern knien auf den Felsen. Katzenähnlich stemmen sie sich mit ihren Tatzen gegen den Stein und blicken nach unten, wo die Frauen vor dem Bach knien.
In der Mitte: Eine natürliche Terrasse bildet einen ins Tal geöffneten Klosterhof. Hier hockt ein Mönch vor einer katzengroßen Zirbelkiefer, die auf einem steinernen Tisch steht und sich raubtierhaft nach unten beugt, zu einem im Staub badenden Schmetterling.
Der Mönch schaut nach oben, zu einer Felsenkiefer, die, nach unten gekrümmt, eine Wiederholung des Klostergarten-Bäumchens ist, oder wiederum von ihm wiederholt wird. Nur einen Zweig muss man bei der kleinen entfernen, der eine falsche Richtung genommen hat. Der Mönch richtet sich auf und geht eine Säge holen, die geschrumpfte Variante einer Säge, nicht größer als eine Katzenpfote. Unterwegs bleibt er bei einem Ahorn

stehen. Etwas stört den kleinen luftigen Kosmos seiner Krone. Der Mönch hockt sich vor ihn hin, um die gestörte Ordnung zwischen den Ästen auf Augenhöhe betrachten zu können.
Der Mönch ist alt. Er weiß nicht, wann er alt geworden ist. Seine Augenschärfe ist ihm erhalten geblieben, er glaubt das dem Rhythmus der Äste zu verdanken, der Gewohnheit, das Große im Kleinen und das Kleine im Großen zu sehen. Er kennt in seinem Hof jede Staude, jede Rispe, sogar die Grasgrannen. Auch jeden Kiesstein um den Teich in der Mitte des Klosterhofs, so dass er immer weiß, welcher Stein sich gleich als eine kleine Schildkröte erweisen wird. Er weiß, dass es eine Zeit gegeben hat, in der er sich diese Einzelheiten nicht merken konnte, nicht einmal von ihnen wusste, aber er kann sich diese Zeit nicht vorstellen. Nicht mehr.
Sein Liebling: eine Lärche. Ein zwar mit einer nervösen Biegung, aber sonst unbeirrt emporstrebender Stamm, nur drei Seitenäste oben, die sich zu wundern scheinen, dass sie noch da sind. Einsam und sonst schwer zu bestimmen: standhaft? gelassen? konzentriert?
Blick nach oben: Eine Lärche wird von einem Felsen über die übrige Landschaft erhoben. Winterstürme haben sie zu einem Asketen gemacht, nur drei Äste oben. In jedem Baum lebt ein Wind, denkt der Mönch, in den drei Ästen der Lärchen lebt ein gelassener Dreiwind: da oben ein großer Dreiwind; hier unten sein kleiner Bruder.

2.

Da kamen sie – vier Mann, laut, lachend, kein Wind, nur seit langem still stehender Weindunst in den Köpfen. Der Geruch betrunkener Männer war hier so unpassend, dass er lachte. Er war nicht sonderlich stark, wenngleich ihm übernatürliche Kampffähigkeiten nachgesagt wurden. Von den Bauern unten. Von den Bäumen oben. Er hatte nie Angst. Wem käme in den Sinn, diesen Ort zu schänden? Und nun –

Die vier lachenden Männer beachteten den Mönch nicht. Der eine drohte plötzlich dem anderen mit einem Messer, das größer war als die Astsäge des Mönches. Der andere griff mit seiner breiten Hand den Lärchenstamm. Zusammen mit dem kantigen Topf wurde der Baum zu einer Art Morgenstern. Der Vierte stand schon in der Tür des Tempels. Der Mönch dachte mit unangenehmer Unruhe, die eigentlich zu gemächlich für die Geschwindigkeit des Geschehens war, an den goldenen Drachen. Der Dritte schrie: »Hol den goldenen Drachen, von dem uns die Bauern erzählt haben, schnell!«

Er blickte schräg nach oben zu den Felsenkiefern. Er schaute seine Katzenkiefer an. Im Himmel kreiste ein Bussard. Im Staub der Schmetterling. Unten im Tal hopsten die Steinrücken im Bach, hier schien eine Quelle, die vom Felsen herunterfiel, zu erstarren. Eine Eidechse hätte ihn ablenken können, weil sie kein Gegenstück in der Umgebung hatte, nur den unsichtbaren Himmelsdrachen, der den Vorgang im Hof nicht ohne Interesse beobachtete. Der Mönch beachtete beide nicht, er wusste ohnehin, dass sich jedes Wesen auf einer Leiter befindet, auf der oben und unten seine kleinen und großen Ebenbilder sind.

Grüße dich, Tod, ich bin bereit, dachte er, *ich habe keine Angst.* Er hatte in der Tat keine. Nur die Glieder seines Körpers schickten einander panische Signale.

Der Erste begann über die Dreiastwaffe des Zweiten zu lachen. Der Zweite begriff die Komik und lachte mit. Der Dritte in der Türöffnung gab dem Vierten zu verstehen, dass er den Mönch wegschaffen musste.

Er schaute die vier Männer an und sah sie klein, als wären da vier übermütige dreijährige Kinder. Er merkte sich jedes Glied, jede Bewegung, jedes Härchen an jedem der vier. Es kostete ihn keine Mühe, sie am Arm, am Kragen, am Fuß, am Gürtel zu packen und zurück zum Wald hinter dem Tempel zu bringen. Als wären sie in der Tat dreijährige Kinder.
Was die vier plötzlich nüchtern gewordenen Männer verspürten, war schlimmer als Angst. Teile ihrer Körper schickten einander panische Signale: Den erstbesten Weg nehmen. Den dunklen Bergwald hinter sich zuschnüren!

3.

Der dritte Räuber hatte keine Lust mehr, den Seinigen zu folgen. Als er im Wegrennen zurückblickte, sah er, wie der Mönch immer kleiner wurde, bis er weniger Platz einnahm als sein kleinster Baum. Der dritte Räuber blickte noch einmal zurück, um sich zu vergewissern. Der Mönch war verschwunden. *Das kann nicht sein*, dachte der dritte Räuber und ging weiter, gegen den Zwang, zum Klosterhof zurückzukehren. Er stellte sich vor, wie wohltuend das sein müsste, einfach zu verschwinden. Wie der Mönch es getan hatte. Ob er das in der Tat getan hatte? Wir werden sehn, wir werden sehn, dachte er und nahm einen Seitenpfad. Er horchte. Ein Frosch. Ein Pirol. Kein Geräusch, das mit menschlichem Tun hätte verbunden werden können, war zu vernehmen.
/
Die anderen drei: Wo ist der Blöde, wo ist er? Hat der Scheißmönch ihn totgeschlagen? Verwundet? Sollen wir zurück? In

ihren Augen kreiselten immer noch Ehrfurcht, Staunen und Fluchtwunsch. Sie wagten nicht einmal zurückzublicken, um zu prüfen, ob der dunkle Bergwald hinter ihnen gut zugeschnürt war. Sie gingen mit schlechtem Gewissen weiter. Na gut, der war sowieso blöd. Ein reiner Idiot. Ein blöder Tor.
/
Der Räuber: Völlige Leere, keine Seele, wenn man Tiere und Pflanzen nicht dazu zählt. Sollte man aber, dachte er und war selbst überrascht. Von allen Pflanzen und Tieren, dachte er, ist ein Mensch einem Bonsai am nächsten: ein Wesen zwischen Kunst und Natur, es wird als ein Wilder unbestimmter Bestimmung geboren und muss zu einem Menschen erst gepflegt werden. Von nun an werde ich mich selber gestalten, dachte der Räuber, ich werde zu diesem verschwundenen Mönch, nur so werde ich eines Tages einfach verschwinden können, wie er. Am Ende werde ich zu einem Bonsai womöglich, wie wahrscheinlich der Mönch es geworden ist. Aber zu welchem?
Eine Quelle erinnerte ihn daran, dass es warm und schwül war. Er kniete nieder und stellte sich während der Bewegung die angenehme Kälte vor. Einem in der feuchten Luft verschwitzten Menschen scheint das kalte Wasser nicht nur kühl, sondern dazu noch trocken zu sein. Das Wasser war aber warm und salzig, wie der Tee der Hirten, nur ohne das Fett, das die Hirten in ihren gesalzenen Tee tun.

4.

Am siebenten Tag der Betrachtung des Gartens und des Trinkens des warmen Wassers wurde er hungrig. Er betrat die Hüt-

te neben dem Tempel. Zwischen dem Tempel und der Hütte sah er seinen Schrei in der Luft: »Nimm den goldenen Drachen, schnell!« Komisch, was soll das?, dachte er. Er brachte etwas Wasser zum Kochen und sah die zappeligen Dampfgeister über dem Topf. Er blickte hinauf: Der Nebel umhüllte den Wipfel: Mull um einen verwundeten Kopf. Er ging noch einmal zur Quelle und benetzte den Verband auf seiner Stirn, um das getrocknete Blut einzuweichen und den Stoff zu lösen. Das war nicht nötig. Die Wundkruste fühlte sich fest an und tat nicht weh. Am Stoff des Verbandes war kein Eiter mehr zu sehen. Er unterdrückte das Verlangen nach Abkratzen der Kruste und kam zurück. In der Hütte fand er einen Sack Reis und röstete eine Handvoll Reiskörner in Baumwollöl. Die Körner wurden hagelglasig. Er warf ein paar Safranfäden ins kochende Wasser und goss das Wasser auf den gerösteten Reis, der mit Tanz und Prasseln über der Wasseroberfläche reagierte. Es war kälter geworden im Laufe dieser sieben Tage. Er sah die Schwaden aus der Quelle aufsteigen. Der Himmel verfinsterte sich abrupt. Es begann zu hageln und zu blitzen.
Er hörte, wie sich seine Gedanken dachten, laut und langsam. Blitz. Hagel. Blitz. Reis. Blitz. Kochdampf. Blitz. Der Nebel auf dem Berg. Blitz. Die Sonne wieder. Blitz. Die Stille.
Er wusste endlich, welcher Zweig der Föhre zu entfernen war. Er hockte sich nieder, um das zu überprüfen. Stimmt, eilt aber nicht. Er pflückte etwas zum Reis passendes Kraut. Der Reis war gar. Er aß langsam ein halbes Schälchen, nach sieben Tagen Fasten durfte es nicht mehr sein. Er war glücklich.
Er wusste, dass das Glücksgefühl ein Unglücksgefühl verursachen würde. Dass das Glücksgefühl die Stille zerstörte, die ihn gerade umhüllte. Er betrat die Hütte und nahm eine geeignete Säge.

5.

Als die Bauern, die ihm gegen Heilkräuter Reis, Tee, Maulbeerwein und Öl brachten, zum ersten Mal kamen, überfiel ihn eine fröhliche Redseligkeit. Er erzählte ihnen von den Bäumen seines Gartens, von den jadegrünen Eidechsen, die immer in den Tempel wollten, zum goldenen Drachen, von den Nachtgeräuschen des Waldes, die er noch nicht alle entziffern konnte. Sie schauten ihn misstrauisch an. Er zwang sich zu schweigen. Seitdem sprachen nur die Bauern, wenn sie kamen. Sie baten um Regen. Sie schimpften auf die Soldaten, die ihnen alles wegnahmen. Sie wollten, dass er ihnen auf kleine Holzkugeln glückbringende Zeichen zeichnete.
Als er nun die Schritte hörte, nahm er zwei Körbe voll Kräuter und kam aus der Hütte. Aber das waren keine Bauern.

6.

John: »Hi, where am I?« John lächelte ein offenes Lächeln, das ihm schon immer geholfen hatte, wo auch immer er es lächelte. (Dein amerikanisches Lächeln!, sagten Fjodor und Marina und meinten damit, *man ließe jemanden ruhig fallen und lächle so ein ehrliches Lächeln*. Nein, das ist nicht wahr, versteht ihr, wollte er ein inneres Gespräch mit den beiden anfangen, aber er musste dabei bleiben, an diesem Ort, bei diesem Mönch oder wem auch immer.)
Räuber/Mönch: *Hi* (vor langer, langer Zeit, weit unten, am Marktplatz eines Städtchens, hatte er ein paar Wörter in dieser Sprache zusammengebracht). »Welcome!«

Während der Mönch den Reis kochte, dachte John, dass es nicht schwer sein dürfte, bei diesem Mönch die beiden Dinge herauszufinden, die er dringend wissen musste: 1. welches Land das überhaupt war, 2. wo das nächste amerikanische Konsulat sein mochte.

7.

Im Hof, unterm Mond, bei Maulbeerwein und Schokolade (diese aus Johns Notration) hatte der Mönch (Räuber) keine Lust, die wenigen ihm bekannten Wörter der Sprache des Gastes zusammenzukratzen. Er sprach einfach.

Er sprach, dass diese violette Luft und dieser goldene Wein mit einem Freund zu teilen wären, dessen klarer Verstand und leichter Geist die Bedeutung der Berglandschaft erkennen könnten, des Lichtes, das im Teich auf den Kräuselwellen zuckte, der gespreizten Föhrennadeln im Himmel. Mit dem man Gedichte austauschen könnte. Aber was willst du tun – der vorige Mönch war zu einem Bonsai geworden, unwiderruflich. Der Gast spricht kein Wort der hier gängigen Sprachen. Er hatte einst drei Freunde, aber sie zählen nicht.

John hörte ihm aufmerksam zu, der milde Klang der fremden Sprache schien ihm vertraut zu sein. Er antwortete, dass er hier sitze und nicht wisse, was mit seinem Freund, dem Dichter in einer Dichterstadt, gerade geschehe, der sterbe wahrscheinlich, und er, John, der hier sitzt, müsste jetzt eigentlich dort sein; dass er, John, der hier sitzt, jetzt eigentlich mit seinem Freund dessen letzten Wein trinken müsste, sein Gehen begleiten.

Der Mönch hörte ihm aufmerksam zu. Einige Wörter, die er

erkennen konnte – *Friend, Poetry, Wine* – ließen ihn denken, sein Gast hätte ihn verstanden. Nach dem dritten (dem besten, nach dem eine längere Trinkpause angesagt ist, denn es versetzt einen Trinkenden in den Zustand der Vollkommenheit) Glas Wein sprach er davon, dass er zu einem Dichter geworden war und nicht zu einem Mönch, wie es wahrscheinlich vorgesehen gewesen war, wie die Bauern im Tal und die Hirten in den Bergen meinten.
Und John sprach nach seinem dritten Glas Wein davon, dass er manchmal zum Sterben bereit sei, von der Todesangst befreit. Manchmal aber nicht.
Als es zu tagen begann und die Weinkanne sich leerte, ging John in den krausen Bergnebel.

Im Gehen sah er noch die Lärche. Den einsamen Stamm mit einem kleinen Dreiwind im Kopf. Das ist der Mensch der Zukunft, dachte John: Die Menschen werden wieder zu mächtig. Sie werden nach noch mehr streben. Sie werden nicht mehr zum Olymp kugeln wollen, sie können ja nicht mehr kugeln mit ihren nur zwei Beinen und zwei Armen. Sie werden an ihren Geräten sitzen und stehen, die immer ausgeklügelter sein werden. Und eines Tages werden die Götter denken: *Wenn es so weiter geht, werden sie so mächtig wie wir. Brauchen wir das? Nein!* Und sie werden die Menschen wieder halbieren. Es entstehen Monomenschen: Auf einem Bein, zyklopisch, einarmig, mit Halbmündern, mit Blumentrichterohren, die mit ihrer Größe ihre Einsamkeit kompensieren werden. Sie werden langsam schwanken: an, vor, zwischen und mitten in ihren Geräten, von ihnen bedient und regiert. Das langsam schwankende denkende Rohr. Also aus der Sicht der ursprünglichen Kugelmenschen: entviert. Gevierteilt. Sehnsüchtig nach ihren drei Vierteln suchend. Halbierte Geschlechtsorgane mit falschen Hälften vereinend. Sich mit einer anderen aus zwei falschen Vierteln falsch vereinten Hälfte falsch liieren. Das dachte John noch, bevor er in den krausen Bergnebel ging.

John: »Bye!«
Der Mönch: »Bye!«

◆

STACHELSCHWEINE UND STACHELBEEREN

Natascha legte sich hin und blieb eine Weile in einem traumlosen Schlaf. Kalme im Schlafreich, Stille. Als sie erwachte, war ihr Körper mit der klebrigen Flüssigkeit bedeckt, die aus ihren Poren sickerte: der übel riechende blutige Schweiß, der den dumpfen Schmerz aus ihrem Körper hinausführte, um dort Platz für die neue Portion Schmerz zu machen.

Natascha schaut ihre Hände an. Sie schaut ihre Arme an. Ihre Beine. Ihre Füße. Sie wirft die Decke ganz zur Seite und schaut ihren Bauch an. Ihre Hüften. Beide Mulden zwischen Schambein und Hüften. Alles ist seidenglatt und trocken.

Trotzdem spürt sie, dass aus den Poren ihrer Haut heißer blutiger Schweiß austritt.

Als sie ein Kind war, fragte sie sich, welche Farbe die Haut hat. Und speziell ihre Haut, die zugleich dunkel und fahl war. Einmal hat sie in einem Buch von der spanischen Prinzessin Isabella gelesen, die drei Jahre lang ihr weißes Hemd nicht wechselte. Ihr Gemahl hatte ihr versprochen, eine Stadt noch bis Ende der Woche zu erobern und zurückzukehren. »Gut«, sagte sie, »geh. Ich werde mein weißes Hemd nicht waschen, bis der Sieg dein ist.« Klar, er hat gelogen (*sich geirrt, Männerlügen sind oft nur Irrtümer*, denkt Natascha), und sie hatte das Hemd drei Jahre lang an. Das Hemd bekam davon einen Reitstallgestank und eine zarte Cremefarbe, und wenn ein Pferd mit dieser Fellfarbe zur Welt kam, hieß die Farbe, um die Prinzessin zu ehren, Isabella. Das ist die Farbe meiner Haut, dachte damals Kind-Natascha und vergaß es wieder.

Und nun kommt dieses Wort – Isabellafarbe – zur erwachsenen Natascha. *Passt, mit Schweiß und Schmerz getränkte Farbe*, denkt sie. Erst jetzt weiß sie wieder, als würde sie noch einmal wach, warum sie den heißen blutigen Schweiß über ihre falbe Haut krabbeln spürt. Männerlügen. Fjodor. Hat er ihr nicht ein langes glückliches Leben versprochen?

♦

Fjodors Sachen konnte sie nicht ansehen: Dass sie da waren und er nicht da war. Dass Tante Mascha, die immer wieder kam, um einen tüchtigen Blick auf alles zu werfen, sich bestimmt schon überlegt hatte, was davon welchem ihrer Söhne passen würde. Nein, sie kam eigentlich nicht, um einen tüchtigen Blick auf alles zu werfen, sondern um Natascha zu helfen, mit der kleinen Mascha und überhaupt. Auch heute Morgen, als Natascha von Maschas Lachen erwachte, konnte sie eine Weile noch im Bett bleiben (Sonntag), weil Tante Mascha gerade wieder zu Besuch war und aufpasste.
Natascha war auch dankbar. Als sie noch in ihrer nördlichen Heimatstadt bei ihren Verwandten wohnte, war »undankbares Miststück« eine nahezu feste Bezeichnung für sie, Tante Mascha wurde damals nicht müde, ihr zu erklären, was es für die Familie bedeutete, noch eine zu versorgende Person aufzunehmen. Sie wollte das nur als Erziehungshebel verwenden, hatte das nicht ernst gemeint, was Natascha erst viel später begriff. Damals hatte sie an der Vorstellung, sie sei ein schlechter, undankbarer Mensch, gelitten.
Bei ihren Verwandten galt sie als ein dummes, unschönes, kränkliches und bedauernswertes Kind. Nachdem sie abgehauen und dann als verheiratete Großstädterin mit gutem Beruf wieder aufgetaucht war, behandelten sie ihre Verwandten mit ängstlichem Respekt. Ein Volksmärchen: der dümmste Sohn/die unansehnlichste Tochter heiratet eine Prinzessin/einen Prinzen im fernen Land und kommt zurück mit reichen Geschenken und nimmt Brüder und Schwestern mit. Die

Brüder werden zu Ministern, die Schwestern heiraten Barone und Generäle, Mutter und Vater genießen in Ruhe und Würde ihre alten Tage. So wäre das in der Logik einer Familie. So war das nicht. Ihr Mann war tot. Sein Königreich war für ihre Verwandten unsichtbar. Allerdings tat Tante Mascha so, als würde sie den Sinn der vielen Haufen Papier verstehen, die überall lagen und warteten, bis Natascha Fjodors Archiv ordnen würde. Als sie zwischen ihrem Job, dem Krankenhaus und der kleinen Mascha nicht weiter wusste, war keiner von Fjodors Freunden in Petersburg. Und Janis konnte ihr nur einen Joint anbieten und Amy Winehouses CD's schenken. Es war eben Tante Mascha, die kam und half. Als sich alle Verwandten zur Beerdigung sammelten, die Fjodor nie gesehen hatten, wurde aus der hallenden Riesenwohnung eine Verlängerung ihrer schäbigen Kindheit, als wäre ihr Leben wieder in die Gleitbahn geraten, für welche es bestimmt war. Nur Cousine Ljuba, die Ljoscha, den Urheber der Narbensignatur auf ihrem Schulterblatt, geheiratet hatte, kam nicht, weil Natascha sagte, Ljoscha dürfe auf keinen Fall kommen.

Und nun – kann sie etwa sagen: *Danke, das war's?* Bis sich wieder mal die Not meldet.

Der Sumpf, der dich schützt und zugleich nach unten zieht, in das Feuchte und Dunkle: gemeinsames Abendbrot, Geschenke zu Geburtstagen, Ferienreisen und Feste – sie halten dich fest, bis du erstickst oder dich langsam in die eigene Tante, die eigene Großmutter, die eigene Urgroßtante verwandelst. Natascha denkt an Stachelschweine – Marina hatte ihr einmal von Stachelschweinen erzählt –, die frieren, wenn sie zu weit voneinander entfernt sind, und sich stacheln, wenn sie gegenseitige Wärme suchen. Das heißt, natürlich, Marina, die Natascha nie wirklich wahrgenommen hatte, hatte einmal in ihrer Gegenwart mit Fjodor davon gesprochen.

Stachelschweine also, deine Nächsten. Sie lieben es, dir zu

helfen, am liebsten hat die Familie insgeheim das Leid, alle kommen zusammen und helfen, und der Leidende ist offen wie eine frische Wunde, aus der die Geister der Familie trinken, die geheimen Säfte des Einzelnen. Das Leid bindet einen am sichersten an sein Geblüt. Ein neuer Bund – wenn die zwei sich je an einem Zipfel des Bandes halten – kann einem aus dieser warmen Ursuppe der Sippe heraushelfen. Natascha schließt die Augen und stellt sich einen großen Esstisch vor, ein Urbild des Familiären. Quer über den Tisch liegt eine Art Tischläufer, an je einem Ende hängt jeweils einer aus dem Paar, an jedem von ihnen hängt eine unendliche Traube der jeweiligen Familie. Das Ganze bleibt im Gleichgewicht, bis irgendwann die beiden auf den Tisch hinaufgleiten und die Trauben beidseitig abfallen. Mein Band wurde in der Mitte zerrissen, denkt Natascha im Halbschlaf und öffnet schnell die Augen.

♦

Es gab eine ganze Garderobe von Sachen, die Fjodor so gut wie nie anhatte. Natascha tat sie in Tante Maschas viele Kunstleder-Reisesäcke, für die Ihrigen (*Unsrigen*).

Die Sachen, die Fjodor gerne und oft trug, steckte sie in seinen großen Koffer und fuhr nach Puschkin, einen Petersburger Vorort, einer einstigen Zarenresidenz voll sinnloser Pracht der Geschichte. Von den zwei Palast-Parks mochte Fjodor den verwilderten, mit dunklen Alleen, mit künstlichen romantischen Ruinen, mit buckligen Drachenbrücken. Er mochte die Pagoden des »Chinesischen Dorfes«, wo vor zweihundert Jahren Höflinge logierten, wo der junge Puschkin einen älteren hochgeschätzten Kollegen besuchte, wo nach der Oktoberrevolution die Rotarmisten vieles verschrotteten und verschmierten, wo im Zweiten Weltkrieg die deutschen Soldaten dasselbe taten, wo der kleine Fjodor zwischen den abblätternden und abbröckelnden Überbleibseln spielte, wo heute eine Datscha-

Siedlung für die Reichen entstand. Niemand durfte mehr in die Gässchen des winzigen China. Ein verbotenes Dorf, von stämmigen Drachen in Schirmmützen bewacht.
Sie ging weiter, zu einer Lichtung hinter einer kleinen gotischen Kirche aus roten Ziegeln, die keine Kirche und keine Gotik war, sondern ein weiteres Spielzeug der Zaren, Tribut an die romantische Mode. Sie wusste all das von Fjodor, der sie oft und gerne hierher gebracht hatte. Einmal waren sie auf dieser Lichtung, saßen auf einer alten Decke, die Fjodor von Marina geschenkt bekommen, genauer gesagt, die er vor ihrer Entrümpelungswut gerettet hatte. Sie aßen Schnittchen und tranken Bier bis in die helle Nacht hinein. Natascha dachte damals an den Sommernacht-Spaziergang mit Mischa Bison, in ihrem Heimatstädtchen, das noch nördlicher lag als Petersburg und noch hellere Nächte hatte. Fjodor schrieb etwas in seinem Notebook, sie saß neben ihm mit ihrem zugeschlagenen Java-Programmier-Buch. Kurz vor seinem Tod, im Krankenhaus, erinnerte er sich an diesen Tag und sagte, es wäre damals eine besondere Stille in ihr gewesen, eine langmütige Freundlichkeit, wie sie da schweigend neben ihm saß, er sagte, das wäre seine Vorstellung vom Paradies gewesen.

Sie zog seine Wollsocken dem Holunderstrauch über die noch nicht reifen Beerendolden.
Seine Hemden verteilte sie unter den Silberpappelzweigen. Sie schaukelten, bunt.
Eine verwaschene hellgrüne Leinenjacke zog sie sich über das T-Shirt und krempelte die Ärmel hoch.
Seine Jeans legte sie über das hohe Gras, das unter dem Gewicht des dichten Stoffes sank.
Den Hut – der kleinen Tanne, wie der Bethlehemstern einem Christbaum, dachte sie.
Seine dunkle schmale Krawatte – einer Trauerbirke mit eini-

gen vom noch fernen Herbst zu früh berührten Strähnen: Gelb in Grün, wie es manchmal eine ergraute Strähne im noch vollfarbigen Haar gibt.
Den alten Ledermantel – einem Ahorn.
Den zugeschlagenen Regenschirm – steckte sie mit der Spitze in die Erde. Ein straffes Fragezeichen.
Als letztes blieb eine Flasche Wein im Koffer. *Chateauneuf du Pape*, ein Geschenk seiner französischen Übersetzerin, der Wein aus einem Mandelstam-Gedicht: Man trinkt auf die Kriegs-Aster (Gartenblumen oder Ordenssterne des Ersten Weltkriegs? Oder Fransen der Offiziersepauletten?), auf Rolls-Royce mit Rosenvase, auf Pelz und auf schweren herrschaftlichen Atem – und gegen die Schrumpfung der Welt in den sowjetischen 30er Jahren. Man trinkt imaginären Wein. Aus der sowjetischen Realität um Mandelstam war der wirkliche *Chateauneuf du Pape* längst verschwunden. Fjodor wollte den Wein an seinem Geburtstag trinken, der eigentlich heute war. Sie entkorkte die Flasche. Sie nahm aus ihrer Schultertasche einen Plastikbecher. Sie versuchte am Wein zu riechen. Das heißt, sie versuchte den Geruch mit den Wörtern zusammenzuführen, die Fjodor, der manchmal einen Weinkenner spielte, gerne dazu sagte. Ist die Nase dieses Weines fruchtig oder mineralisch? Schwarzkirsch oder Backpflaume? Holunderrinde oder Pflaumenhaut? Safran oder Trüffel? Stachelbeeren oder Stachelschweine? Sie hatte keine Ahnung. Am meisten nahm sie den Plastikgeruch des Bechers wahr.

♦

Er kam und starrte sie an. Sie sah sich, wie sie für einen Fremden aussehen musste: auf einer grün-orange gestreiften Decke sitzend. Mit einem Plastikbecher in der Hand und vor einer geöffneten Flasche. Allein. Nur in Gesellschaft der auf den Bäumen schaukelnden Hemden und Socken. Sie sah an seinem freudigen Grinsen, dass sie seiner Lust ausgeliefert war. Dreihundert Meter von hier entfernt begann das normale Leben mit den Spaziergängern, mit den Kindern, die Nüsse für die Eichhörnchen auf den Handflächen hielten, mit den Eisverkäufern. Dieses Leben hinter den Bäumen und Büschen schien nun unerreichbar. Und hier war das ganze Elend ihrer Jugend, mit gewalttätigen Männern, die nach billigem Schnaps und verfaulten Zähnen rochen, nach zerfallenden Klamotten, die genau so selten gewaschen wurden wie die Körper in ihnen. Diese Klamotten/Körper nah an ihrem Leib, gleichgültig, aufgeregt. Er war stark genug (in Fjodors Alter). Sie hätte keine Chance, weder im Wegrennen noch im Kampf. Aufstehen? So würde sie seinen Argwohn wecken. Oder seinen Jägerinstinkt. Er war schon nah. Er hockte neben ihr. Sie reichte ihm die Flasche mit einer freundschaftlichen Geste. »Warte«, sagte sie, »ich bringe was zum Essen.« Und während er noch trank, ging sie (langsam) durch den grünen Vorhang zwischen den Welten.

♦

Als sie wieder dort war, wo Kinder und Eichhörnchen Nüsse knabberten, lief sie zitternd und stolpernd die dunklen Alleen entlang. Kinder und Eichhörnchen, Großeltern und Eisverkäufer schauten sie angewidert an. Irgendwann begann sie die vom schwarzen Wasser gespiegelten Säulen und Nymphen, Zinnen und Kuppeln, Türme und Bäume wahrzunehmen: alles türkisblau und ziegelrot, cremefarben und silbergrün. Sie ging langsamer. Sie spürte zum ersten Mal seit Fjodors Tod eine spontane Lebensfreude und schämte sich dafür. Nur um Marinas Decke war ihr ein bisschen leid. Sie ging durch die staubigen Straßen mit nicht so hohen Häusern zum Bahnhof und sah aus wie ein verweinter betrunkener Teenager in einer knielangen Leinenjacke.

♦

Er sah sich um. Das Ding war schon zu lange weg, als dass es sich gelohnt hätte, weiter zu warten. Sie hatte wohl Angst vor ihm gehabt. Er hätte ihr nichts getan, er ist nicht so einer, er ist ein anständiger Mann. Egal. Ledermantel ist alt, aber noch in Ordnung. Schirm ist Schrott. Alles andere ist okay, selbst der König von Großbritannien würde sich solcher Bekleidung nicht schämen. Oder haben sie immer noch die Königin? Auch egal. Der Wein ist scheußlich. Aber der Koffer ist stark. Man kann ihn später für gutes Geld verkaufen. Kann man auch den Hut absetzen? Nur, wer braucht so einen albernen Charlie-Chaplin-Hut? Er packte den geräumigen Koffer aus leichtem Metall und rollte ihn zum chinesischen Dorf. Dort gab es einen Keller, der trocken war und vor unerwünschten Gästen sicher. Eigentlich eine Hausmeisterwohnung. Lenka, die Hausmeisterin, ließ ihn dort bleiben und ihr helfen. Und die Drachen-Wächter ließen das zu. Er darf dort in den Höfen nur nicht herumlaufen und die reichen Gäste stören. Das war schon zwei Jahre her, das war das vorige Mal, dass er Glück hatte. Und nun das hier. Gut, dass Lenka alle Stücke zu eng sein werden, sie wird ihm nichts wegnehmen. Die lustige Decke wird er ihr auch nicht geben. Ihm fehlte schon seit Jahren eine gute Decke. Nur schade, dass das hübsche Ding weg ist, die Schlampe. Sie hat versprochen, Essen zu bringen. Wo hat sie nur solche guten Sachen zusammengebettelt?

♦

II

In der Frühe

Kein Schlaf noch kühlt das Auge mir,
Dort gehet schon der Tag herfür
An meinem Kammerfenster.
Es wühlet mein verstörter Sinn
Noch zwischen Zweifeln her und hin
Und schaffet Nachtgespenster.
– Ängste, quäle
Dich nicht länger, meine Seele!
Freu dich! schon sind da und dorten
Morgenglocken wach geworden.

(Eduard Mörike)

ZWEI WOLKEN ÜBER DEM MARIANNENPLATZ

ANDREAS/MARINA

Dieses Ungeheuer ist nicht meine Frau, dachte Andreas. Das konnte nicht Marina sein. Marina war einem Windspiel ähnlich und hätte auf keinen Fall so viel Körper, um dieses Ungeheuer so glaubwürdig darstellen zu können: Um die ausdruckslos gewordenen Augen des Ungeheuers breitete sich in alle Himmelsrichtungen eine schwere weibliche Urmasse (*in alle sechs Himmelsrichtungen*, wie Marina immer sagte und jedes zweite Mal erklärte, dass dieser Ausdruck von den alten Chinesen stamme, die oben und unten mitzählten). Die Augen, winzige graue Punkte in der Mitte des weiß gewordenen Regenbogens, waren zu klein für den aufgegangenen Fleischteig. Fast empfand er physische Angst vor dieser Erscheinung. Die Stimme des Ungeheuers war zu schrill für jeglichen Inhalt. Vielleicht konnte er sich deswegen nicht an die Worte erinnern. An kein einziges Wort.

Und er wollte das auch nicht, die Performance »Ungeheuer« rekonstruieren. Soll sie besser eine Blackbox bleiben. Dumm war all das auch deshalb, weil es eigentlich um eine *Abschieds*karte ging, die Laura, unordentlich und impulsiv wie sie war, ihm mit einer solchen Verspätung geschrieben hatte, dass das überhaupt keinen Sinn mehr ergab. Besonders die Abbildung einer wolkengrauen Kartäuserkatze auf der Rückseite reizte Marina (nicht Marina, das Ungeheuer). Der linke Maulwinkel der Katze war länger gezogen als der andere, was ihrem Mäulchen einen skeptischen und ironischen Ausdruck verlieh. Es gab sie nicht mehr, das Ungeheuer hatte die Karte zerfetzt.

»Dieses Ungeheuer ist nicht meine Frau«, sagte er laut. Das dauerte nur wenige Sekunden. Das Untier gab sich bald wieder als Marina aus und setzte in deren Gestalt das fort, was sie gemacht hatte, bevor ihr Körper von ihm besetzt worden war. Es stopfte Marinas Sachen in eine lumpige Reisetasche statt in den praktischen und angemessen aussehenden Koffer, den er Marina für ihre vielen Reisen geschenkt hatte. Es sagte: *Ok, mach's gut, ich muss jetzt los, ich rufe dich aus Frankfurt an, oder früher, ich weiß nicht, ich werde fast nur unterwegs sein* – es kostete das fremde Wesen sichtbare Mühe, seine Gesichtsmuskeln wieder zu Marinas Gesicht umzuformen und sie so zu halten. Es küsste Andreas und er spürte die trügerische Vertrautheit in der Berührung der trockenen warmen Lippen.
»Dieses Ungeheuer ist nicht meine Frau«, sagte er noch einmal laut. Draußen brummte Berlin, zustimmend. Andreas kippte vertrauensvoll das Fenster. Der Mariannenplatz lachte und bellte auf seinem weitflächigen Schneerasen, war mit sich selbst beschäftigt und sonst teilnahmslos. Es wurde kälter im Zimmer.

ANDREAS/**MARINA**

Das war natürlich idiotisch, sagt sich Marina schon seit drei Tagen. Auch das frisch verschneite Städtchen und seine Türmchen und hölzernen Trägerfiguren mit blauen Augen und roten Nasen, seine kleinen Einkaufsarkaden mit Pfefferkuchenhäuschen in den Auslagen und ein tapferer nicht gefrorener Fluss lenkten sie nicht ab. Sogar während der Besprechung, zu der sie hierher gekommen war, konnte sie sich nicht konzentrieren. Selbst die immer zerstreute Frau Elegien flüsterte erstaunt: »Frau Bach, das haben wir schon mit der Stiftung besprochen.« Eben das, gerade das wollte sie nie, dachte sie während der Sitzung und denkt sie auch jetzt, obwohl ihr Begleiter ununterbrochen etwas erzählt. Er zeigt ihr liebenswürdig das Städtchen, solange Frau Elegien noch einige Papiere unterzeichnet. Sie hätte diese Katzenkarte nicht umdrehen sollen. Das passt gar nicht zu ihrem Selbstbild und zu dem Bild, von dem sie will, dass Andreas es von ihr hat. Soll sie ihn um Entschuldigung bitten? Wird das etwas bringen? Ist diese fast schwerelose Beziehung, diese Beinahe-Unverbindlichkeit, die vor so vielen Dummheiten des Alltags schützt, jetzt wiederherzustellen? War es nicht so, dass sie diese Unverbindlichkeit nur für sich wollte, nicht für den immer schweigsamer und verschlossener werdenden Andreas? Andererseits hatte sie zum Beispiel keine Affären gehabt, nicht einmal daran gedacht. Aber aus seiner Sicht: Wollte er überhaupt diese schwerelose Unverbindlichkeit? War das mit Laura nicht seine Art, gegen ihre, Marinas, ständige Abwesenheit zu protestieren? Das heißt: Würde er ihre Entschuldigung richtig verstehen? Dass sie sich nur dafür entschuldigt, eine nicht für sie bestimmte Karte gelesen zu haben? Die Schwachen suchen nach den Schwächen der anderen, denkt sie, und er, der ein eher charakterloser Mensch ist, wird aus ihrer Entschuldigung seine Vorteile ziehen wollen. Nur welche denn?, fragt sie sich achselzuckend. Hätte er sich damals, inzwischen vor mehr als zwanzig Jahren, nicht von ihr getrennt und Sabine geheiratet, wären sie jetzt vielleicht eine gute Familie, aufeinander abgestimmt und ohne diese lächerlichen Missverständnisse eines jungen Paares? Oder wären sie vielleicht auch längst geschieden, wie er und Sabine, wie auch sie selbst und ihr erster Mann? Wieso ruft er mich nicht an? Ja, wieso eigentlich? Ihr Begleiter erzählt über alte Sowjetschriftsteller, die er weiland hierher eingeladen hat, *kennen Sie meinen*

Freund Jewtuschenko, Frau Bach? Er nennt weitere Irrwische und Lindwürmer der alten Zeiten, sie nickt, ohne zuzuhören, um mit dem alten Mann keinen Streit über die Bedeutung jener Irrwische führen zu müssen.

Die auf vielen Hügeln gestaffelten Gassen, nach denen man sich sehnt, wenn man auf einer nördlichen Ebene aufgewachsen ist. Steinerne Wichtelmännchen und Erdgeister um die Brunnen, die man sich wünscht, wenn man schon im Kinderwagen durch gerade Alleen mit kühlen weißen Marmorskulpturen geführt wurde. Fachwerkhäuser, die man sich wünscht, wenn man als russisches Kind in den illustrierten Grimm-Märchen geblättert hat. Es gibt Menschen, die mit der Liebe zum Eigenen geboren werden, und es gibt Menschen, die mit der Liebe zum Fremden geboren werden. Sie verhalten sich zueinander oft wie natürliche Feinde, denken sich Theorien und Ideologien aus, hinter denen aber nur diese angeborene ästhetische Veranlagung steckt (vielleicht sind Patrioten auch in der Ehe treuer als Nestflüchter? Aber nein, mit ihr und Andreas ist das gerade andersrum), denkt Marina und will ihrem Begleiter etwas höfliche Aufmerksamkeit schenken. Sie fragt ihn, wo genau das jüdische Ghetto gewesen ist, von dem, wie sie gelesen hat, ein Brunnen und ein paar steinerne Ladenschilder übrig geblieben seien. »Das weiß ich nicht«, sagt der Mann und schaut sie mit melancholischer Gleichgültigkeit an. Seine blasse Stirn ist mit schwarz gefärbten Haarsträhnen beklebt. Sein preiselbeerroter Mantel ist zugeknöpft bis zu einer smaragdfarbenen Fliege, auf der sein Kinn ruht. Sein linkes Auge ist hinter einem in der Sonne blitzenden Einglas unsichtbar. Das heißt, nur sein rechtes Auge schaut sie mit melancholischer Gleichgültigkeit an. Mit gleichgültigem Ernst. Was das linke tut, ist ungewiss. In seinem Einglas spiegeln sich Schnee und Tannenbäume, Treppen und Schaufenster und bunte Passanten. Aber auch irgendwelche fahlen Umrisse und Schatten, die es in diesem sonnigen, nach Glühwein und heißen Maroni riechenden Winterviertel nicht gibt. Marina versucht ihr eigenes Spiegelbild im blitzenden Einglas zu finden, um nicht weiter in die gleichgültige Melancholie des rechten Auges schauen zu müssen. Aber sie findet sich nicht. In der oberen Hälfte des Monokels zeigt sich ein dunkler Kreis. Marina verabschiedet sich mit schnellem freundlichen Handschütteln, wendet sich um und folgt der Linie, die zum Gegenüber des Monokels und also zum gespiegelten Kreis führen würde. Hinter einer verglasten Touristeninfobude, die ihr im Weg steht und den Platz von dem gespiegelten dunklen Kreis abtrennt, markiert ein Brunnen den Anfang des ehemaligen Ghettos. Im runden schwarzen Glas, das ihn abdeckt, spiegeln sich die schrägen Dächer mit den fetten Tauben.

Marina glaubt jetzt einen Grund zu haben, Andreas anzurufen: »Stell dir das vor«, sagt sie, in einer Hand den Glühwein, in einer anderen das Taschentelefon (in einer dritten die Zigarette, in einer vierten die empörte Gestik), »ich habe ihn gefragt, wo das jüdische Ghetto gewesen ist, und er hat gesagt, er hätte keine Ahnung! Das war nie im Leben wahr, wir sind zweihundert Meter davon entfernt gestanden, und er wohnt doch hier!«

»Beruhige dich, das kann nicht sein«, sagt Andreas, »in diesem Land sind alle, die beruflich mit Kultur zu tun haben, so erzogen, dass sie dir mit Handkuss beliebig viele Ghettos zeigen.«

»Was sagst du mir ›das kann nicht sein‹, ich habe gerade mit ihm gesprochen«, Marina denkt, dass ihr Anruf, statt etwas Ruhe zu bewirken, nur zu noch weiterer Spannung führt, sie glaubt nicht mehr, dass sie tatsächlich einen Grund für den Anruf hatte, und sagt: »Gut, ich habe keine Zeit mehr, ich ruf dich später an.«

Andreas erwacht, und sie sind wieder da, sie sind klar und sachlich. Das passiert Morgen für Morgen, wenn er nicht schnell genug aufpasst und nicht gleich die Augen öffnet, sondern, nach einer kindlichen Gewohnheit, noch eine Weile mit geschlossenen Augen liegen bleibt, in der Annahme, die freundlichen Träume würden noch einen Augenblick verweilen. An ihrer Stelle kommen aber sie, die Spalten seiner inneren Zeitung:

1. Sein (Nerven)Zustand, der sich nicht bessern will. Angst vor Atemnot, Schweißausbrüche und Händezittern. Der Gedanke, dass man doch aufhören müsste zu rauchen (vom starken Verlangen nach einer Zigarette begleitet).

2. Seine Mutter, derer mentaler Besitz schrumpft, die dabei nicht dümmer wird, nur der Welt entgleitet. Mal kann sie sich nicht an die Namen ihrer Enkel erinnern, mal weiß sie wieder, wie Franziska im Schulorchester die erste Geige spielte, und spricht tagelang nur darüber; mal vergisst sie, wozu die Gabel da ist, und isst Spaghetti wie Fingerfood, mal fragt sie Andreas, ob seine Frau wohlauf ist, weigert sich aber, sie beim Namen zu nennen, weil sie sich offensichtlich nicht sicher ist, wie die Frau heißt, Marina oder doch Sabine, oder sonst wie. Er ahnt, dass sie nicht mehr viel Zeit hat, dass in seiner Morgenzeitung schon bald das Bedauern veröffentlicht sein wird, nicht aufmerksam genug gewesen zu sein, als es noch nicht zu spät war (eine der vielen Unbehebbarkeiten, auf die jeder Mensch mit hellwachen Sinnen und willenlos zusteuert). Aber er kann nichts dafür, dass er so gut wie keine Zeit für sie hat. Keine Ruhe für sie hat. Kein Fenster für sie geöffnet hält. Sie ist in einem guten Seniorenheim, was auch nicht sein Verdienst ist, seine Eltern haben seinerzeit eine gute Altersvorsorge abgeschlossen, die er nie haben wird.

3. Die Kinder. Seine Arme kennen das Gewicht seines Sohns und seiner Tochter damals, als er und ihre Mutter sich getrennt haben. Dieses Gewicht ist das, was ihm am meisten fehlt. Aber es ist auch das, was es sowieso nicht mehr gibt, nirgends. Es gibt einen fast erwachsenen Jungen, der ihm ein Rätsel ist, und eine junge Frau, die er nicht versteht, die kränklich und launisch ist und mit einem munteren und ernsten jungen Mann eine muntere und ernste Beziehung hat.
4. Marina, von der er dachte, als er sie sich als seine Frau vorstellte, dass sie mit ihm sein dummes Leben teilen, ihm seine Ängste nehmen, ihm eine zuverlässige Freundin sein würde, die aber wer weiß wo und was treibt. Er fühlt sich fast betrogen, auf jeden Fall enttäuscht. Und nun noch das, mit dieser Karte.
5. Laura: Nachdem sie am kühlen Junimorgen ihre eigene Wohnung verlassen hatte, ohne sich zu verabschieden, und er nach einer Weile einfach ging (ein metallisches Einschnappen des Schlosses blieb in seinen Ohren), hat er sie nicht mehr gesehen. Sie schrieb in der Monate später unerwartet angekommenen und nun von Marina (nicht von Marina, von dem Ungeheuer) zerfetzten Abschiedskarte, sie sei mit ihrer Magisterarbeit fertig und habe eine Doktorandenstelle an einer Universität nicht weit von dem Städtchen gefunden, wo Caspar Waidegger wohnte. Im Nachhinein sah er, dass sie das seit langer Zeit vorbereitet hatte, sich an der Universität dort Bekanntschaften verschafft, an Konferenzen teilgenommen hatte und eher deswegen eine fleißige Studentin war als aus Interesse am Studium (sie wollte eigentlich Autorin sein). Andreas stellte mit Staunen fest, dass er sie nicht vermisste. Aber Marina. Ist das nicht kurios, dass sie sich so gut wie nicht sahen, nicht viel öfter als bevor sie zusammenzogen … sozusagen »zusammenzogen«.
4.a. »Dieses Ungeheuer ist nicht meine Frau.«

6. Sein Buch.
7. Eine Unruhe, deren Ursprung er nicht identifizieren kann, die aber in diesen ersten Augenblicken des Wachseins stärker ist als alle übrigen Sorgen. In ihren besten Momenten könnte er, hätte er eine Pistole gleich zur Hand, ohne zu zögern abdrücken: nur um sie los zu werden.
8. 9. 10. 11. 12.

Er öffnet die Augen. Hinter dem Fensterglas stehen zwei Wolken im klaren Himmel. Die Morgenzeitung verblasst langsam. Der Tag beginnt.

ANDREAS/**MARINA**

Marina radelte durch das noch dunkle frühmorgendliche Frankfurt (als sie Andreas mitteilte, dass sie am Frankfurter Flohmarkt ein Rad gekauft habe, sagte Andreas, dass sie damit nur die Fahrraddiebe unterstütze). Noch nicht alle Bausteine der Stadt waren aus dem Spielzeugkasten geholt, in den sie für die Nacht geräumt worden waren. Sie hätte sie ohnehin nicht bemerkt, weil sie konzentriert immer wieder dasselbe dachte: Es war sowieso klar, dachte sie, dass das ein Abschiedsbriefchen war. Und dass es Monate nach dem Abschied geschrieben wurde. Soll sie ihn noch mal anrufen? »Ich arbeite an einer Beziehung«, hatte Frau Elegien gestern während des coffee breaks über ihre beginnende Liebe gesagt, in einer ironisch-zurückhaltenden Manier, die sich ein Mensch nach einiger Lebenserfahrung zulegt, um gegen künftige Verletzungen im voraus gewappnet zu sein. Ist das nicht seltsam, hatte Marina dabei gedacht, ohne Frau Elegien richtig zuzuhören, an der Beziehung mit dem eigenen Mann zu arbeiten, den du fast seit deiner Kindheit kennst? Sie radelte Richtung Innenstadt, parallel zum Main, der von ihr durch das rostfarbene Gebäude abgetrennt wurde, das die ehemalige Großmarkthalle und das künftige Untergebäude der Europäischen Zentralbank war (und zwischendurch die Sammelstelle für die zu deportierenden Juden). Das langgestreckte Bauwerk wurde zu Bauzwecken an vielen Stellen teilweise abmontiert und gemahnte an Nachkriegsstraßen auf Schwarzweißfotos: durchlöchert, von Sonne durchschossen. Durchsichtige hohe Wälder im Winter. Oben ragten die Hochsitze der Baukräne. Rechts von der radelnden Marina standen Männer in Parkas. Ihre Sportschuhe hatten genau so verstaubte Poren wie die Haut ihrer Gesichter. Männer aus Osteuropa, die als solche sofort zu erkennen waren, aber nicht weiter definierbar. Wandergesellen in der Erwartung, dass ein Polier sie in die Bauhütte rufen und an der Errichtung einer modernen Kathedrale teilnehmen lassen wird. Wenn man Wolkenkratzer mit Kathedralen vergleicht, meint man irrtümlicherweise in erster Linie ihre gesellschaftliche Bedeutung: Macht und Reichtum, die über das Leben der gemeinen Menschen emporragen. Aber sie haben eine architektonische Funktion: die Menschen dazu zu bringen, den Blick zum Himmel zu erheben. Dazu nützt irgendeine schöpferische Kraft die Macht, den Reichtum und die wandernden Bauleute, dachte Marina und hörte die Fetzen einer (oder mehrerer) osteuropäischen Sprache(n), bedrohliche Zartheit in den gedehnten Lauten. Sie bemühte sich, sie nicht zu aufmerksam zu betrachten, ihnen nicht in die Augen zu schauen. Weil diese Männer anders waren als die ihr vertraut gewordenen westlichen Männer. Dort im Osten war Mann noch Mann und Frau noch Frau. Das hieß, die Zeiten, in denen eine Frau nur ein wenig mehr Rechte als ein

Haustier hatte (ob verwöhnter Liebling, ob nutzlose Nervensäge, ob wackres Nutzvieh – nur dass Frauen nicht gegessen wurden, weshalb man sie relativ selten schlachtete), waren zwar auch dort vorbei. Aber in der unmittelbaren Begegnung von Mann und Frau zählten die Rechte der Frauen nicht. Eine anständige Frau hatte bescheiden, gehorsam und unauffällig zu sein; anderenfalls wurde sie ein Gegenstand der männlichen Willkür: der Verachtung, der Gewalt, des Kaufs und Verkaufs, des Verführens usw. Also schaltete Marina automatisch auf bescheiden und unauffällig um. Wenn auch diese Männer in Parkas und staubigen Sportschuhen (die meisten allerdings sauber rasiert) sich momentan ausschließlich auf das Warten auf einen Bauführer konzentrierten. Oder darauf, dass sie einer im Vorbeifahren zu einer anderen Baustelle mitnahm. Sie standen in dem sich langsam entfaltenden kühlen Morgenlicht die Straße entlang und ähnelten den Frauen, die an anderen Wänden und andere Straßen entlang unter den honigwarmen Abendlaternen stehen. Die besseren Männer aus den Hinter-allen-Bergen-Ländern, wo in von verschneiten Obstgärten verdeckten Holzdörfern die schlechteren Männer vor den Bildschirmen sitzen, Computerspiele spielen und warten, bis ihre Frauen aus dem Hinter-allen-Bergen-Westen mit dem Geld zurückkommen, das sie mit Putzen und Pflegen verdienten (und sich ärgern, denn wer weiß, womit dieses Geld in Wirklichkeit verdient wurde).
Quatsch, dachte Marina, als sie aus der Wirkungsweite der patriarchalischen Aura der Männer in Parkas und staubigen Sportschuhen hinausradelte. Ich bin fast vierzig, was soll das, dann dachte sie an ein russisches Sprichwort: In der Fremde ist auch eine Alte eine Gottesgabe. Sie lachte laut über den Schwachsinn, der in ihrem Kopf unter der Wirkung der patriarchalischen Aura der Männer in Parkas und staubigen Sportschuhen entstand. Eine alte Dame sah sie erstaunt an und

kürzte die Leine ihres Mopses, der sein geknittertes Sokrates-Gesicht trotzig nach Marina umdrehte.

Tonja, die Ballerina, die in Frankreich ein Ballett inszeniert hatte und über Frankfurt nach Hause flog (damit sie Marina besuchen konnte), wartete bereits in einem Café, in dem sie sich verabredet hatten, und trank ihren Milchkaffee, die große Tasse mit beiden Händen umschließend, um ihre Finger nach der Frühkälte zu wärmen.
Marina begann mit den morgendlichen Eindrücken, als hätten sie sich nicht vor einigen Monaten, sondern erst gestern zum letzten Mal gesehen, und erzählte von den Männern in Parkas. Dann fiel ihr ein, dass nicht nur Wandergesellen aus den Hinter-allen-Bergen-Ländern ihre patriarchalischen Atavismen hatten: »Stell dir vor, gestern habe ich bei einem Empfang mit einem Autor sprechen wollen, weil Frau Elegien sein Buch eventuell auf die Liste der durch unseren Fonds finanzierten Übersetzungsprojekte aufnehmen möchte. Und jedes Mal, als ich versuchte, ihn anzulächeln und ein Gespräch anzufangen, wich er irgendwie aus. Gut, ich dachte, das wäre ein Zufall. Vor dem Einschlafen habe ich dann in seinem Buch geblättert: Er beschwert sich, dass vierzigjährige Frauen sich wie zwanzigjährige benehmen. Was meint er? Inwiefern benehmen sie sich wie Zwanzigjährige? Sind sie so dreist, ihn freundlich anzulächeln und ein Gespräch mit ihm anfangen zu wollen? So ein Idiot!«
Tonja, (ungewiss um wie viele Jahre) älter als Marina und eine zeitlose Schönheit, wie es nur eine Ballerina sein kann, schwieg und lächelte.
»Komm«, sagte Marina, »ich lasse mein Fahrrad bis morgen hier, ich zeige dir die Stadt, da drüben ist ein Chinesischer Garten, sie haben dieselben Wächterlöwen, die Shíshī, wie unsere an der Newa.«

Er erwacht und staunt, wie er jeden Morgen staunt, dass es so freudlos ist, zu erwachen. Tagsüber lässt ihn das alltägliche Treiben meistens vergessen, was ihm der klare Morgen vor Augen führt. Und vor dem Einschlafen und nach dem Glas Wein ist er zu müde, um zu denken und zu fühlen. So wird er jeden Morgen aufs Neue unangenehm überrascht.

8. Marina. Das Ungeheuer vertrieb er so: Es stand vor dem Spiegel und sprach und sprach und sprach und sah in den Spiegel. Zu wem sprach es? Zu sich selbst? Wen hat es im Spiegel gesehen? Hat es dort Marina gesehen? Hat das Ungeheuer seine empörten Monologe an Marina gerichtet, die es in der Wohnung nicht mehr gab (aber im Spiegel vielleicht)? Auf jeden Fall verstummte es prompt, als sich Andreas zwischen es und den Spiegel stellte. Es lächelte fast verlegen und nahm mühsam wieder Marinas Züge an.
9. Der Mangel an Kindern auf der Welt. Immer mehr Menschen. Immer weniger Kinder. Seine zwei werden von zu vielen Erwachsenen beansprucht. Sabine und Frank. Er und Marina. Und eine unbestimmte Zahl von Verwandten, die keine, bzw. schon zu erwachsene (bereits alternde) Kinder haben, die ihrerseits ebenfalls seine zwei für sich beanspruchen.
10. Seine Mutter.
11. Atemnot. Angst. Unruhe.
12. Sein Buch, das immer weniger mit der ursprünglichen Anlage zu tun hat. Besser gesagt: Er verliert allmählich das Interesse an der ursprünglichen Anlage.

Er überlegt sich ein Kapitel – das dem Buch eine neue Wende gäbe, im Klartext: er muss das Buch wieder umschreiben

– über Fjodor Stern und seine deutschen Wurzeln. Natascha, Fjodors Frau (seine Witwe, ist das nicht unsinnig, dieses Mädchen, das immer noch wie ein Kind aussieht, Witwe zu nennen?), ist jetzt mit Fjodors Archiv und seiner Werkausgabe beschäftigt. Marina sagt, sie hätte nie gedacht, dass sich Natascha als ein so kluges und ordentliches Wesen erweisen würde. Für Andreas hatte sie einige Papiere kopiert, die sie zu Hause oder auch in den städtischen Archiven gefunden hatte. Sie wollte die Geschichte von Fjodors Familie, die ihn selbst nie besonders interessiert hatte, rekonstruieren. In einem Archiv fand sie ein Gesuch seines Urgroßvaters an den Zaren. Er wollte zu Beginn des Ersten Weltkrieges seinen deutschen Namen (*von Stern*) ablegen und einen russischen annehmen (er hat sich einen ähnlichen gewählt: *Sternin*). Es sei ihm, der er seiner Majestät und dem Vaterland zutiefst ergeben sei, unerträglich, einen deutschen Namen zu tragen und seine *echten* Landsleute damit in die Irre zu führen, denn seine Familie diene seit Generationen dem russischen Reich. Er fühle sich nicht nur als Russe, er sei ja auch tatsächlich ein Russe, und den Namen empfinde er daher als völlig unpassend. Das Gesuch wurde abgelehnt. Andreas würde gerne wissen, warum, ob es einen Grund dafür gab, während Hunderte von solchen Gesuchen genehmigt wurden. Auch die Stadt St. Petersburg bekam einen russischen Namen (Petrograd), sogar ohne darum zu bitten. Hätte die Stadt ein Gesuch verfasst, könnte es ungefähr so lauten: *Ihre Kaiserliche Majestät, Allgnädigster Herr, da ich mich dank meiner Gründung durch Ihren Großen Ahnen, Peter den Großen, als ausschließlich russische Stadt verstehe und nichts gemeinsam haben will mit den feindlichen germanischen Horden, bitte ich das Missverständnis meines Namens zu korrigieren.* Noch zehn Jahre später erging es der Stadt noch merkwürdiger, sie wurde zu Leningrad. Doch Fjodors Urgroßvater blieb auch zehn Jahre später Stern, nur ohne »*von*«. Bei

Fjodor deutete nichts auf eine deutsche Herkunft, außer dem Namen. Als Kind musste er wohl einige Stunden Deutsch-Unterricht gehabt haben, von denen nur ein paar Gedichtzeilen in seinem Gedächtnis geblieben waren, die er manchmal mit sehr starkem Akzent rezitierte. Allerdings fand Natascha einen Notizblock mit der gestickten Aufschrift »Album« auf dem abgewetzten seidenen Deckel, in den Fjodors Großmutter ihre auf Deutsch geschriebenen Gedichte notiert hatte (*Ich ging über eine Frühlingswiese / Und war erwartungsvoll wie diese*), dazwischen getrocknete Vergissmeinnicht und Maiglöckchen und eine braune Locke.
Und überhaupt: Er möchte nicht mehr über das Bild der Deutschen in der russischen Literatur, sondern eher über das Selbstbild der Deutschen in Russland schreiben.

Er öffnete die Augen. Zwei krause Wolken standen im grauen Himmel. Trotz Himmelsgrau war das heute Morgen halb so schlimm. Unruhe, Atemnot und Angst wichen den Gedanken an das Buch, und der Tag begann.

ANDREAS/**MARINA**

Eine Krähe schaukelte im Zwielicht über dem Main. Sie wartete auf eine kräftige Windwelle und ließ sich von ihr tragen. Wieder und wieder. Es dunkelte schnell.
Marina erzählte Tonja, dass sie den Main am Abend wegen der langgedehnten vertikalen Lichter von überall und nirgendwo liebte, wegen der leuchtenden Brückenbogen in der tintenfarbenen Luft und im unsichtbaren Wasser. Wegen der

winterlich gestutzten Platanen mit den in die vier Himmelsrichtungen gerichteten Fäusten. Sie mochte den *gemachten* Zauber des tüchtigen Westens, der für jede einzelne Lichtquelle messbar war: wieviel Arbeit und wieviel Geld dafür aufgewandt wurden. Nicht dass in Petersburg kein Geld und keine Arbeit hineingesteckt wurden. Sehr viel sogar. Peter der Große verschwendete geradezu ausgiebig Menschenleben, die Stadt ist auf Menschengebeinen gebaut, hieß es in den Geschichtsbüchern. Aber es gab dort noch einen irrationalen Rest, das *nicht gemachte* Licht, der Zauber unklarer Herkunft. Tonja lächelte und zuckte vor Kälte. Sie gingen nach Hause. Die Krähe wurde in der Dunkelheit unsichtbar.

Marina wohnte in einem untervermieteten Zimmer in einer WG (von Laura vermittelt, die Marina unabhängig von Andreas ein bisschen kannte), dessen eigentliche Bewohnerin mit einem Autorenstipendium ausgezeichnet worden war, das mit einem Jahresaufenthalt in einem entlegenen nördlichen Dorf verbunden war. Hohe Wände, zugebaut mit Bücherregalen, ein Hängeboden als Schlafplatz, ein großer runder Tisch in der Mitte, auf dem Marina ein Abendessen servierte: grüner Salat und Forelle, weil Tonja fast nie etwas außer grünen Blättern und bleichen Wasserbewohnern aß; Rotwein in einem Dekanter und zwei große Gläser. Marina war seit ihrer frühen Jugend von Fjodors Weinlehre beeindruckt. Wenn sie sich irgendwo für länger als zwei Wochen ansiedelte, kaufte sie eine Flasche guten Wein und wartete, bis jemand zu Besuch kam (als Fjodor noch lebte, schickte sie ihm aus dem Laden eine SMS und fragte, ob der Wein gut sei, meistens antwortete Fjodor mit »nein«, obwohl er behauptete, dass es wirklich schlechte Weine äußerst selten gebe). Diesmal war der ungetrunkene Wein ein Amarone, von dem man nie sagen kann, ob er schwer oder leicht, süß oder herb, rund oder kantig ist, ob er ein Freund oder ein zufälliger Weggefährte ist (was Fjodor damit meinte, war unklar und jetzt unklar für immer), und er war ein zusätzlicher Grund, warum sie sich über Tonjas Besuch so freute, die zwar nur Wasser trank, ihr aber Gesellschaft leistete.

ANDREAS/MARINA

»... er atmete tief und freudig ein und drückte mit Kraft und Wonne ab«, sagte Andreas laut (statt »Dieses Ungeheuer ist nicht meine Frau« zu sagen, weil dieser Satz langsam seine ätzende und aufregende Wirkung verlor) den Schlusssatz einer russischen Novelle.
Seine Unruhe und Melancholie waren fast physisch, er spürte sie, hatte aber keinen Namen für sie, keiner hat etwas Trefflicheres als »Schmerz« gefunden, auch Iwan Bunin, dessen Satz ihm beim Aufwachen einfiel, nennt das Schmerz, bevor er seinen armen Mitja, den Namenshelden der Novelle, schießen lässt: »... und er weinte leise vom Schmerz, der seine Brust zerriss. Dieser Schmerz war so stark, so unerträglich, dass er nicht daran dachte, was er tat, was daraus folgen konnte, er wollte nur eines: den Schmerz los werden, wenn auch nur für eine Minute ... er atmete tief und freudig ein und drückte mit Kraft und Wonne ab.« Vor weniger noch als hundert Jahren konnte man das »der Schmerz« nennen und es klang nicht lächerlich, dachte Andreas. Warum nun nicht, dachte er, soll es »Schmerz« heißen, egal. Er war so mit diesem Schmerz beschäftigt, dass sich der Schmerz von allen möglichen Ursachen trennte und in jedem ersten Augenblick des Erwachens so stark war, dass, hätte er eine Pistole unter seinem Kissen

gehabt, er keine Sekunde gezögert hätte. Auch wenn er wusste, dass bald der beginnende Tag mit seinen laufenden Sorgen den Schmerz verscheuchen würde, dass er den ganzen Tag und die ganze Nacht nichts davon wissen würde, bis zum nächsten ersten Augenblick des Wachseins.

Beim Kaffeekochen stellt er sich vor, dass jedesmal, wenn er an diesen Satz mit dem Abdrücken denkt, diese Kugel abgeschossen wird, und fragt sich, wohin sie denn dann fliegt, die Kugel.

ANDREAS/**MARINA**

Die schweigsame Tonja wurde nur beredt, wenn es um ihre Arbeit ging und wenn Pawel, der Redeführer der Freundschaft, nicht dabei war. Marina war sehr selten mit Tonja unter vier Augen und wunderte sich jedesmal über Tonjas schnelles und sicheres Sprechen.

»Ok, ich kann choreographieren. Ich kann jedem professionellen Tänzer seinen Auftritt so inszenieren, dass er auf der Bühne als Genie dasteht. Solange ich dabei bleibe, ich meine, bei jeder Vorstellung. Aber er ist eher durchschnittlich. Ich glaube nicht, dass er nach drei oder vier Vorstellungen noch genauso gut sein wird. Schade, dass du nicht gesehen hast, wie das war.«

Tonja sprach, als füllte sie die Leere, die sie fühlte, wenn Pawel nicht da war.

»Ich habe ihm gesagt, dass er für die Rolle einige Bücher zu lesen hat. Ich habe sie ihm sogar gekauft, ich habe französische Übersetzungen gefunden. Kennst du ›Über das Marionetten-

theater‹ von Kleist? Es geht nur um ein paar Seiten. Als ich noch in der Ballettschule war, hat mir Pawel das vorgelesen. Ich weiß nicht, es muss wohl eine russische Übersetzung geben, aber er hat mir das einfach aus dem deutschen Buch übersetzt, vom Blatt, er wollte mich wohl beeindrucken, was ihm natürlich gelungen ist, wie immer, wie immer noch. Ich habe damals begriffen, dass mein Körper im Tanz von einer höheren Kraft besetzt ist, dass ich nur einen Punkt erspüren muss, von dem aus ihn diese Kraft führt. Das ist schwierig zu erklären, aber dieser kleine Text kann helfen, sich im Tanz zu verstehen. Ich lasse meine Schüler das ›Marionettentheater‹ lesen, manchen von ihnen gelingt es dann, sich auf der Bühne einfach führen zu lassen, man kann das auch Intuition nennen, erziehbare Eingebung.
Und stell dir das vor: Ich komme zur Probe, er sitzt in der Ecke, anmutig über das Buch geneigt wie dieser kapitolinische Dornauszieher über seinen unsichtbaren Splitter! Ich habe ihn nie mit einem Buch gesehen. Ich habe keinen von ihnen dort je mit einem Buch gesehen. Ich bin entzückt, natürlich, und denke, er liest ›Über das Marionettentheater‹, und bin zärtlich wie eine Katze, die gerade einen Wellensittich gefressen hat. Und er – er liest ein Lehrbuch über Immobilienrecht! Ich sage: Mein Lieber, was lesen Sie da? Und weißt du, was er mir sagt? Die Tänzerlaufbahn sei sehr kurz, wir müssten uns für nachher vorbereiten. Also hat er sich an einer Business School eingeschrieben. Die Laufbahn ist kurz! Man muss auf der Bühne sterben, egal, was weiter kommt. Jedesmal sterben. Das Leben ist dazu da, dass man für etwas Unnützes stirbt. Ich sterbe jedes Mal mit diesen Idioten, um sie auf der Bühne von meinen Göttern führen zu lassen. Ich schlafe sogar mit ihnen, manchmal, wenn es anders nicht geht. Mit diesem auch. Und er tanzte am Ende wie ein Gott. Nur weiß ich nicht, wie lange er das allein schaffen wird.« Sie schwieg, während Marina im-

mer noch staunte, wie viel sie sprach. Die schweigsame gelassene Tonja, die Ballerina. Dann sprach sie wieder: »Wenn ich übrigens tatsächlich bald sterbe, was wird dann aus Pawel, wir sind allein, Pawel ist ein Einzelkind und hat nicht einmal eine Nichte. Sogar wenn er eine hätte, was würde das helfen. Und mein Victor ist in Amerika. Jeder hat seinen eigenen Kram. Ich habe Angst um ihn.
Ich habe einen Kanarienvogel im Herz.«
»Was hast du?!«, sagte Marina erstaunt, weil sie sich daran gewöhnt hatte, dass es Pawel war, der jede Sekunde verschwinden konnte, kränklich und viel älter als Tonja, und seit einigen Jahren von vielen körperlichen Plagen heimgesucht; Pawel, den Tonja immer mit ihren großen Ballerinaaugen besorgt, liebend und schweigsam ansah.
»Der Arzt sagt, es singe ein Kanarienvogel in meinem Herz. Wenn er schon angefangen hat zu singen, dann sollte er nun besser weitermachen. Sonst, wenn er aufhört, werde ich auf der Stelle sterben.«
Oh nein, bitte, bitte nicht, dachte Marina und fragte sachlich, um die Katastrophe mit etwas alltäglicher Normalität zu verschleiern: »Kannst du ihn hören?«
»Nein. Aber der Arzt sagte, wenn er aufhört, werde ich innerhalb einer Sekunde den ganzen Gesang komprimiert hören können. Und sterben. Ich glaube jetzt, dass früher, als ich noch auf der Bühne tanzte, ich ihn jedesmal gehört habe, er sang mit meinen Tanzgöttern. Das war wohl eine Vorahnung.«
Sogar über die Nachricht, dass Tonja, die Marina sich nie anders als an Pawels Seite vorstellen konnte, mit ihren Tänzern schläft, dachte Marina wegen dieses Vogels nicht weiter nach. Sie dachte, Tonja solle lieber wieder so schweigsam lächeln wie sie es immer tat, alles möge bitte ein Witz sein. Tonja sprach wieder:
»Der Arzt sagt, er kann morgen aufhören zu singen, oder aber

erst in zwanzig Jahren. So geht es mir nicht viel anders als allen anderen, die ja auch wissen, dass sie nicht unsterblich sind.« Tonja lächelte aufmunternd und zeigte damit, dass sie keine weiteren Fragen hören wollte.
Marina sagte: »Großmutters Freund hat mir einmal zwei Kanarienvögel geschenkt und gesagt, ihr Gesang sei besonders schön. War er auch, wahrscheinlich. Ich weiß es nicht mehr. Ich habe einen Fehler gemacht – ich habe sie ab und zu aus dem Käfig ins Zimmer gelassen. Ich dachte, es würde sie freuen, in den Zimmerpflanzen ein Stück Natur zu finden. Das Weibchen hat sich einmal den Flügel verrenkt und starb nach einigen Tagen. Das Männchen, den eigentlichen Sänger, das Weibchen piepste nur, habe ich einem Kanarienvogelzüchter geschenkt, der in unserem Haus im Erdgeschoß wohnte, aus seinem Fenster hörte man immer, wie seine Vögel Triller schlugen. Er hat mich streng angesehen über den goldenen Brillenrand, aber nichts gesagt. Wir wollen etwas besitzen und jemanden lieben. Und nehmen somit eine Verantwortung auf uns, der wir nicht gewachsen sind. Was auch immer wir miteinander machen, wir machen immer alles noch schlimmer.« Tonja schwieg und lächelte.
Marina, die seit ihrer Kindheit ausgerechnet in Tonjas Gegenwart besonders ungeschickt gewesen war – bloß aus Bewunderung (ebenso in Pawels Gesellschaft) –, sagte, bereits im Reden wissend, dass das überflüssig war: »Erinnerst du dich noch an diesen alten Witz, wie einer mit schwerem Kater erwacht, seinen Freund anruft und fragt, ob bei ihm gestern tatsächlich eine Zitrone auf dem Tisch gehüpft sei. ›Ach, du warst das‹, schreit der Freund, ›der meinen Kanarienvogel in den Tee gepresst hat?‹« Tonja lächelte dasselbe Lächeln und schwieg.

In der Nacht sah Marina vom Hängeboden nach unten, wo Tonja auf einem Klappbett lag: unsichtbar, unhörbar. Sie fragte sich, ob es nicht die Seele jenes Kanarienvogelweibchens war, die in Tonjas Herz trillerte (als Seelen singen ja vielleicht auch die Weibchen). Wir wissen nicht, dachte sie, wer tatsächlich wofür verantwortlich ist. Was, wenn unsere Unvorsichtigkeiten mit den einen dann viel später die anderen treffen? Und die Schicksalsschläge, die wir ertragen, sind möglicherweise von Ereignissen verursacht, die nichts mit uns zu tun haben. Wir wissen nicht, auf welche Weise alles mit allem verbunden ist. Die arme Natascha zum Beispiel, wieso musste sie Fjodors Frau und dann so früh seine Witwe werden, dachte Marina, um nicht an Tonjas Herz zu denken.

ANDREAS/MARINA/**MORITZ**

Wenn Moritz 90 Jahre alt sein wird, wird er eines Tages über seinen Vater schreiben wollen. Er wird versuchen, den Charakter seines Vaters zu rekonstruieren, die Anfänge seiner immer stärker werdenden Depression zu finden. In seinen späten Jahren konnte sein Vater, bis Marina gestorben war, nur ihre Gesellschaft ertragen. Dann kommunizierte er mit der Außenwelt nur über seine Putzfrau und einen Taxifahrer, der für ihn viele kleine Angelegenheiten erledigte. Seltsam, wird Moritz denken, dass er nicht mehr weiß, wie Marina gestorben ist. Er mochte sie und verdankte ihr sogar seinen ersten Roman, für den er die Bruchstücke ihrer Erzählungen über ihre Jugend und ihren Freundeskreis gesammelt und mit seiner eigenen Fantasie zusammengeklebt hatte.
Er wird in der Lade eines Schreibpultes, das Marina seinem Vater zum 50. Geburtstag auf einem Antikmarkt gekauft hat

und das in Moritz' Schreibzimmer neben der ihm von Marina geschenkten großen Pendeluhr stehen wird, einen uralten *Memory Stick* finden (er wird stolz sein, dieses Wort noch zu kennen) und in einer Werkstatt, wo sich jemand mit solchen historischen Dingen auskennen wird, die Inhalte herausnehmen und auf Papier abbilden lassen. Die Inhalte werden Vaters Tagebuch sein. Hauptsächlich Überlegungen zu seinen Buchprojekten. Manchmal aber auch irritierende Einträge: »Zum Teufel, alles zum Teufel, das elende Leben, das unbrauchbare Geschenk, das man weiterreicht, wozu, unverantwortlich. Das Elend ist unvermeidlich. Es gibt kein erfolgreiches Leben. Man tut irgendwann einen falschen Schritt, den man später als solchen nicht identifizieren kann, und das ganze Leben geht in die falsche Richtung. Man versucht das Leben, das eine kuriose Gestalt geworden ist, ein abscheuliches Fabeltier, durch Denken zurechtzuformen, wieder zu seiner ursprünglichen Anlage zu bringen. Doch durch das Denken wird alles noch schlimmer. ›In der Mitte des Lebens / Wird aus der Kuh ein Fabeltier, / das dich vorwurfsvoll anschaut‹, schrieb der arme F. S. in seinem letzten Gedicht, das M. über ihrem Schreibtisch befestigt hat – mit einer Stecknadel, deren Kopf wie ein Tropfen Blut aussieht und mich auf eine seltsame Weise beunruhigt.
Ich habe mir ein endlich ruhiges Leben mit M. erhofft. Aber … Dieses Ungeheuer ist nicht meine Frau.«
Moritz wird seufzen und sich fragen, ob er das Buch über den Vater lieber sein lassen sollte.

ANDREAS/MARINA

Er greift mit der Hand unter das Kissen, da ist nichts, nur die glatte Kühle des Stoffes. Das erstaunt ihn in der ersten Sekunde, so greifbar war das Bild der Pistole aus dem Traum.
Zwei Wolken im auch sonst trüben Himmel, dunkel wie ein Bluterguss auf alter Haut. Er hat überhaupt keine Lust aufzustehen. Er hat Lust auf eine Pistole unter dem Kissen. Mit Kraft und Wonne.
Telefon. Marinas Stimme (wieder irgendwelche dummen Geschichten von irgendwelchen dummen Kulturidioten, denkt er): »Ich gehe nach Berlin. Ich meine: ganz. Ich miete das Zimmer nicht mehr, zumal mir das Laura vermittelt hat, das ist dumm, ich kann genauso gut in Berlin wohnen, ich dachte, du wärest öfter und länger in Petersburg, aber so gibt es keinen Grund, in Frankfurt zu bleiben, ich habe mit Frau Elegien gesprochen, sie meint das auch. Und mein Fahrrad wurde mir auch gestohlen. Ich rufe später an, ich muss jetzt zu einer Sitzung.«
Als Andreas den Hörer ablegt, notiert er ein mögliches Thema für eine Ringvorlesung: »Darstellung des Selbstmords bei russischen Autoren vor, während und nach der klassischen Moderne«, und freut sich an dieser angenehmen Unruhe, die er immer fühlt, wenn ihm ein neues Thema einfällt.

ANDREAS/MARINA/**MORITZ**

Die nächste Notiz, ein paar Tage später als die mit dem Ungeheuer, wird diese sein:
»›… er atmete tief und freudig ein und drückte mit Kraft und Wonne ab‹ (Iw. Bunin. ›Mitjas Liebe‹). Es wäre richtig und gerecht, wenn Selbstmörder die Zeit, die sie nicht nützen, den anderen gäben. Kann sein, dass diese Regel einige von ihnen vom Selbstmord abbringen würde, sie würden es sich wahrscheinlich anders überlegen, ehe sie die Kostbarkeit verschenken.«
Moritz wird es nun wieder wollen: über Andreas schreiben. Wie viel Zeit habe ich eigentlich?, wird er denken. »Typisch Kinder, das Werk über den eigenen Vater wird auf kurz vor Torschluss aufgeschoben«, Moritz wird das Buch mit diesem traurigen Witz beginnen.

ANDREAS/**MARINA**

Marina war es gewöhnt, in Andreas' Schlafzimmer (sie nannte es immer noch so, nicht »unser Schlafzimmer«, *ihr* Schlafzimmer war in Petersburg, freilich ohne sie) zu erwachen und aus dem Bett den Berliner Himmel zu betrachten. Als sie zum ersten Mal in diesem Bett wach wurde (sich fragend, ob sie, Andreas und sie – hätten sie sich damals, vor zwanzig Jahren, nicht getrennt – ob sie all diese zwanzig Jahre zusammen geblieben wären), sah sie zwei beige-rosa Wolken auf dem verwaschenen Blau über dem Mariannenplatz und schlief wieder ein. Beim zweiten Erwachen war der Himmel himmelblau, die Wolken wolkenweiß. Beim dritten und endgültigen Erwachen: der Himmel graublau, die Wolken verwaschen gelb. Kann eine Wolke so lange im Himmel stehen, am selben Platz?, dachte sie, setzte sich im Bett auf und sah hinter zwei Türmen der St. Thomas Kirche zwei rauchende Schlote, die diese Wolken ausspuckten (als dritter, nicht qualmender, war hinter ihnen der Fernsehturm zu sehen). Die luftigen Morgenwolken wurden zu zwei Abgasstigmata.

Andreas aber dachte immer noch, dass das zwei Wolken seien. Wenn der Himmel klar war, sagte er beim Erwachen: »Schau, das Wetter ist heute freundlich. Nur ein paar Wolken.« War der Himmel trüb, sagte er: »Diese Regenwolken versprechen keinen guten Tag.«

Andreas öffnet die Augen und sagt: »Schau, das Wetter ist heute freundlich. Nur ein paar Wolken.« Marina unterdrückt das Verlangen, ihn zu korrigieren, weil sie sich versprochen hat, nie wegen derartiger Kleinigkeiten einen Streit anzufangen. »Ich arbeite an einer Beziehung«, denkt sie und lächelt.

♦

ICH HABE VERGESSEN, WIE DUNKEL DIE NACHT IST

Ich habe vergessen, wie dunkel die Nacht ist, wenn sie nicht von Laternen, von Fenstern, von diversen Signal- und Fahrlichtern und von Hundehalsbändern, die diese Lichter widerspiegeln, von Kiosken, von tausend Taschentelefon-Glühwürmchen beleuchtet wird, dachte John, als der Vollmond hinter einem Berg aufstieg. Er sah eine lehnenlose Bank, die knapp einen mageren Menschen aufnehmen konnte: auf dem Rücken, Beine eng zusammen, Arme nah am Körper, oder, besser, Hände auf dem Bauch, nein, nah am Körper ist besser. Er legte sich hin, schloss die Augen und schlief sofort ein. Eine Fliege landete auf seiner Wange und weckte ihn. Er verjagte sie und schlief wieder ein. Sie landete auf seinem linken Handrücken und weckte ihn. Er verjagte sie und schlief umsichtig einen seichteren Schlaf, sodass er den Fliegenreiz registrierte und abtat, ohne sein Dösen ernsthaft unterbrechen zu müssen. Kein richtiger Schlaf – von Fliegen durchlöchert: am Augenlid, am kleinen Finger, auf der Nase, am Mundwinkel.

Ich bin ein Sieb zwischen Wachen und Schlafen, träumte er, bevor er die Augen aufschlug und sah, dass er nicht in einem verlassenen und den Fliegen überlassenen Tempel übernachtete, wie er geglaubt hatte, sondern in einer heruntergekommenen Bushaltestelle. Drei Meter vor ihm stand ein Bus, rostig und ohne Räder. Die einstige Straße war unter dem Gras noch zu ahnen. Endlich sah er etwas, das vage auf die Gegenwart hindeutete. Sonst hatte es auf seinem Weg nur kleine und große Klöster gegeben, mit vielen oder wenigen Mönchen, oder leere, das heißt, von Affen, Schatten, Schlangen und Füchsen besiedelte. Wenn er nachts die Augen

schloss, träumte er von den Mäulern der Kultplastiken, die mückenartig summten. Und von Füchsen, die die Gestalt von hübschen und bescheidenen jungen Mädchen und gelehrten und wohlerzogenen jungen Männern annahmen, die aber verschwanden, als er erwachte, wohl weil er gegen Tollwut geimpft war. Die Fuchsfeen aus den chinesischen Märchen hatten kein Interesse an ihm, dem Geimpften, dachte er fast mit Bedauern. Jennifer hatte ihm zum Abschied ein Zauberbuch geschenkt, »Strange Stories from a Chinese Studio«, mit einem Drachen auf dem Cover und vielen Füchsen darin, die zu einem armen Studenten in seine armselige Stube kamen, Wein mit ihm tranken, Gedichte lasen und zu seinen Geliebten wurden. In den einen Märchen waren die Füchse die Bösen, in den anderen die Menschen.
Aber die Affen waren überall die Bösen. John verhielt sich sehr leise und huschte wie ein Schatten an den Affen vorbei. Nur einmal riss ihm ein junger Affe seinen Flachmann aus der Hand, nahm ihn zwischen die Zähne und drehte, bis der Verschluss in seinem Maul blieb, spuckte ihn weg und trank aus der Flasche. »Was trinkst du, Kumpel, wenn ich nicht da bin«, murmelte John und machte sich vorsichtig davon (es war zum Glück nicht seine einzige Flasche). Manche Klöster waren statt von Mönchen und Affen von Soldaten besiedelt, deren Uniform er nicht kannte und deren Sprache er aus der Entfernung nicht bestimmen konnte. Ab und zu zeigte sich abseitswärts Wetterleuchten, manchmal donnerte es. Vielleicht waren das ferne Explosionen und Salven. Jetzt war es still und neblig. Er checkte seine Vorräte: zehn Packungen Kompaktration salzig, sechs Riegel Kompaktration süß. Beides scheußlich. Ab und zu fand er einen verwilderten Maulbeerbaum mit süßen Früchten, die dunkle Flecken an den Fingern hinterließen, oder stachelige Brombeersträucher. Einmal erschlug er vier Skorpione, die zu seinem Nachtlager kamen, und röstete sie

in der Glut des Lagerfeuers. Sie schmeckten und reizten seinen Hunger. Wasserreinigungstabletten benutzte er noch nicht, er trank aus den Quellen das klare kalte Wasser, obwohl davon grundsätzlich abgeraten wurde. Sollte er sein Taschentelefon doch anschalten? Noch warten? Ich bin ein Narr, dachte er. Was soll das überhaupt? Was habe ich hier zu suchen?

Auf der Halde standen Kühe. Deutlich zu sehen waren nur klapperdürre Schulterblätter und Hüften über dem hohen Nebel. Sie tauchten ihre Köpfe in den trüben, milchig grünen Grasfluss und ähnelten den Studenten, die in den ersten Stunden noch vor sich hin dämmern. Als täten sie nur so, dass sie weideten, als holten sie noch ein Stückchen Schlaf nach. Sollte er versuchen, eine schlafende Kuh zu melken?

Er hörte einen schnellen russischen Fluch. Aus dem Bus zeigte sich ein junges stoppeliges Gesicht. John fuhr mit dem Zeigefinger über seine Wange (sich waschen und rasieren wäre auch bei ihm fällig, er musste nur zuerst den Russen loswerden). Der Russe sah wie ein Tourist aus. Er sah eigentlich wie John aus, nur hatte er einen Rucksack dabei, den John nicht hatte, weil alles in seine Überlebensweste passte. Aus dem Rucksack sah eine Decke hervor: mit verräterischen grün-orangen Streifen. Die von John war in der Rückentasche sicher verstaut. Der Russe sah John und blieb unbeeindruckt, als wären sie Passanten in einer belebten Straße. Er fragte in makellosem Englisch, ob er da lang (er zeigte nach unten) in die Stadt komme. Er sagte: in »die« Stadt. John würde auch so fragen: so tun, als hätte er sich nach einer Kneipentour verlaufen, als warte auf ihn ein surrender Ventilator in einem Hotelzimmer, und all das nicht weiter als drei oder vier Kilometer von hier.

»Das wollte ich auch fragen«, sagte John, lächelte sein *amerikanisches Lächeln* und spannte den linken Oberarm an, um die beruhigende Härte des Brownings (den er vorschriftswid-

rig behalten hatte) zu spüren. »Genau das wollte ich fragen«, sagte er.
Der Russe lächelte sein entwaffnendes Gagarin-Lächeln. Er war knabenhaft, ungeachtet seiner Stoppeln, Flüche und Muskeln, die sogar für einen gut trainierten Agenten bemerkenswert waren. Sie prüfen wohl gerade eine andere Altersgruppe. Wie aber ist es dem Major damals ergangen? Hat John mit seinem Streich die Forschung der Russen um Jahrzehnte zurückgeworfen? Es ging damals sowieso nichts mehr richtig bei den Russen, Geheimdienste waren nicht mehr nötig, der Staat zerfiel von alleine. John hatte sich von Anfang an vorgenommen, bei seinen Agentenspielen keine sich stark auswirkenden Aktionen zu unternehmen, und schmeichelte sich mit der Vorstellung, es würde ihm gelingen. Zumal niemand etwas von ihm verlangte, außer solche Sachen wie mit der Decke, die tatsächlich einem Spiel ähnelten. Die Geschichte mit dem Major, von der niemand außer ihm wusste, war seine einzige Eigeninitiative.
»Ich schätze, weiter runter«, sagte der Russe. »Ich heiße übrigens Fabian, komme aus Bielefeld und mache Urlaub hier.«
Klar. Der Russe konnte weder wissen, dass John den russischen Fluch verstanden hatte, noch dass John über die grün-orange Decke Bescheid wusste.
»Ich heiße John, komme aus Bismarck, North Dakota, und habe meine Reisegruppe verloren«, sagte John.

♦

Der Russe »Fabian« molk eine teilnahmslose Kuh, die Milch spritzte in eine zusammenfaltbare Plastikkanne, die der zusammenfaltbaren Plastikkanne aus Johns Ausrüstung sehr ähnlich war (wer hat wem das Modell geklaut?). John war klar, dass sie Kollegen waren, während der Russe »Fabian« ihn wahrscheinlich für einen störenden Touristen hielt (obwohl der Russe auch schon wissen sollte, dass sich diese Gegend momentan kaum für touristische Ziele anbot). Die euterwarme Milch tat gut. Interessant, dachte John, wird ihnen in ihren Agentenschulen Kuhmelken beigebracht, oder ist der Bursche in einer Kolchose aufgewachsen, was zu seinem zugleich groben und kindlichen Gesicht mit den abstehenden Ohren gut passen würde, schade, dass ich ihn nicht fragen kann.

Sie gingen nach unten. Was oben war, wusste John bereits, nämlich Berge, Dickicht, Tempel und verlassene Dörfer. Die Ferne meldete sich mit einer Explosion.

»Feuerwerk, sie feiern wohl wieder! Ein lustiges Völkchen«, sagte der Russe.

Es war vielleicht doch an der Zeit, »bye« zu sagen und verschiedene Richtungen zu nehmen. John sah einen Seitenpfad, sagte dem Russen, dass er es hier lang versuchen würde, und ging schnell in einen dampfenden Wald, der aus ihm unbekannten Pflanzen bestand. Eine grüne Schlange war um einen kahlen Ast gewickelt wie ein Schal um den dünnen Hals eines erkälteten Clochards.

♦

Er trat so unverhofft aus dem Dickicht, und die Lichtung war so hell, dass sich seine Augen erst an das Licht gewöhnen mussten. Statt der Frische, die sich einer, der aus dem sumpfigen und dampfenden Wald kommt, von einer Lichtung wünschen durfte, erwartete ihn hier ein Gestank, der in seiner Widerlichkeit nur von einem leidenden Menschen kommen konnte. Dann sah er sie, die beiden Soldaten:

Ihre Uniform ist über den Tarnflecken mit einer zweiten Befleckungsschicht bedeckt, aus Blut und Dreck. Sie liegen auf dem Rücken und schauen unbeweglich in den hohen Himmel. Der eine, der etwas mehr Kraft zu haben scheint als sein

Kamerad, greift nach seiner Kalaschnikow (was John, der sehr gerne wissen würde, wo er sich befindet, nicht weiter hilft, Kalaschnikows gibt es überall). Der Soldat ist zu schwach, die Kalaschnikow fällt mit einem weichen »Plumps« auf den feuchten Boden.
Die Jungs haben dünne Körper und blasse, aber dunkle Gesichter mit Lippen, die heller sind als die Wangen, wie man es auf Schmerzensmannbildern sieht. Er hofft, sie verstünden Englisch, und versucht es dann mit Russisch und Französisch. Vergeblich. Ihre hohen Wangenknochen und schmalen Augen lassen John an die Fuchsfee Jennifer mit ihren chinesischen Gedichten denken. Vielleicht versucht die arme Jennifer jetzt in einem sibirischen Dorf sich nach dem Weg zur nächsten großen Stadt zu erkundigen. Doch China kann das nicht sein, es gibt in China momentan kein Kriegsgeschehen. Es bleibt von der ganzen wahrnehmbaren Welt nur Hitze und Gestank übrig, bis ein Geräusch der stehengebliebenen Zeit einen Stoß gibt:

Ein riesiger Vogel schlug mit einem Flügel und konnte sich sonst nicht bewegen.
John kannte den Vogel. Es war ein Argusfasan mit von goldenen Augen übersäten staubfarbenen Flügelfedern und einem blauen Kopf. Eine dezente Variante des Pfaus. Als der Herrgott ihn erschuf, hatte er eine Schwarzweißkamera und konnte seine Fotos nur ein wenig per Hand colorieren. Als der Herrgott über eine Farbkamera verfügte, machte er als erstes aus dem Argusfasan einen Pfau, zur Probe. Der Ornithologe, der den Vogel benannte, wusste wohl nicht, dass die Alten diese Idee bereits verbraucht hatten: Die Sternhimmelaugen des getöteten Titanen Argos wurden von der Göttin Hera dem Pfau geschenkt. Diese Verdoppelung des Argus im Vogelreich beschäftigte John als Kind, als er eine Weile Ornitholo-

ge werden wollte. Sein Biologielehrer erzählte außerdem, dass Charles Darwin von der Pracht dieses Vogels irritiert war, von dem beunruhigenden Fehlen von Zusammenhängen zwischen der Schönheit und den Vorteilen bei der natürlichen Auslese. Einen lebenden Argusfasan hatte er nie zuvor gesehen, nur ausgestopft in einem Museum. Dieses Exemplar wurde später von einem Naturschützer vernichtet, aus Protest gegen Tierpräparation. John sah das Tier und dachte, dass nun die ganze Reise sich gelohnt hatte. Dann dachte er, dass dieser verletzte, staubige Sternenhimmel gut schmecken sollte. Der erste Gedanke war der eines begeisterten Jungen, der zweite der eines hungrigen Mannes. Es waren wahrscheinlich die Soldaten, die ihn angeschossen hatten. John zog seinen Browning und schoss nach. Der blaue Vogelkopf zuckte und blieb im Gras liegen wie eine blaue Blume.

Der zweite Junge fängt an zu sprechen, schnell und mit ekstatischem Lächeln. John versucht zu raten, welche Sprache das ist: ein empörtes Zwitschern; ein klagendes Schnalzen; ein selbstvergessenes Pfeifen. Die Soldaten sind nicht älter als Johns Neffen, was schwer zu begreifen ist. Kinder mit dunklen Gesichtern, die verblasst fast fliederblau wirken. Verwirrend schön und verwirrend stinkig. Der Krieg eines einzelnen Soldaten ist der Krieg gegen das eigene Elend. Hunger. Insekten. Durst. Das eigentliche Schlachtfeld ist der eigene Körper. Unter seiner Uniform ist auch er ein Zivilist und will nicht verstehen, dass der Tod eines uniformierten Kindes weniger bedeuten sein soll als der Tod eines Kindes in Jeans und T-Shirt.

Seine Feldflasche ist voll. Als erstes könnte er den Jungs Wasser geben. Ansteckungsgefahr? Was wäre ansteckend? Schusswunden? Krieg? Jugend? Dreck? Schönheit? Schweres Schuhwerk? Er nimmt seinen zweiten Flachmann mit dem durch die Wassertabletten desinfizierten Wasser und tränkt den schwächeren (Kalaschnikows und Messer schiebt er zuerst zur Seite). Eine Schockwelle wirft ihn rücklings auf den Boden. Schon im Liegen begreift er, dass das ein Lasso ist, das ihn zu Boden zwingt. Etwas Weiches und Stickiges bedeckt sein Gesicht. Argus schließt und öffnet seine tausendschönen Augen: die dunklen Sterne am hohen Taghimmel über der namenlosen Lichtung.

♦

John wurde mitten in dem Zwitschern, Schnalzen und Pfeifen wach. Das erste, was er wahrnahm, war Hunger. Er öffnete die Augen: Er saß an einem Baumstamm am Rande eines Dorfplatzes. Sein Magen meldete Hunger in einer ihm unbekannten Stärke. Er bewegte seine Hände und Füße, Arme und Beine – er war nicht gefesselt und wahrscheinlich nicht verletzt. Seine Weste hatte er an. Er tastete nach den Taschen, alles war da. Sogar der Browning unter dem linken Oberarm war zu spüren. Strohdachhäuschen im Kreis. Kleinwüchsige Ziegen. Hühner, mächtig wie tüchtig aufgeschüttelte Kissen. Den zwei Jungen auf der Lichtung ähnliche Menschen. Nur hatten sie keine Uniform, sondern lockere Kleidung aus weichen Stoffen, als hätten sie sich zu einer Cocktailmatinée versammelt. Ein älterer Mann (*ich schätze alle älter als mich, dann schaue ich in den Spiegel und alle sind plötzlich jünger als ich*, dachte John, der nach der Betäubung noch etwas verwirrt war) fragte ihn auf Russisch, ob er Hunger habe. John unterdrückte den Schluckreflex und überlegte, ob er verraten sollte, dass er des Russischen mächtig war. Der Mann schnalzte und pfiff einem anderen Mann, der John auf Englisch fragte, ob er Hunger habe. Das fand John schon lustig und schwieg weiter, wenn auch gegen den schneidenden Anspruch seines Magens. Den zweiten Mann löste einer mit derselben Frage auf Deutsch ab. Dann kam jemand mit, John riet, Chinesisch (wo bist du jetzt, Jennifer?). Dem folgte einer mit einer nach nichts Bekanntem klingenden Sprache. Dann kam einer mit Französisch, dann einer mit Spanisch, dann einer mit vielleicht Arabisch. *Gut*, dachte John, *das nächste Mal werde ich einfach nicken und bekomme wahrscheinlich etwas zu essen*. Da aber wurde er allein gelassen.

♦

Sie sangen und pfiffen ihre Sprache und niemand außer den acht Sprachkundigen und deren jeweils einem Lehrling konnte auch nur ein Wort in einer anderen Sprache. Nicht einmal »Ok« oder »Coca Cola«. John konnte nicht sagen, wie lange er schon hier war, die Tage und die Nächte glichen einander.

Nachdem er sich am ersten Tag letztendlich doch für seine Muttersprache entschieden hatte, führte man ihn in eine Strohdachrotunde. Im hellen Raum sah John den Russen auf einem Bastkissen sitzen und sich mit dem entsprechenden Sprachkundigen auf Deutsch unterhalten. John beglückwünschte sich, dass er nicht Russisch gewählt hatte. Das hätte die ohnehin seltsame Situation noch verkompliziert. Nachdem John eine Schüssel safrangelben Reis gegessen hatte, flüsterte ihm der Russe »Fabian« zu, dass ihre »Gastgeber« in die Betäubungsmittel auch hungererregende Substanzen täten, damit der Befragte dann auf eine entsprechende Frage sofort reagierte. John, der noch nicht wusste, wie schnell der Russe seine Theorien erdichtete, lobte sich für seine Standhaftigkeit. Dann schämte er sich dieser Genugtuung und der ganzen Situation. Was suchte er hier überhaupt, er sollte dringend nach Petersburg, kurz vor seiner Reise in der grün-orangen Decke hatte ihn Natascha angerufen: Es ginge Fjodor sehr schlecht, die Ärzte sagten, man müsse bereit sein. Natascha hatte gestockt und geweint. John hatte gesagt: »Ich kann jetzt nicht sprechen, ich rufe zurück, sobald ich kann.« Wie lange ist das her? Ob Fjodor noch lebt? Er schämte sich, dass er, wie immer schon in seinem Leben, seiner Abenteurernatur nachgegeben hatte, ohne an Konsequenzen zu denken. Er könnte schon längst zurück sein. Er dachte an den blauen Arguskopf im Gras. Himmelsfasan, schau mit deinen unzähligen Sternenaugen, ob mein Freund in Petersburg an der Newa noch da ist.

♦

»Bin ich ein Gefangener?« fragte John.

»Nein«, sagte sein Sprachkundiger, »wir wissen nicht, wie Sie zu uns gelangt sind, das sollte eigentlich nicht sein.« Er goss John immer nur ein Viertel des Schälchens ein, so kühlte der Tee einerseits schneller ab, andererseits wurde er nicht zu kalt, bis man ihn austrank. Ein Rhythmus aus Trinken und Nachgießen, der John gefangen hielt.

»Haben nicht Ihre Leute mich betäubt und hierher gebracht?«, fragte er, der davon überzeugt war. Auch der Russe, der falsche Deutsche, der »Fabian«, mit dem er eine Hütte teilte, glaubte das. Sie schaukelten in schlaflosen Nächten in ihren Hängematten über dem Lehmboden und entwickelten Pläne, wie sie von hier wegkommen könnten. Niemand hatte sie gezwungen zu bleiben, aber so oft sie versucht hatten zu gehen, so oft kehrten sie auf unerklärliche Weise zurück zum Platz mit den Strohdachhäuschen im Kreis.

Der Sprachkundige goss ihm salzigen, mit Ziegenbutter gesättigten Tee nach. Immer nur für ein paar Schlucke. So saßen sie und sprachen jeden Tag, und John schaffte es nicht, das Gespräch weiterzuziehen, über die kreisenden Erzählungen des Sprachkundigen hinaus.

Wenn nachts John und der Russe das verglichen, was sie von ihren Sprachkundigen jeweils erzählt bekommen hatten, stimmte alles überein. Der Russe allerdings glaubte kein Wort und entwickelte immer neue Theorien (wie die mit der hungererregenden Betäubung). Er wollte nicht glauben, dass dieses Volk von der Außenwelt tatsächlich hermetisch abgeschottet war: »Schau, wenn sie so abgeschieden leben, wenn sie, wie sie behaupten, einen anderen Zeitvektor verfolgen, was auch immer das heißen soll, wie ist das zu erklären, dass sie überall PCs haben? Und Internet? Und was soll das: sie wollen die Elektrizität mit im Kreis laufenden Eseln generiert haben?! Für wie blöd halten sie uns?!«

In der zweiten Hälfte der Nacht fauchten und trappelten kleine Tiere unter den Hängematten. John träumte von Füchsen. Nach Monduntergang zog ihn sanft eine Hand, bis er von der Hängematte sprang. Er folgte einer leichtfüßigen Frau einen Bach entlang. Sie machte ihre Zöpfe im Gehen auf. Der Wind versuchte vergeblich, Schilf in die Zöpfe zu flechten. Eine Rohrdommel hupte tief und mächtig. Hätte John ihre Stimme nicht gekannt, hätte er gedacht, ein unsichtbarer Dampfer komme den Bach herunter. Die Frau huschte in eine Hütte, die auch er betrat, nachdem er in den Bach gepinkelt hatte. Als er vor dem Abschied die leichte Hand küsste, fühlten seine Lippen zuerst die Kälte der Nägel und erst dann die Wärme der Finger. Zurück fand er von alleine. Im verzwiebelten Zwielicht sah er die leere Hängematte des Russen, der immer erst zurückkam, wenn John schon eingeschlafen war. Er erwachte bei Sonnenlicht und ging seinen Sprachkundigen unterhalten.

♦

Nach den Nachtgesprächen mit dem Russen, der John immer kindlicher vorkam, versuchte er seine rätselhafte Benommenheit zu überwinden und dem Sprachkundigen, der mit sichtbarem Vergnügen die Gelegenheit nutzte, Englisch zu sprechen, gescheite Fragen zu stellen:

»Wie bedienen ihre Leute PC und Internet, wenn niemand außer sechzehn Eingeweihten die Sprachen kann«, fragte John seinen Sprachkundigen.
Sie saßen in demselben runden Raum, der zwar eine niedrige Decke, aber viele große Fenster hatte und sehr hell war. Eine Fliege warf sich hin und her zwischen zwei gegenüberliegenden Fenstern, stieß klangvoll gegen eine Scheibe und flog sofort zu dem Glas vis-à-vis: ein knurrender Tennisball, der sich von selbst in Bewegung setzt. John dachte mit großer Sehnsucht an Tennisbälle und an alles, was dazu gehörte: Spielplatz, Campus, Kollegen und Studenten, sogar an die Sekretärin, die siebzehn und vier mit einem Taschenrechner addierte.
»Wir haben ein internes Netz, wir laden Informationen auf den eigenen Server, in einem Kristallkeller. Die Inhalte laden wir von Ihrem WWW runter. Also wir, die sechzehn, machen das. Wir haben alles angepasst. Die ganze Technik bleibt auf Ihrem Niveau. Wir haben einen Weg gefunden, wie wir von Ihren Entdeckungen profitieren können – ohne uns Ihrem Entwicklungsmuster zu unterwerfen. Das, was Sie machen, hat zwar gute Seiten, ist aber zu oft voreilig und zu vielen Zufällen überlassen. Und stolpert immer wieder über katastrophale Ereignisse. Wir versuchen es anders. Eigentlich dasselbe, aber anders.«
»*Was* versuchen Sie?«
Der Sprachkundige schwieg und goss dicken salzigen Tee nach.
»Sind Ihre Leute denn nicht neugierig auf das, was da alles geschrieben und gesprochen wird, im Netz, im Fernseher? Ich meine das, was Sie *nicht* übersetzen?«
Darauf erzählte der Sprachkundige, dass sein Volk freiwillig auf jeden Informationsaustausch mit der Außenwelt verzichte, nur die sechzehn würden dadurch kontaminiert. Die anderen wollen nicht vom Ziel abgelenkt werden. Was das aber sein soll, dieses Ziel, diese andere Entwicklung, das sei ein Geheimnis, das der Sprachkundige nicht aufdecken dürfe.

»Vielleicht«, sagte er nur, »kommen wir zum gleichen Ergebnis, aber schneller und mit weniger Verlusten. Das ist freiwillig. Jeder kann jederzeit nach draußen, und jeder kann jederzeit zu uns. Jenseits unseres Gebiets gibt es die nicht gesicherte Information, also Gerüchte, dass es uns gibt. Wer will und sich interessiert, ist willkommen.«

♦

Nachts sagte der Russe: »Halten sie uns für bekloppt?«
John bewunderte die Willensstärke des Russen, dem kein einziger russischer Fluch entkam, und fragte am nächsten Tag seinen Sprachkundigen:
»Und wenn sie hierher kommen? Alle können doch irgendwelche Sprachen, wieso spielen Sie denn dann, dass niemand außer den Auserwählten die Sprachen kann?«
»So einfach ist das nicht. Sie kommen über eine Schleuse, die das Gedächtnismuster umformt, so dass nur die Muttersprache bleibt. Wenn jemand zurückwill, bekommt er wieder alles, was er hatte. Wir könnten auch einrichten, dass er einiges (oder alles), was er hier gesehen hat, vergisst, machen wir aber nicht. Das wäre unfair. Und sinnlos. Jeder darf von uns wissen. Beweisen kann man sowieso nichts. Falls jemand zu uns will, erfahren wir das und ›organisieren die Reise‹. Sozusagen. Wie gesagt, in der Außenwelt ist das eine nicht gesicherte Information, ein Gerücht. Ein offenes Geheimnis.«
John hatte einmal an einem Gedächtnis-Experiment teilgenommen, das dem von dem Sprachkundigen beschriebenen Verfahren ähnelte. Dem Sprachkundigen erzählte er das aber nicht.
»Aber wozu das Ganze? Was ist bei Ihnen so anders, was ist besser? Im Ernst. Sie haben den gleichen Mist wie die anderen. Sie haben Arme, die für die Reichen die schmutzige Arbeit erledigen. Sie lassen Ihre Frauen zu Ihren Gefangenen kommen und sie bedienen.«

Der sonst immer milde und ruhige Sprachkundige unterbrach John mit plötzlicher Entrüstung: »Wie können Sie nur, was getrauen Sie sich!? Das machen diese Frauen von sich aus. Ohne Aufforderung. Sie wollen mit Ihnen Kinder zeugen. Wir leben zu eng zusammen hier, wir sind zu wenige, sie hoffen auf starke Kinder, die anders sein werden und auf andere Weise klug und schön.«
John wollte mehr über die Frau mit den kalten Fingernägeln und warmen Fingerkuppen erfahren, die wahrscheinlich die Mutter seines Kindes würde. Er konnte sich aber nicht von der davor angefangenen Rede abbringen:
»Sie manipulieren das Gedächtnis derer, die freiwillig zu Ihnen kommen. Sie haben Krankheiten und Streitereien. Sie sterben. Was genau wollen Sie erreichen?«
»Das darf ich Ihnen nicht sagen. Nur, dass jedem Volk seine eigene Zeit in die Wiege gelegt wurde, mit je anderer Geschwindigkeit, anderer Dichte, mit anderen Variationsmöglichkeiten. Sie aber lenken die Zeit so, dass sie für alle gleich wird. Irgendwann wird das gut so sein. Wir wünschen Ihnen viel Erfolg auf diesem Weg. Aber Sie schaffen das unter Anwendung von zu viel Gewalt. Wir hingegen geben den anderen Zeitvektoren auch ihre Chance. Und sagen Sie mir bitte nicht, dass die Zeit ein Skalar ist.«
Das hatte John gar nicht vor.
»Die Zeit ist sehr wohl ein Vektor.«
»Von mir aus«, sagte John und fragte sich, was der Russe dazu sagen würde. (»Vektor! Dass ich nicht lache«, wird der Russe später dazu sagen.)
»Lassen wir das«, sagte der Sprachkundige. »Ich habe ohnehin schon zu viel gesagt. Was ich aber sehr gerne wissen würde: Wie sind Sie und Ihr Freund – Sie haben sich doch früher gekannt? – hier hineingeraten?«

♦

»Das ist alles Unsinn mit der Zeit«, sagte der Russe. »Sie wollen nicht einmal, dass wir diesen Quatsch ernst nehmen. Sie erzählen uns bloß Märchen, um uns in die Irre zu führen.«
John, der genau hätte sagen können, welcher russische Fluch anstelle welches »Unsinn« oder »Quatsch« hätte ausgestoßen werden sollen, bewunderte den Russen wieder und fragte ihn, was er längst fragen wollte: wie er hierher geraten war.
»Na gut, ich ging damals gleich nach unten und das war der richtige Weg. Und du? Als ich endlich mein Hotel gefunden hatte und mich duschen und dann schlafen wollte, waren plötzlich die Soldaten da, mit Scheinwerfern, Megafonen und affenähnlichen Hunden. Sie haben befohlen, dass alle in eine Scheune hinter dem Schwimmbad kommen sollten. Falls wir von hier heil davonkommen, werde ich jetzt nur mehr in die Schweiz in die Ferien fahren, zu gütigen Bernhardinerhunden mit Cognacfässern um den Hals. Also ich konnte gerade noch fliehen, aber im Wald sah ich auf einer Lichtung zwei Soldaten, in Scheiße und Blut. Jemand hat mich dann betäubt, weiter ist es mir wie dir ergangen. Und du?«
»Stell dir vor, ich kann dir genau dasselbe berichten. Ich glaube, wir waren im selben Hotel. Komisch, dass wir uns dort nicht gesehen haben«, sagte John, dem diese russische Mischung aus Lüge und Wahrheit gefiel.
In der Nacht träumte er, wie eine Füchsin in die Hütte kam und die Gestalt eines schmächtigen Mädchens mit hellen Haarfransen über der Stirn und abgekauten Fingernägeln annahm. Als er wach wurde, verstand er, dass das Natascha war, die ihn vorwurfsvoll ansah, und dachte wieder an Fjodor.

♦

»Bin ich ein Gefangener?«

»Nein!«
Eine Fliege landete auf Johns Wange. Zugleich wurde seine Hand von dem Sprachkundigen schmerzhaft gepackt. Er warf den Sprachkundigen über die Schulter (nicht umsonst war er jedes dritte Wochenende des Monats im Training bei Mister White). Viele starke Hände fassten ihn und zwangen ihn zu Boden. »Beruhigen Sie sich, niemand greift Sie an«, sagte der Sprachkundige und goss ihm Tee nach, »Sie haben beinah ein Lebewesen getötet, ich musste eingreifen. Das Töten der Tiere ist bei uns möglichst zu vermeiden. Es sei denn, es geht darum, das Leben eines Menschen zu retten. Wäre das keine Fliege, sondern eine Giftschlange gewesen, hätte ich Sie nicht gehindert. Im Winter sind auch wir keine Vegetarier, sonst würden wir bei der Kälte nicht überleben können. Das ist eine sehr traurige Notwendigkeit, und wir sind den Tieren zu tiefster Dankbarkeit verpflichtet. Einfach so, ohne Lebensgefahr, bloß weil die Fliege Ihre Wange kitzelt, sie zu erschlagen, ist ein Unding. Man darf kein unnötiges Leiden in die Welt setzen. Weil jedes Leiden, ist es auf der Welt, auf der Welt bleiben und weiterwandern wird. Ich bitte natürlich vielmals um Entschuldigung, dass ich Sie auf so brutale Weise daran hindern musste.«
Die Wächter sahen, dass John keine weiteren Angriffe vorhatte, und kehrten zurück ins Unsichtbare.
»Bin ich ein Gefangener?«, fragte John.
»Nein«, sagte der Sprachkundige.
John erzählte ihm endlich von der Lichtung mit dem Argusfasan und den Soldaten. Und dass er von einem Fangseil gefangen und gleich betäubt worden war.
»Die Soldaten, die armen. Das ist anders bei uns. Wir sind sehr wenige. Und wir haben keine Kriege. Aber das ist nicht der Grund, warum wir hier sind«, sagte der Sprachkundige.
»Und wie bin ich zu Ihnen gelangt?«, sagte John.
»Das würden auch wir gerne wissen. Obwohl ... ja! Vielleicht

kann ich das erklären. Die Soldaten waren wahrscheinlich im Begriff, zu uns überzulaufen, als sie angegriffen und verletzt wurden. Der Übertragungsprozess wurde schon aktiviert. Und Sie sind dann gekommen und an die Stelle getreten, an der man die Grenze passiert. Das Weitere haben Sie als Betäubung empfunden. Und wir haben die Soldaten nicht vermisst, weil die Transportspuren von Ihnen besetzt wurden und keine Meldung für nicht ausgeführte Aufträge eingetroffen ist. Entschuldigen Sie mich bitte, ich muss dringend die Suche nach den beiden Soldaten anordnen.«

Wie kam der Russe auf dieselbe Lichtung? Hatte er ihn verfolgt?, fragte sich John, fragte aber den Sprachkundigen, als er wieder da war, etwas anderes:

»Warum haben wir die Fremdsprachen nicht vergessen, die wir können? Wir sind doch auch über diese Schleuse gekommen, über die die Ihrigen kommen?«

»Haben Sie nicht? Das ist mir ein Rätsel. Ich würde mir gerne Ihr Enzephalogramm anschauen. Aber das tun wir nicht. Es sei denn, Sie würden das auch wollen. Sie haben als Gäste Ihre Rechte.«

John vermutete, dass das eine Folge des Gedächtnis-Experiments war. Ihm war damals erklärt worden, dass sein Gedächtnis dadurch gegen Manipulationen gewappnet sein werde. Das bedeutete, dass auch der Russe, der sein Deutsch behielt, eine solche Erfahrung hatte.

»Sagen Sie, wenn die Ihrigen zurück dürfen, heißt das, auch wir dürfen zurück?«

»Wir haben lange gewartet, dass Sie oder Ihr Freund (er ist doch Ihr Freund?) danach fragen. Sonst wäre das unsererseits nicht sehr gastfreundlich. Klar, können Sie. Ich möchte Ihnen zum Abschied etwas zeigen. Ich bin Dichter. Ich verfasse die Geschichte meines Volkes in Versen. Aber ich schreibe auch kleine Sachen, für die mir hier die Zuhörer fehlen. Ich habe ein kurzes Gedicht in Ihre Sprache übertragen. Darf ich es Ihnen vorlesen?« Er sah John mit den Augen eines scheuen Studenten an, der seine erste Semesterarbeit abgibt:

Du kannst die Sonne, die aufgeht,
nicht daran hindern,
kannst du?
Du kannst die Liebe, die beginnt,
nicht bremsen,
kannst du?
Du kannst die Sonne, die untergeht,
nicht halten,
kannst du?
Du kannst die Liebe, die endet,
nicht verlängern,
kannst du?

John lobte höflich das Englische des Sprachkundigen und fragte:
»Auch Glück?«
»Auch Glück, ist es auf der Welt, wird auf der Welt bleiben und weiter wandern«, sagte der Sprachkundige.

♦

Sie gingen einen Bergbach entlang, dessen Stromschnellen viel zu steil waren, als dass er mit einem Kanu befahrbar gewesen wäre. Zwei Männer trugen das Kanu wie eine Bahre. Beide Sprachkundigen begleiteten sie (haben sie begleitet): bis zu einem Tunnel, in dem der Fluss verschwand. Die Schnellen hörten hier auf. Das Wasser war staubfarben. Die Sprachkundigen erklärten, dass John und der Russe auf dem Kanu in den Tunnel mussten, «auf der anderen Seite müssen Sie ans Ufer und dann einen Pfad nach oben nehmen, zu einem Pass. Von dort aus werden Sie sich Ihre Wege aussuchen können. Good luck!«, sagte der eine und flüsterte noch dazu: Sie ist meine Braut, ich werde wahrscheinlich Ihr Kind großziehen / »Viel Glück!«, sagte der andere.

♦

Eine seiner ersten Erinnerungen war ein Sommergrün, ein Park und ein roter Spielzeugdampfer. Ein Bach unter einer Betonbrücke, die zu breit war, um Brücke genannt zu werden, eher eine Art Tunnel. Seine Mutter forderte ihn auf, den Dampfer aufs Wasser zu setzen, unter die Brücke gleiten zu lassen und ihn am Ausgang des Tunnels zu fangen. Ihm war das Risiko zu groß, der neue Dampfer könnte im modrigen Dunkel unter der Brücke stecken bleiben. Die Mutter lachte: »Was bist du für ein Geizhals! Ich kauf dir einen neuen.« John sah darin einen Verrat an der Geborgenheit, die man von der eigenen Familie erwarten durfte. Die Mutter war sehr jung, sie wollte selbst noch spielen: »Bist du aber ein Angsthase, mein Angsthäschen, Johnny.« Hier brach die Erinnerung ab. Er wusste weder, ob er den Dampfer aufs Wasser gesetzt hatte, noch ob er dann an der anderen Seite auftauchte. War das deshalb bis jetzt in seinem Gedächtnis geblieben, weil er nun selbst zu einem Spielzeugdampfer in einem schwarzen Tunnel werden musste, ohne zu wissen, ob er je zum Ausgang gelangen würde?

»Jetzt weiß ich's!« Das war die Stimme des Russen im modrigen Dunkel. »Ich hab's! Das ist eine Sekte, die an die Zeitmaschine glaubt. Sie bauen eine Zeitmaschine. Nicht alle sind eingeweiht, nur die Elite. Sie wollen die Zeit zurück verfolgen, Schritt für Schritt, eine Stufe nach der anderen, wie man eine Treppe hinunter läuft (oder hinauf, die Zeit ist so eine Sache, man kann's nie wissen, wenn man ihr Vektor-Eigenschaften aufzwingt), bis zu dem kritischen Punkt, an dem die Götter die Welt verlassen haben. Oder – von mir aus – Gott die Welt verlassen hat. Sie wollen das rückgängig machen. Sie spinnen natürlich. Aber ich habe jetzt alles zusammengedacht und begriffen!«

»Wo hast du melken gelernt?«, fragte John.

♦

ZEPPELINE ÜBER PARIS/FRANZISKA (FAST) OHNE ADJEKTIVE/AUSFLUG IN DIE HÖLLE/ VERLIEBTE AUGEN

ZEPPELINE ÜBER PARIS/FRANZISKA (FAST) OHNE ADJEKTIVE/AUSFLUG IN DIE HÖLLE/ VERLIEBTE AUGEN

Moritz war der einzige in der Familie, der wusste, dass Franziska gestern Nacht nicht in ihrer alten WG und nicht in der WG ihres Freundes war. Er hatte sie nirgendwo erreichen können, als er ihr von der Englischlehrerin Frau Flink erzählen wollte, wie sie der Klasse beteuert hatte, sie verbreite auf keinen Fall die Gerüchte über Kunst- und Sportlehrer Herrn Meyer-Drossel und Anja Fleißig, die in Franziskas Jahrgang Abitur gemacht hatte. Er wollte mit Franziska über die neue Frau-Flink-Geschichte lachen, wie sie früher gelacht hatten (*in den guten alten Zeiten*, in denen er oft ihren Launen ausgeliefert gewesen war, sich aber nie so einsam gefühlt hatte wie jetzt). Zu Hause (also hier, wo sie gelegentlich übernachtete) war sie auch nicht. Und ihr Handy war aus.

Von Franziskas Abwesenheit konnte er keinem erzählen. Mutter und Frank nicht, weil sie immer sofort in Panik gerieten und dann, wenn sich das Kind (Moritz bzw. Franziska) endlich meldete, so viel Theater machten, dass man am liebsten wieder verschwinden würde, am liebsten für immer. Dem Vater nicht, weil er in seinen Zuständen versunken und nicht wirklich ansprechbar war. Vielleicht Marina, die er heute Nachmittag sehen wird? Aber sie würde dann mit ihrer Hyperaktivität

gleich zu viel unternehmen, was dann später allen Beteiligten peinlich wäre. Er rief Marina trotzdem an, sagte aber nichts, fragte nur, ob sie endlich etwas über Mörikes Schlüsselbein erfahren hatte.
Dann rief ihn Franziskas Freund an und fragte, ob sich Franziska gemeldet habe. Martin gefiel ihm nicht. Er war zu munter. Er war zu schön. Moritz hatte ihn ein paar Mal in Gegenwart anderer Mädchen gesehen.

ZEPPELINE ÜBER PARIS/FRANZISKA (FAST) OHNE ADJEKTIVE/**AUSFLUG IN DIE HÖLLE**/ VERLIEBTE AUGEN

»Danke, Marina, Frank hat gesagt, du warst klasse! Das Honorar wurde schon überwiesen. Wie war es?«, sagte Sabine. In der Firma, in der Frank arbeitete, hatte es ein wichtiges Treffen mit den Russen gegeben, deren Dolmetscherin plötzlich krank geworden war. Eine Dolmetscherin aus einer Vermittlungsagentur wollte man nicht. »Marina, es ist mir unendlich peinlich, dass es so kurzfristig ist, aber Frank fragt, ob du einspringen könntest? Sie zahlen das Doppelte und würden dich abholen und zurückbringen, und …«, hatte Sabine vorgestern am Telefon gefragt. Marina sagte zu. Ihre Arbeit im Kulturfonds wurde zwar nicht besonders hoch bezahlt, ließ ihr aber Zeit, um hin und wieder ein Zubrot zu verdienen (was wiederum zu häufiger Zeitnot führte und sie noch stärker von Andreas und von dem Buch über Daniil Charms, das sie angefangen hatte zu schreiben, ablenkte). Sabine, die kaum etwas von der Arbeit ihres Mannes wusste, war jetzt neugierig: »Wie war es?«

Es war ein komfortabler Ausflug in die Hölle. Die Hölle war rund, breit, tief, hohl und unbewohnt. Wenn du oben am Geländer standest und nach unten schautest und daran dachtest, dass ein fallen gelassener Gegenstand nie bis ganz unten kommen würde, sondern unterwegs zergehen, strömte unsichtbarer Höllendampf dir entgegen.
»NICHTS BERÜHREN!« schrie der Vergil im Blaumann ab und zu. Alle hatten Höllenschutz an: Folienschuhe und -handschuhe, Blaumänner, Helme. Die ganze Höllenmaschinerie war vor Jahren von hier entfernt worden. Blieb nur die Reaktorhülle, deren riesigen hohlen Bauch sie von innen umkreisten. Manchmal holte der Vergil den Geigerzähler aus der Blaumanntasche und schüttelte den Kopf. Als die Besucher die Schleuse vor dem Ausgang passierten, scherzten sie: »Hilfe! Es wird gleich piepsen, wir sind kontaminiert!«
Dem Umkreisen des hohlen Höllenbauchs folgte ein Abendessen in einem verglasten Wintergarten eines Schlosses mit blühenden Zitronen in Kübeln und mit einem schweigsamen weißen Kakadu im hohen abgerundeten Käfig. Marina stellte sich vor, wie die Kellner in weißen Handschuhen diese draußen auszogen, den Instruktionen des Vergils folgend: »Ziehen Sie zuerst den einen bis zur Hälfte und dann den anderen aus, damit Ihre Finger die Handschuhe von außen nicht berühren.«
Im Gespräch zeigte sich, dass die deutschen Höllenwächter und ihre russischen Kollegen verschiedenen Höllenkreisen entsprungen waren. Die Deutschen verteidigten ihre angewandte Atomphysik mit heiterer Rationalität. Sie sei
ökonomisch unschlagbar;
ökologisch das Unbedenklichste, das man sich vorstellen könne;
die moderne Medizin sei ohne sie kaum zu denken;
es gäbe neue sichere Verfahren, aber die Politik bremse die Forschung;

Politiker verstünden all das nicht: Wenn die alle Werke abbauen, wird sich herausstellen, dass wir in fatale Abhängigkeit von den anderen geraten;
usw.
Marina hatte keine Schwierigkeiten, das zu dolmetschen. Die Russen breiteten ihre Verschwörungstheorien aus, etwa:
Französische Politiker haben von Anfang an die deutschen Grünen unterstützt, um in Sachen Kernforschung die Vormacht zu gewinnen.

Der Abend wurde immer informeller. Der russische Hauptwissenschaftler, den sogar der Hauptbeamte der Russen ehrerbietig ansah, löste ein wenig seine Krawatte, lehnte sich zurück und sagte:
»Farben sind nicht einfach so, jede hat eine tiefere Bedeutung.«
Marina dachte, dass etwas folgen würde, was mit der Physik der Farben zu tun hat, und freute sich, dass sie Franziska nächstes Mal etwas Gescheites berichten können würde: Franziskas Professor an der Kunsthochschule behandelte die Farben an der Grenze des Metaphysischen, Franziska sprach oft und gerne davon und Marina fühlte sich überfordert (und wollte das nicht zeigen). Aber etwas ganz anderes folgte: »Auf hohen Bergketten bildete sich die erste Zivilisation. Unten waren Sümpfe, Miasmen, Kannibalen, unten blieben auch die Schwarzen und die Gelben. Und die olympischen Götter waren eigentlich einfach die Weißen, das war das goldene Zeitalter …«
Zum Glück hatten die deutschen Höllenwärter gerade etwas Organisatorisches unter sich zu besprechen, sodass Marina diese Farbenlehre nicht übersetzen musste. Solche Fantasien stammten aus den spätsowjetischen Zeiten, von den Menschen entwickelt, d.h. aus allen möglichen Quellen zusammengebastelt, die von der offiziellen Sozial- und Geschichtswissenschaft unbefriedigt waren. Sie wusste auch, warum die Russen

Rotwein und grünen Tee tranken: als Gegenmittel gegen Höllenstrahlung. Es gab ein berühmtes Buch, das grünen Tee zur Bekämpfung von Strontium 90 anpries. Das war ein sehr poetisches Buch: Wasser zum Beispiel solle man nicht ganz zum Kochen bringen, sondern nur bis zur »weißen Quelle«, also bis zu weißtrüber Unruhe. Man erzählte, es sei einmal eine Frau zu dem Autor nach Hause gekommen und habe gesagt: »Aus Ihrem Tee-Buch sieht man, dass Sie einsam sind«, und sei seine Frau geworden, erzählte Marina, um die Gesellschaft von der Farbenlehre abzubringen. Aber das wussten die Russen ohnehin.

Was sie nicht wussten, war, dass der berühmte Erfinder von »Big Brother is watching you« ebenfalls eine kleine Teekunde geschrieben hatte, mit ganz anderen Faustregeln. Ihm zufolge muss das Wasser kochend in die Teekanne gegossen werden, und auf keinen Fall der Teekessel zur Teekanne gebracht, sondern die Teekanne zum kochenden Teekessel. Über chinesischen (und damit höchstwahrscheinlich über grünen) Tee hieß es bei ihm, er mache niemanden weiser, tapferer oder optimistischer.

Mit Orwell versuchte Marina verzweifelt das gerade aufgebrachte Thema zu wechseln, das noch peinlicher war als die Farben: Dasselbe As hatte begonnen, (mit allen Vorbehalten) die Strenge und den Verstand Hitlers zu preisen. Bei der Nennung des Namens, den die Deutschen höchstwahrscheinlich nicht identifiziert hatten, weil die Russen ihn als »Gitlir« aussprechen, sagte der bis jetzt schweigende weiße Kakadu: »Heil!« Dann lachte er und sagte: »Kaputt!« Dann weinte er und sagte: »Heil!« Er lachte und weinte abwechselnd und sagte abwechselnd »Kaputt!« und »Heil!« wie ein übermütiges Kind, bis ein Kellner mit weiß behandschuhten Händen ihn wegbrachte (»zum Katzentisch«, sagten die Deutschen, und Marina versuchte das Wortspiel wiederzugeben, das zu einem Tisch führte, an dem eine Katze mit Besteck saß und wartete, bis ihr ein Vogel serviert würde). Mit Hilfe des Kakadus (der offensichtlich Russisch verstand und wahrscheinlich seinerzeit in russischer Gefangenschaft gewesen war) gelang es Marina, die Gesellschaft von »Gitlir« abzubringen und auf die (nach Orwells Ausdruck) mysteriösen Sitten des Teetrinkens zu lenken. Die Russen fanden es amüsant, dass in England das Trinken aus der Untertasse als vulgär galt. Sie dachten, diese Art des Teetrinkens sei überhaupt nur in Russland bekannt. Orwell dagegen meinte, die russische Art sei es, den Tee zu süßen. All das wusste Marina von John, der ab und zu Lust hatte, einen britischen Dandy zu spielen. Er spielte manchmal auch einen russischen Bohemien, seine russische Aussprache wurde immer authentischer. Fjodor (wenn er besonders viel getrunken hatte) hatte behauptet, John sei ein Spion gewesen, er sei einmal mit einem Major aus einem Lokal weggegangen und ohne den Major zurückgekommen. *Was hat er mit dem gemacht?*, fragte Fjodor. *Liegen seine Gebeine vielleicht am Grund der Newa, von Fischen abgenagt und vom Wasser poliert?*

ZEPPELINE ÜBER PARIS/FRANZISKA (FAST) OHNE ADJEKTIVE/AUSFLUG IN DIE HÖLLE/ VERLIEBTE AUGEN

Wenn du dich einmal überwindest, dann fällt es dir nicht schwer: einfach im Bett zu bleiben. Bei genauer Überlegung ist es auch nicht nötig, dass man jeden Tag in die Schule geht. Kurz vor dem Abitur sowieso. Nur nicht nervös werden. Ruhe bewahren – sagt sich Moritz fünfmal in der Woche und geht dann doch in die Schule. Das Maximum an Willenskraft, das er bisher aufgebracht hat: seiner Mutter und dem Stiefvater zu sagen, dass die ersten zwei Stunden ausfallen. Aber nachdem sie schon gegangen sind und er alle Möglichkeit hätte, weiter im Bett zu bleiben, steht er doch auf. Gestern war er in der Schule von der Nachricht unangenehm überrascht worden, dass Eva Tobias' Freundin geworden war, was ihm Maria nebenbei erzählte, nicht ohne Schadenfreude. Oder hat er Schadenfreude hinzugedichtet? Vielleicht: Woher könnte Maria wissen, dass er glaubte, Eva habe ihn mit besonderer Aufmerksamkeit ausgezeichnet? Er hat die Nacht vor seinem iPad in der Gesellschaft von Pornofotos und -videos verbracht, bis ihn die bunten Mädchenkörperteile zu ekeln begannen, und ist jetzt müde und verstimmt. Und bleibt im Bett, um sich zu beweisen, dass er doch willensstark ist.

Unter dem sonst unsichtbaren Regen wird der Lindenzweig hinter dem Fenster zu einem mehrdimensionalen Klavier. Die Regentropfen senken mal das eine, mal das andere Blatt, als wären die Blätter Klaviertasten, von unsichtbaren Fingern berührt.

Er schließt die Augen. Im Schlaf hat er ein Gefühl, nicht seinen eigenen Traum zu träumen, sondern einen Traum einer alten Frau, die jahrzehntelang jede Nacht von ihrem im Krieg gefallenen Bräutigam träumt: Wie sie tanzen. Für sie ist das der allerletzte Tanz der Welt, der jede Nacht wiederkehrt. Wüsste Moritz, welcher Tanz das war (welchen Tanz er im Traum tanzte, als Frau, zum Lindenklavier), dann wüsste er wenigstens, in welchem Krieg der Bräutigam gefallen ist, und wohin mit diesem Traum, in welche Geschichte.

Er öffnet die Augen: Die untere Hälfte des Fensters ist von einem Lindenzweig schräg verdeckt. Das obere Blaueck ist den großen Vögeln und kleinen Flugzeugen überlassen. Er folgt den langsamen Flugzeugen, bis sie hinter dem Fenster-

rand verschwinden. In einem der Flugzeuge fliegt der in unklar welchem Krieg gefallene Bräutigam der unklar welchen Braut. Moritz hatte früher, bevor sie gestorben war, eine unverheiratete Großtante, deren Bräutigam von der russischen Front nicht zurück kam. Ist das sie, die ihren Traum an ihn weiterleitet?
Was tanzten sie? Wagten sie, den als wehrzersetzend gebrandmarkten Swing zu tanzen? Wäre das in der Nazi-Zeit sehr gefährlich gewesen? Wohl ja. Moritz würde gerne glauben, dass seine Großtante geswingt hatte, aber nichts deutet darauf hin, dass es in seiner Familie je einen gab, der zur geringsten Zivilcourage fähig war.
Einer seiner Urgroßvettern war im Ersten Weltkrieg mit dem Zeppelin verunglückt. Man wollte damals London und Paris mit den Zeppelinen erobern. Er dachte immer daran, wenn er einen Werbezeppelin sah. Zum letzten Mal, als seine Tante Anita einen Zeppelin über dem Kirmesplatz schweben ließ, der mit der Webadresse eines neuen Produktes ihrer Firma beschriftet war: *akzeptieredeinennächsten.com*. Das war der Verkaufshit und Stolz des Chefs.
Was hätte die Braut des Zeppelin-Fliegers geträumt? – Tango?
Und eine Braut im Deutsch-Französischen Krieg? – Walzer?
In den Napoleonischen Kriegen? – Galopp?
Im Siebenjährigen Krieg? – Menuett?
Im Spanischen Erbfolgekrieg? – Sarabande?
Im Dreißigjährigen Krieg? – Gavotte?
Wozu braucht man einen Leistungskurs Geschichte, wenn man nicht einmal das mit Sicherheit weiß. Und überhaupt: wieso braucht man unbedingt ein Abitur für das Literaturinstitut? Für die Musikhochschule braucht man keins. Und auch nicht unbedingt für eine Kunsthochschule. Vielleicht doch lieber Germanistik studieren, oder Slawistik? Wenn er sowieso gezwungen ist, Abitur zu machen?, denkt Moritz, steht aber trotzdem nicht auf.

Stattdessen versucht er festzustellen, wie lange man eine Geschichte ohne Adjektive erzählen kann. Nimmt man gestern Abend zum Beispiel: Franziska kam früh nach Hause. (Oder ist »früh« zu adjektivisch? Also auch möglichst wenig Adverbien). Als Franziska nach Hause kam, war – anders als an (vielen) Tagen davor – der Abend nicht zu Ende, die Nacht noch nicht da. Ihre Augen sahen entweder verweint aus oder verrieten, dass sie in der letzten Zeit zu wenig geschlafen hatte oder erkältet war. Bald ging sie wieder.

ZEPPELINE ÜBER PARIS/FRANZISKA (FAST) OHNE ADJEKTIVE/AUSFLUG IN DIE HÖLLE/ **VERLIEBTE AUGEN**

Aber Sabine erzählte sie all das nicht. Sie sagte: »Es war interessant. Setzen wir uns lieber nach draußen? Ich würde gerne rauchen.« Sie nahmen ihre Tassen und verließen den warmen kaffeebraunen Raum mit den großen Schwarzweißfotos an den Wänden (Sabine hatte eine Vorliebe für Cafés mit großbürgerlichem Berliner Charme, die so taten, als hätte es an diesen Orten, an denen sie in den letzten zwanzig Jahren eröffnet wurden, keine Geschichte gegeben, als wäre zwischen den 1920ern und 2000ern nichts geschehen). Marina sah Baugerüste, Baukräne, Straßenabsperrungen, Auspuffe diverser Geräte und alles, was diese Stadt in eine geometrische Abstraktion verwandelte, vor sich und dachte, dass sie doch lieber in der nach Kaffee und Schokolade riechenden Wärme bleiben würde. Es gab gerade noch einen freien Tisch für sie, erstaunlich viele Menschen versuchten die erste, noch nicht ernste Aprilsonne zu genießen. Berliner sind kältefest.

Sabine wollte wissen, wie es mit dem Rauchen war:
»Wie ist es, wenn man rauchen will? Wie Hunger? Wie Durst?«
»Es ist, wie wenn du verliebt bist und dich sehnst nach dem, den du liebst. Deshalb raucht ein verliebter Raucher mehr als ein nicht verliebter Raucher. Weil das eine Verdoppelung der Sehnsucht ist.«
»Bist du verliebt?«, fragte Sabine.
Marina hatte diese Rauchen-Verliebtsein-Parallele formuliert, als sie sich wieder in Andreas verliebt hatte, fast zwanzig Jahre nach ihrer ersten Liebe, das hieß, nachdem sie zum ersten Mal in Andreas verliebt war, das hieß auch, dass sie Andreas zu ihrer ersten Liebe erklärte (es wäre wahrscheinlich richtiger, einen heute für sie namenlosen Jungen aus dem Sandkasten zu nennen, der ihr vor fünfunddreißig Jahren versprochen hatte, einen Hubschrauber und ein Kilo Würstchen zu besorgen und mit ihr zusammen nach Afrika zu fliegen). In der Zeit zwischen diesen zwei Lieben war Andreas mit Sabine verheiratet; im Laufe dieser Jahre war auch sie einmal verheiratet; in der Zeit zwischen diesen zwei Lieben wurden die Flicken am Flickenteppich der Weltkarte so umgenäht, dass Marina jetzt eine Umrisskarte kaum mehr mit den Ländernamen und Hauptstädten beschriften hätte können, obwohl sie das im Erdkundeunterricht am meisten gemocht hatte. In der Zeit zwischen diesen zwei Lieben verschwanden zwei junge Menschen, die diese Zeit miteinander verbringen hätten können, und an ihrer Stelle traten Marina und Andreas auf, wie sie jetzt waren. Nun ausgerechnet Sabine über ihre Selbstbeobachtungen zu erzählen, die mit Andreas zu tun hatten, fand sie peinlich. Sie sagte:
»Sehnsucht ist das deutscheste aller deutschen Wörter, weißt du das?«
Marina dachte an Andreas, mit Sehnsucht, die von ihren Gedanken an Sehnsucht geweckt wurde. Das Rauchen dagegen,

nachdem die Zigarette geraucht war, schien ihr nicht wert, Sabine in Kälte und Lärm hinauszuzwingen. Sie sagte: »Und wenn man den Geliebten bei sich hat, ist das im Vergleich mit der Vorstellung genauso enttäuschend wie die Zigarette, wenn sie schon geraucht wurde.«

»Ach, es ist herrlich draußen«, sagte Sabine.

Marina, die jetzt gar kein Verlangen nach Rauchen hatte, zündete sich eine neue Zigarette an, einfach weil sie speziell dafür draußen saßen: »Im Rauchen hast du so eine Art Liebe, die nie enttäuscht. Nur gelegentlich tödlich sein kann. Greift das Gedächtnis an. Verursacht Falten.«

»Du bist noch jung«, sagte Sabine und Marina dachte, dass einige Frauen ihren zehn Jahre jüngeren Freundinnen sagen *du bist doch noch jung*, während andere sagen *wir in unserem Alter* … »Du lachst noch über die Falten. Aber warte. Das ist keine Eitelkeit. Ich meine, ich sehe manchmal meine Mutter im Spiegel, und es ist mir unangenehm, wie die eigene Mutter auszusehen. Da erwacht ein Teenager in mir, der mit kaltem Blick jede Unsicherheit bemerkt. Und nun frage ich mich natürlich, ob Franziska mich mit derselben giftigen Aufmerksamkeit beobachtet.«

»Du hast wunderbare Kinder«, sagte Marina und dachte, dass es heißen sollte: *Ihr* habt wunderbare Kinder. Aber wer sind dann *ihr*? Sabine und Andreas? Sabine und Frank? Sie hätte gerne gesagt: *Wir* haben wunderbare Kinder, was natürlich am dümmsten gewesen wäre.

Sabine hörte das gerne, sagte aber: »Ich weiß nicht. Ich habe Angst um sie, Panikattacken. Bei uns war alles anders. Wir haben im goldenen Zeitalter gelebt. Es kam immer etwas Nettes, Neues dazu. Meine Eltern konnten sich (und uns) immer mehr leisten. Und wir? Immer weniger. Frank sagt mir jeden Tag, dass wir nicht zulassen sollten, dass Franziska in die Kunsthochschule geht, dass man dort nur kifft und Blödsinn erzählt. Was soll das, sagt er, was heißt ›Künstlerin werden‹? Ok, ich habe auch Kunstgeschichte studiert, aber wie gesagt, es war eine andere Welt. Ich gebe in der letzten Zeit immer etwas den Bettlern, und sie sind so viele geworden. Ich gebe Kleingeld her, als könnte man sich vom Schicksal loskaufen. Frank ist jetzt von der Idee besessen, man solle alles in Immobilien umsetzen, Ersparnisse, Zusatzrenten, naja, weißt du, alles. Als ob er nicht genug um die Ohren hätte, stell dir vor, was man dann alles tun muss, Mieter, Reparaturen, keine Ahnung. Diese Grenze zwischen hier und da ist so dünn. Es gibt Menschen, die sicher sind, dass sie das Elend der Welt nichts angeht. Frank ist so ein Mensch. Er glaubt, man könne alles voraussehen und sich wappnen.«

Marina fragte sich, ob die Kinder diese feine Nervosität wirklich von Andreas mit seinen melancholischen Anfällen hatten, oder doch von Sabine mit ihren Ängsten. Vielleicht hat Sabine Andreas nur wegen ihrer Ängste verlassen und sich eingeredet, sie wäre in Frank verliebt, weil er für Familienleben einfach viel besser geeignet war. Andreas ist kein Mensch fürs Großziehen der Kinder, kein Mensch für Immobilienspekulationen, keine Verankerung. Er ist mit seinen Büchern, seiner Depression beschäftigt und glaubt, dass das Leben von alleine geregelt wird, er kann stundenlang schweigen und sich weigern, auszugehen, zeigt sich aber beleidigt, wenn Marina ihn mit diesem Schweigen für den Abend allein lässt (was sie manchmal nur macht, um dieser Schwermut auszuweichen, sich nicht davon anstecken zu lassen). Vielleicht hat ihn Sabine immer geliebt und nur aus Angst um die Zukunft ihrer Kinder …, dachte Marina, der es selbstverständlich schien, Andreas zu lieben. So selbstverständlich, wie ihr als Kind die Laute ihrer Muttersprache die richtigsten zu sein schienen: das russische »n« oder »r« oder »o« waren die Ausgangslaute, und alle anderen waren Abarten. Trotz allem, trotz seiner melancholischen Ein-

fälle und sogar trotz Laura mit ihrer Kätzchenkarte empfand sie ein fast verwandtschaftliches Gefühl für ihn, als hätten sie dieselbe Muttermilch getrunken, ihr gefielen sogar dieselben Frauen wie Andreas, sie traf sich gerne zum Kaffee mit Sabine und mochte Laura.
Ihr Taschentelefon klingelte. Es war Moritz.

ZEPPELINE ÜBER PARIS/**FRANZISKA (FAST) OHNE ADJEKTIVE**/AUSFLUG IN DIE HÖLLE/VERLIEBTE AUGEN

Dann ging sie wieder. Sie war zuerst im Kino mit Martin und ein paar Freunden.
Als sie im Vorraum Bier tranken, sah sie an einem Tisch schräg gegenüber ein älteres Paar, beim Rotwein. Franziska schaute an dem (mageren) Herrn in (lockerem graugrünen) Pullover, (grüner) Baskenmütze und mit Drei-Tage-Bart vorbei, ließ aber ihren Blick bei der Dame, die etwas hatte, was (junge) Frauen (hoffnungsvoll) an (alten) Frauen beobachten, etwas, was hoffen lässt, dass es Leben jenseits der 30 (40/50/60/70/usw.) gibt. (Selbstbewusste) Haltung, eine (lockere) Art, den (roten) Kurzmantel und (schmalkrempigen weißen) Hut zu tragen. Der Mann beugte sich über den Tisch und leckte der Dame die Nase ab. Die Dame war überrascht, aber – (offensichtlich) gegen die Erwartung ihres Begleiters – eher angeekelt, nicht vergnügt. Sie nahm ein Taschentuch aus ihrer Damentasche und wischte sich die Nase. Dann kräuselte sie sie immer und immer wieder. Franziska wollte das nicht mehr sehen, aber ihr Blick kehrte (unwillkürlich) zu dieser (gerun-

zelten) Nase zurück. Während der Vorstellung musste Franziska an die Dame, den Herrn und die abgeleckte Nase denken. »Das Wort ›ekelhaft‹ ist deshalb so ekelhaft, weil es kein ›c‹ vor dem ›k‹ hat«, hörte sie einen Rapper auf der Leinwand singen.

Nach dem Kino draußen: Regen und Nacht. Als sie ins Kino gingen, war es (heller) Tag. Obdachlose mit (leisen, glatthaarigen) Hunden und (geöffneten) Bierbüchsen auf ausgerollten Schlafsäcken. Drei Männer und eine Frau. Die Stimme der Frau durch Regen und Nacht: »Ich bin keine Frau für einen one night stand. Du musst dir das gut merken: Ich bin keine Frau für einen one night stand. Verstehst du, ich bin keine Frau für einen one night stand.« Martin lachte. »Warum lachst du«, sagte Franziska, Martins Lachen nervte sie fast bis zum Weinen, auf jeden Fall zum Kotzen, sie verspürte einen leichten Ekel, »das ist (völlig) verständlich, was sie meint, ein one night stand wäre für sie eine (völlige) Kapitulation vor dem Leben, verstehst du? Verstehst du nicht! Ich könnte, ich kann mir das leisten, ich habe ein (bequemes geregeltes) Leben, die Wohlstand-Schicht ist (fett) genug, dass ich mir das leisten könnte, jede Nacht einen anderen Partner zu haben. Sie aber nicht! Ich kann jetzt zum Beispiel ruhig mit Thomas gehen«, sagte sie und sprach dabei das aus, was sie auch insgeheim wollte, was auch Thomas wusste und insgeheim wollte, was sie auch wusste. Sie kam zurück und legte etwas Geld in eine (leere) Büchse. Thomas wurde verlegen und sagte: »Wie unsere behaarten Vorfahren zu sagen pflegten: Wer zweimal mit derselben pennt, gehört schon zum Establishment.«
Franziska lachte. Ein (unwillkürlich sinnliches) Lachen, das sie (als solches) registrierte (woraufhin sie noch verlegener wurde). Vor der Kneipe kommt einer zu ihnen und sagt: »Bitte, fürs Essen«, mit einem (so ernsten und fordernden) Nachdruck auf dem Wort »Essen«, dass Franziska an das Gespräch mit Marina

in Tübingen denken muss, wie peinlich ihr das damals gewesen war, dass Marina das Elend der anderen Menschen ~~klein reden~~ nicht sehen wollte. »Nein«, sagt Martin. Thomas gibt ihm eine Münze und erklärt, dass er in seinen Jackentaschen immer Kleingeld habe, um, falls er sich doch entscheiden würde, etwas zu geben, nicht zur Brieftasche greifen zu müssen. In der Kneipe sagt Martin: »Hab ich euch die Geschichte des Bettlers aus Frankfurt erzählt? Nein? Dann hört mal:

GESCHICHTE DES BETTLERS AUS FRANKFURT

Es gibt einen in Frankfurt, der BWL studiert und dann in einer Bank gearbeitet hat. Einmal in der Mittagspause suchte er in einer Grünanlage nach einer freien Bank, um ein Bier zu trinken. Ein Senkel an seinem Schuh löste sich, und der Typ setzte sich auf den Randstein eines Blumenbeets, stellte das Dosenbier neben sich und band den Senkel. Der warme Stein erwärmte seinen Hintern, er zog seine Anzugsjacke aus, steckte die Krawatte in die Hosentasche und dachte: Wieso soll ich nach einer freien Bank suchen, ich bleibe hier und trinke hier mein Bier. Ja, ich hab noch vergessen zu sagen, er hatte langes Haar. Als ihm jemand im Vorbeigehen eine Münze hinwarf, fand er das so peinlich, dass er nichts sagte. Als er die zweite Münze bekam, begann ihn das Ganze zu amüsieren. Leute warfen ihm gerne Münzen hin, weil man mit einem, der sauber gekleidet ist, einfach mehr Mitgefühl hat. Kurz: er ging an diesem Tag nicht zurück ins Büro, und als er am Abend das Geld zusammenzählte, stellte es sich heraus, dass er auf diese Weise nur zwölf Tage jeden Monat ›arbeiten‹ (Martin setzte Gänsefüßchen in die Luft) musste, um dasselbe zu verdienen, was er in seiner Bank verdiente.«

»Brutto oder netto?«, fragte Thomas.

»Das weiß ich nicht«, sagte Martin, »aber er hat gekündigt und lebt sorglos und glücklich als ›Arbeitsloser‹«, Martin setzte wieder Gänsefüßchen in die Luft.

ZEPPELINE ÜBER PARIS/FRANZISKA (FAST) OHNE ADJEKTIVE/AUSFLUG IN DIE HÖLLE/ VERLIEBTE AUGEN

»Ja, Moritz, nein, die Dame aus dem Stift ist gerade im Urlaub, aber sie scheint die Richtige zu sein, ich habe die Telefonnummer, ich rufe sie nächste Woche an. Versprochen, bis später.« Ich bin jetzt mit deiner Mutter Kaffee trinken, will sie sagen, weiß aber nicht, wozu das gut sein soll. Sie drückt die Aus-Taste und sagt: »Moritz ist ein sehr liebes Kind.«
Als Fjodor in Berlin gewesen war, hatte er über Moritz gesagt: »Das ist Student Anselmus, er sieht genauso aus wie Student Anselmus. Wie er sich bewegt, wie er lächelt, vor sich hin murmelt, er ist ein romantischer Dichter, glaub mir, aus ihm wird etwas werden.« Das hätte Marina beinah erzählt, denkt aber gleich, dass das kaum ein Kompliment wäre. Nur in Fjodors Augen. Verträumt, zappelig, launisch, ist Moritz bestimmt kein einfaches Kind für Sabine. Auch Franziska ist es nicht, sie lebt aber schon nicht mehr zu Hause, und was man nicht sieht, das sieht man eben nicht.
»Moritz ist mir auch einer«, sagt Sabine. »Klar, sein Abitur wird er kriegen, obwohl er eigentlich kaum in die Schule geht; er schafft das. Aber dann?« Kinder brauchen einen Vater. Frank ist lieb, aber er ist fast immer unterwegs, sogar ich sehe ihn kaum. Und Andreas war nie ein guter Vater, wäre es auch nicht gewesen, hätten wir uns nicht getrennt. Er ist mit sei-

nen Büchern, seinen Einfällen, seiner Depression beschäftigt und glaubt, dass das Leben von alleine geregelt wird, ich weiß nicht, ob er sich noch an die Namen seiner Kinder erinnert, will Sabine sagen, denkt aber, dass Marina kaum die passende Zuhörerin dafür wäre. Stattdessen sagt sie:
»Und Franziska. Ihr Martin hat mir zuerst so gut gefallen. Jetzt aber denke ich, dass sie zu fein für ihn ist. Zu nervös, zu eigensinnig. Er kann sie nicht unterstützen, sie wird ihn nur nerven, ich spüre das.«
Marina las in der Nacht eine melancholisch-langsame Erzählung, in der ein Sohn (in einer Gymnasiasten-Mütze, aber in einem Alter, in dem man schon einberufen werden kann) unentwegt von den verliebten Blicken seiner Eltern begleitet wird. Auf einem Landgut, kurz vor dem Ersten Weltkrieg. Die verliebten Blicke lassen ahnen, dass es nicht gut ausgehen kann: der Erste Weltkrieg vor der Tür, der Sohn in einer Gymnasiasten-Mütze. Marina war dem Autor dankbar, dass er nicht verrät, wie es dieser Familie weiter ergeht. Die drei bleiben für immer im Hochsommergarten mit blutroten Äpfeln, mit unsicheren, im hohen Gras kupfern blitzenden Blindschleichen, die auf rostige Nacktschnecken lauern, mit Elstern, die diese Nacktschnecken für verdunkelte Spiegelscherben halten – am Vorabend des Schreckens, des blind schleichenden Nacktschreckens.
Gut, dass Franziska und Moritz nicht unentwegt von verliebten Blicken ihrer Erwachsenen begleitet sind, weil verliebte Blicke nämlich ahnen lassen, dass die Geschichte nicht gut ausgehen wird. Andreas ist zu schwermütig dafür. Sabine ist zu vertieft in ihre Sorgen, auch in ihre Sorgen um Franziska und Moritz. Frank ist zu rege und zu beschäftigt. Und sie, Marina, ist zu ängstlich, wenn sie diese Kinder sieht, die ums Haar ihre sein könnten. Sie hat immer Angst, etwas Falsches zu sagen. Sie wüsste nie, welcher Ton der richtige wäre.

Sabine sagt: »Was sich die Eltern von ihren Kindern wünschen, ist das Glück. Nicht das Eltern-Glück, was auch immer das heißen soll. Und nicht Zukunftssicherung, wie es früher war. Bloß, dass sie glücklich sind. Wenn bei mir etwas schief läuft, oder vielmehr, wenn es so aussieht, als liefe bei mir etwas schief, dann bin ich automatisch im inneren Gespräch mit meiner Mutter, ich rechtfertige mich, ich erkläre ihr, dass im Grunde sie an allem schuld sei. Sogar daran, dass ich in der letzten Zeit so schlecht aussehe. Wie ein Kind. So was Doofes. Weil ich immer noch denke, dass sie von mir nur verlangt, dass ich glücklich bin.« Sie will noch erzählen, wie schwer es ihr fiel, der Mutter von der Scheidung von Andreas zu berichten, aber das passt nicht so gut ins Gespräch mit Marina.

»Du siehst sehr gut aus«, sagt Marina und denkt, dass Sabines Wunsch, nämlich dass Moritz und Franziska ein glückliches Leben leben und sie in Ruhe lassen, unerfüllbar ist, weil sie immer Angst um sie haben wird, anstatt sie mit verliebten Blicken gedankenlos zu streicheln.

ZEPPELINE ÜBER PARIS/FRANZISKA (FAST) OHNE ADJEKTIVE/AUSFLUG IN DIE HÖLLE/ VERLIEBTE AUGEN

Die Laufzeile des U-Bahn-Monitors teilte mit, dass mehr als die Hälfte der deutschen Frauen übergewichtig ist. Moritz wollte die Statistik der Frauen im Waggon erstellen. Aber keine, die wirklich übergewichtig gewesen wäre, fiel ihm auf. Dafür saß am Ende des Waggons eine schwarz gekleidete Frau mit langen schwarzen Haaren und weißen Strähnen darin, die wie übriggebliebene Schneestreifen auf der schwarzen Erde waren, wie du sie unter den Schreien der Saatkrähen im Frühjahr auf dem Land sehen kannst. Sie nutzte den freien Platz auf der Bank für die Dinge aus ihrem Einkaufsroller: eine halbleere Flasche Rotwein; eine Wollweste; ein Stapel Papier; eine portable Schreibmaschine. Die nächste Haltestelle war seine, aber er wollte sehen, was die Frau mit ihrer Schreibmaschine machen würde, und blieb im Waggon sitzen (Marina wird ihm wegen der 15 Minuten Verspätung nicht böse sein). Die Frau steckte alle Gegenstände wieder in den Einkaufsroller, in der umgekehrten Reihenfolge, und verließ den Waggon zwei Haltestellen weiter. Sie fand eine freie Bank auf dem Bahnsteig und holte alles wieder heraus. Und begann zu tippen:

DIE SITUATION: EINE VERSAMMLUNG VON BETTLERN AUS VERSCHIEDENEN ZEITEN UND LÄNDERN. GEISTERSTUNDE.

Sie kamen von überall her zu einem kleinen runden Platz in Paris, der für diese Stunde viermal im Jahr für alle außer ihnen gesperrt wurde, das hieß, Zeit und Raum wurden herausgepumpt und der Platz wurde mit einer anderen Zeit und einem anderen Raum gefüllt.
Zu jeder Jahreszeit begann es zu dieser Stunde zu schneien: große beleuchtete Schneeflocken, welche sonst nur auf einer Ballettbühne möglich wären.
Ein Auto fuhr im Kreis um den Platz, aus dem Fenster sang eine leise Stimme Mimis Arie aus "La Bohème", und dann kamen sie:
Ein einbeiniger Militärinvalide mit einem vom Hosenbein umwickelten Stelzfuß.
Ein singender Mann mit Fahrrad, freundlichem Lächeln und Fliegermütze.
Eine dreibeinige Schildpattkatze.
Ein Mädchen in kurzem Jäckchen und mit drei verschiedenfarbenen Schals um den Hals.
Ein Vagabund im langen schwarzen Mantel.

Ein finsteres Punkmädchen mit rot-schwarz gestreiften Haaren.
Ein Langhaariger mit Bierdose und losen Schuhsenkeln.
Ein Möwenprediger mit Hutzeldattelgesicht unter grüner Strickmütze.
Einer dieser Typen mit langem Haar, ausgetrocknetem Leib und diversen Bändchen und Kettchen, die dich nach etwas Kleingeld fragen.
Ein Mann aus dem Zaren-Park in der Nähe von Petersburg, der nach schlechtem Wein und verfaulten Zähnen riecht, nach zerfallenden Klamotten, die genau so selten gewaschen werden wie der Körper unter ihnen.
Und viele andere.
Eine schwarz gekleidete Frau holt eine schwarz und metallisch glänzende Schreibmaschine hervor, schiebt ein Blatt ein und ist bereit, ein Protokoll zu tippen:

<u>Der Vagabund im langen schwarzen Mantel</u>: Ich glaube, all das ist sinnlos.
Sie geben uns Almosen, ohne uns anzuschauen, und gehen weiter, verstimmt, dass sie uns etwas gegeben haben. Sie freuen sich nicht einmal über die gute Tat.
Oder sie geben uns nichts und sind wiederum verstimmt und freuen sich nicht einmal, dass sie an uns gespart haben.

<u>Ein Mädchen in kurzem Jäckchen und mit drei verschiedenfarbenen Schals um den Hals</u>: Sie sind zu nervös, als dass unsere Botschaft bei ihnen ankommen könnte.

<u>Der einbeinige Militärinvalide mit einem vom Hosenbein umwickelten Stelzfuß</u>: Sie zahlen ihre Steuern, sie spenden für die armen Länder, wir passen nicht in ihr Weltbild. Wir müssen uns etwas Neues ausdenken.

<u>Die dreibeinige Schildpattkatze</u>: Sie sehen in uns

keine Mitmenschen. Nicht wirklich. Ich meine, keine wirklichen Menschen.

Das finstere Punkmädchen mit rot-schwarz gestreiften Haaren: Sind wir auch nicht.

Die dreibeinige Schildpattkatze: Aber die, die wir darstellen, sind wirkliche Menschen.

Das finstere Punkmädchen mit rot-schwarz gestreiften Haaren: Nun ja.

Der Vagabund im langen schwarzen Mantel: Nicht fürs Protokoll: Glauben Sie, dass unsere sibirischen Kollegen mit diesem Nächstenliebe-Akzeptanz-Training eine gute Idee entwickelt haben? Für mich ist das noch eine große Frage.

Der Langhaarige mit Bierdose und losen Schuhsenkeln: Sollen wir nicht entscheiden, ob wir die Kinder aus den Entwicklungsländern in den Club aufnehmen, die von ihren Eltern verunstaltet werden, um mehr Almosen zu bekommen? Ich bin dagegen. Wir dürfen kein Zeichen setzen, dass so etwas zulässig ist.

Das Mädchen in kurzem Jäckchen und mit drei verschiedenfarbenen Schals um den Hals: Ich habe ein Gegenargument: So ein Kind ernährt dann die ganze Familie. Und in unserer Satzung ist nur vermerkt, dass wir diejenigen nicht aufnehmen, die aggressiv und aufdringlich sind.

Der Langhaarige mit Bierdose und losen Schuhsenkeln: Und die, die in den U-Bahnwaggons singen? Sie wollen auch zu uns und haben einen Antrag gestellt.

Ein singender Mann mit Fahrrad, freundlichem Lächeln und Fliegermütze: Auf keinen Fall! Sie a) verbreiten schlechte Kunst und b) sind zu unverfroren. Ich würde lieber die Straßenmusiker aufnehmen, aber sie gehören leider nicht zu uns: Sie sind keine Bettler, sie sind Künstler. Schade, sie würden unseren Versammlungen mehr Charme verleihen.

Die Protokollantin, die schon einige Zeit nur die Zwischenraumtaste angetippt hat, verstaut ihre Schreibmaschine in den Einkaufsroller und sagt: "Herrschaften, wir sind eigentlich nicht zu einer Betriebsversammlung gekommen, sondern um uns vom Menschendasein zu erholen. Von unserem Erdengeschick. Davon, wie kalt und ungemütlich wir leben, damit die Menschheit das Mitleid nicht verlernt. Feiern wir!"

Alle begannen ihre Formen loszuwerden und andere anzunehmen (eine Libelle, ein Dreieck, eine Quitte), die Schneeflocken wurden immer größer, bis zur Kenntlichkeit ihrer Sechseckigkeit. Nur die dreibeinige Katze blieb eine dreibeinige Katze, wechselte nur ihre Farbe in kartäuserblau. Als die Freude ausgelassen, die Stunde aber zu Ende war, erschienen über dem Platz zwei große langsame Fische, die sich als zwei Zeppeline im Tiefflug mit der Aufschrift: akzeptieredeinennächsten.com erwiesen und je eine Bombe fallen ließen. Alles verschwand für einen Augenblick, dann war der Platz wieder ganz er selbst, in einem Torbogen zählten zwei Clochards ihr Restgeld und überlegten sich, ob es sich lohnte, einen Absacker trinken zu gehen. Der eine, der sich nicht wohl fühlte und trotz eines dicken grünen Wollschals Schüttelfrost hatte, winkte ab und verschwand in seinem Schlafsack. Der andere inspizierte seine Jacke, sie schien akzeptabel zu sein, roch nach fast nichts, ein bisschen nach Zwiebel, aber das war nicht schlimm. Er könnte nun auch eines der Mädels von der anderen Seite der Seine mitnehmen, weil er so viel Geld hatte. (Er fragte sich, woher, und kam zum Schluss, dass das wieder diese Dame gewesen sein musste, die er einmal kurz vor Heiligabend vor der Tür eines Lebensmittelgeschäfts angespro-

chen hatte, ob sie ihm zwei Euro fürs Brot geben würde. Die Dame, sie war jung und hübsch und fein angezogen, sah ihn erstaunt an und fragte, was er bitte genau wolle, er sagte: "Zwei Euro, ich habe Hunger", die Dame nahm aus ihrer Manteltasche einen Euro und fünfzig Cent und sagte: "Das könnte ich Ihnen geben", er antwortete großzügig: "Das reicht vollkommen! Ich will mir nur Brot holen", und trat ins Geschäft. Als die Dame mit ihrem Einkaufswagen mit teurem Wein, Weintrauben, Baguette und einigen kleinen Pergamentpapier-Päckchen an ihm mit seinem Baguette und der Leberwurst vorbeikam, sagte sie, ihn mit ihren ungewöhnlich hellen Augen direkt anschauend, was kaum jemand von denen tat, die ihm Almosen gaben: "Warten Sie, ich kann Ihnen noch das geben", und ließ einen Fünfeuroschein von ihren Fingerspitzen in seine Handfläche fallen, er sagte "danke", sie sagte "bitte", er kaufte sich Saft und Obst, damit sie sah, wie vernünftig er ihr Geld ausgab, er hatte keinen Zweifel, dass er ihr als Mann gefiel, und glaubte nun, sie habe ihn dösen sehen und ihm viel Geld gegeben, und dass sie bald wieder komme).
Das Geld hatte er, weil die dreibeinige Katze ihre Kartäuserrauchfarbe nützte und im augenblicklichen kartäuserblauen Rauch der Bomben ihm ein Säckchen Kleingeld im Maul brachte und davonlief, im Lauf die Rauchfarbe abschüttelnd und getigert werdend. Sie brachte ihm das Säckchen dafür, dass seine schwere Gestalt, sein großer Kopf mit groben schwarzgrau geschreckten Locken und seine selbstbewusste Haltung den romantischen Vorstellungen von einem Clochard entsprachen und er zu der Geisterstunde der Bettler gut passen würde. Dafür, dass er Pierre hieß, an Zahnschmerzen litt, Mitte dreißig war, eine Tochter hatte, die seine Exfrau ihm nie zeigte, ein Elternhaus hatte, wo er sich seit zehn Jahren nicht mehr blicken ließ, und demnächst nach Süden zur Orangenernte fahren wollte und nur auf seinen Schulkameraden wartete, der Trucker war und ihn mitzunehmen versprochen hatte.

◆

Dann rief Marina Moritz an und fragte, wo er geblieben sei.

Im Gegenrichtungszug waren alle Frauen übergewichtig, die Hälfte trug Kopftuch. Die Laufzeile auf dem Bildschirm berichtete von der bedrohlichen Zahl magersüchtiger Jugendlicher.

In der Unterführung stand ein Bettler mit einem vom Hosenbein umwickelten Stelzfuß. Die ungeläufige Erscheinung erinnerte Moritz an alte Schwarzweißfilme. Und die Schwarzweißfilme erinnerten ihn an Eva, wie sie nach den Winterferien erzählte, dass sie Weihnachten mit ihrem Vater verbracht hatte, anstatt mit Mutter und deren Freund in Skiurlaub zu fahren. Sie hätten gekocht, gechillt, Videos angesehen. Eva habe ihrem Vater eine Billy-Wilder-Box geschenkt. »Ich habe mir überlegt, was man einem so Mitte vierzig schenken könnte. Na ja, war okay. Ich habe davor noch nie einen Schwarzweißfilm gesehen.« *Wie lieb, wie wunderbar das ist*, dachte Moritz damals, *ein Mensch, der hundertprozentig in der Gegenwart lebt. Ohne zu ahnen, was früher war, ohne zu grübeln, was danach kommen wird.* Er fand das beneidenswert. Und bewundernswert sowieso. Ihm schien, er hätte diese wohlwollende Ignoranz, diese ignorante Vitalität begehrt, die ihm fehlte. Jetzt, nach der von der schadenfrohen Maria überbrachten Nachricht von gestern, war er sich nicht mehr sicher, dass das tatsächlich so wunderbar gewesen wäre, wie er damals meinte. Und dass es so begehrenswert gewesen wäre, so eine Freundin zu haben. Soll sie es doch lieber mit Tobias treiben.
Er dachte kurz an die Eisverkäuferin des vorigen Sommers. Ein Gedanke, der einer Fledermaus in der Sommernacht ähnlich war: Du weißt zwar, dass es eine ist, bist dir aber nicht sicher,

ob vielleicht doch ein Vogelschatten huscht, eine Nachtschwalbe vorbeifliegt, ein Ästchen vom Baum fällt oder gar nichts ist. Aus vielen kleinen Nicht-Ereignissen damals entstand ein Ereignis, das keine äußeren Folgen hatte, nur innere Spuren hinterließ. Er wird auch später ab und zu an das Eis-Mädchen denken, jedes Mal, wenn eine Beziehung zu Ende gehen wird. Er wird die Gefühle, die er für die jeweilige Frau aufbringen wird, nachdem sie sich verflüchtigt haben, mit dem vergleichen, was er dem Eis-Mädchen gegenüber empfunden hat. (Nur Franziskas Gegenwart wirkte auf ihn auf eine ähnliche Weise – und wird immer so wirken. Er wird das bemerken und es sogar verbalisieren, aber dieses Wissen wird von einem Verbot umzäumt sein, das er tief respektieren und nicht durchbrechen wollen wird.) Er wird in seinen späten Jahren einmal ein Buch schreiben, das er aus diesem Nicht-Ereignis mit dem Eis-Mädchen heraus denken wird: über Nicht-Ereignisse als Leitmedien zwischen Körper und Seele, die den Körper und die Seele voneinander wissen lassen. Der Grafiker wird für den Umschlag die marmornen Amor und Psyche von Canova auswählen, Moritz wird damit nicht glücklich sein, es aber so stehen lassen, weil ihm sonst das nicht vorhandene Bildnis des Eis-Mädchens vorschweben wird.
Das Eis-Mädchen selbst wird er bei seiner Tante Anita noch ein paar Mal sehen, sie wird mit ihrem Vater, dem Rasenmäher Rami, kommen und bei Familienfesten in der Küche helfen: im Kopftuch, mit Bärtchen über der Oberlippe. Ihr Mann wird sie spät am Abend abholen. Diese Frau wird in Moritz keinerlei Gefühle wecken. Aber das, was er einmal im Sommer erlebte, wird zum Maß, mit dem nie mehr etwas übereinstimmen wird.

Moritz gab dem unrasierten und leicht nach Zwiebel und Schweiß riechenden anachronistischen Kriegsversehrten aus einem Schwarzweißfilm einen Euro: als Dank für die Erinnerung an Schwarzweißfilme und die Befreiung von Eifersucht. Der Mann nickte freundlich und sagte mit einem weichen, für Moritz undefinierbaren Akzent: »Filen Dancke!«

ZEPPELINE ÜBER PARIS/**FRANZISKA (FAST) OHNE ADJEKTIVE**/AUSFLUG IN DIE HÖLLE/ VERLIEBTE AUGEN

Franziska übernachtete (nicht so gerne) bei Martin in seiner WG. Auf dem Weg in die Küche begegnete ihr Olaf mit der Zahnbürste im Mund und in Unterhose, *sorry!*
Dafür wartete Martin bereits mit Tee & Brötchen und sogar einem Anemonensträußchen in der Bierflasche auf sie. Das war diese halbe Stunde am Tag, während der das Sonnenlicht in den Berliner Innenhof durchschlüpfte, der einer Felsenschlucht ähnlicher war als einem Hof. Die Sonne erwärmte das Fensterglas und ließ die Brötchen und die Leberwurst nach Häuslichkeit riechen. Franziska war bei diesem Geruch ihrem (üblichen) Ekel ausgeliefert.
»Iss doch ein Leberwurstbrötchen, das schmeckt, wieso bist du so (stur)«, sagte Martin. »Weißt du übrigens, dass Hitler ein Vegetarier war?« Er wollte ihr das (seit langem) sagen, jetzt war eine (gute) Gelegenheit dafür. »Seit wann bist du Vegetarierin überhaupt?«
»Das ist eine (lange) Geschichte«, sagte Franziska.
»Gibt es dazu tatsächlich eine Geschichte?« Martin schaute sie (spöttisch) an und beraubte sich damit jeder Chance, die Geschichte zu erfahren.

(Das war lange her.) Damals kannte Franziska noch nicht alle Wörter. »Leberknödel! Leberknödel«, freute sich Moritz, als Tante Anita den Tisch deckte. »Was ist Leber?«, fragte Franziska. »Hier!«, Tante Anita legte ihre Hand auf ihren (rechten) Bauch (so dachte damals die kleine Franziska: (*rechter*) *Bauch*). Franziska begann zu weinen. Es dauerte (lange), bis man ihr erklären konnte, dass sie jetzt nicht vom Leibe der Tante Anita essen würden, dass auch Schweine und Hühnchen, ja sogar Fische eine Leber haben. »Auch ich?«, wollte sie schließlich wissen. Die Antwort erschreckte sie noch mehr, so, dass sie nie wieder Innereien essen konnte. Als sie Jahre später über Vegetarier erfuhr, erklärte sie sich sofort zur Vegetarierin, was Frank und Onkel Robert immer Anlass zu Spott war.
Das erzählte sie nicht. Sie erinnerte sich wieder an gestern Abend, nach dem Kino, schon da, in der WG. Der dritte Mitbewohner war ins Wohnzimmer getreten, das alle drei fürs Fernsehen, Biertrinken und Chillen teilten, und sprach lachend über den vorgestrigen kollektiven Bordellbesuch, ohne zu merken, dass da außer Martin und Thomas auch Franziska saß. Alle vier wurden verlegen. »Ups, sorry!«, sagte Olaf. Martin und Franziska versöhnten sich im Laufe der Nacht. Aber eigentlich nicht. Franziska war immer noch verärgert. Und – sie versuchte ehrlich zu sich zu sein – in erster Linie wegen Thomas. Als ihr das schließlich bewusst wurde, ging sie, ohne zu frühstücken und ohne ein Wort zu sagen.
Martin dachte, er hätte sie mit seiner Bemerkung über Vegetarier beleidigt, und dass es schon wieder werden würde.
Franziska rief bereits im Treppenhaus Tante Anita an und sagte, dass sie fürs Wochenende zu ihr komme (»Schätzchen, das ist doch prima!«).

ZEPPELINE ÜBER PARIS/FRANZISKA (FAST) OHNE ADJEKTIVE/AUSFLUG IN DIE HÖLLE/ VERLIEBTE AUGEN

Moritz wurde plötzlich der fehlenden Adjektive müde. Er ging aus der U-Bahn und stellte sich vor, was einem Mädchen in einer Großstadt alles passieren kann.

Ein kaputter Aufzug.
Ein rowdyhafter Überfall.
Eine blutige Geiselnahme.
Eine frevelhafte sexuelle Belästigung.
Ein unvorhersehbarer Verkehrsunfall.
Ein dramatischer Zwischenfall in einer Diskothek.
Ein loser Schachtdeckel, auf den man versehentlich tritt.
Eine rücksichtslose Polizeisperre wegen einer Demonstration.

Erleichtert registrierte Moritz, dass keines der Adjektive ihm gelungen war, dass also keine der eventuellen Gefahren ihm überzeugend erschien.

»Du bist ja endlich da, Gott sei Dank!«, sagte Marina. »Ich dachte schon, es sei etwas passiert, du seiest in einem Aufzug steckengeblieben oder sonst was. Oder eine Polizeisperre in der U-Bahn. Sie hatten am Montag eine im Hauptbahnhof, wegen eines verdächtigen Koffers, und ich bin zu einer Sitzung zu spät gekommen.«

ZEPPELINE ÜBER PARIS/**FRANZISKA** (FAST) OHNE ADJEKTIVE/AUSFLUG IN DIE HÖLLE/ VERLIEBTE AUGEN

Ihr fiel ein, dass der Zug in einer Stadt hielt, in der gerade eine Ausstellung mit den Bildern ihres Professors gezeigt wurde. In der Galerie suchte sie zuerst den Raum mit seinen Arbeiten. Er verzichtete auf jede Linie. Nur Farben. Es gab ein grünes Bild von ihm (mit dem Titel· »Was taugen die Fischlein im grünen Gezweig«). Und eines in Orange (mit dem Titel: »Über die staubige Erde Tibets schreitet ein Mönch in orangem Gewand und bemüht sich, nicht auf die orangen Glückskäfer zu treten«). Die Farben waren kaum sichtbar. Der Professor behauptete, es gäbe tatsächlich nur eine Farbe, die uns verschieden vorkomme. Diese einzige Farbe zu begreifen, hieße die Weltordnung zu begreifen, das, was hinter der Trughaftigkeit der Welt stehe. Er war nicht sonderlich populär mit seinen Ideen, aber einen gewissen Einfluss hatte er trotzdem. Franziska hatte zuerst versucht, einzelne Farben monologisch darzustellen. Die anderen meinten, sie bemühe sich um ein Lob des Professors und sei genau so wenig dicht wie er. Dann dachte sie an eine Linie, die niemals enden würde, so eine Linie, aus deren Falten und Schlingen die Welt geformt ist. Sie versuchte, diese Linie zu malen, d.h. eine passende Farbe für sie zu finden. Ihr Professor sah in der Linie ein Äquivalent der Farbe und war weiterhin zufrieden. Ihr aber war unklar, wie man eine unendliche Linie innerhalb eines Bildes zeigt und wie man diese Linie von jeder Bedeutung befreit, sogar von der Geometrie. Die Linie als reine Substanz, ein Wesen, das nichts braucht, um verstanden zu werden.
Sie schritt durch die Ausstellungsräume zwischen all den Linien, Farben, Oberflächen und Formen, zwischen surrenden

und blitzenden Bildschirmen, zwischen bunten Fäden und Stäben. Plötzlich ergriff sie eine Gleichgültigkeit, jedes Kunstobjekt wurde auf einmal nichtssagend. Kurzschluss der Wahrnehmung. Ihr war übel von bunten Fäden und Stäben, besonders von den surrenden und blitzenden Bildschirmen, und schwindlig von den Linien und Farben. Die Kunst erwies sich für sie augenblicklich als ein *endliches* Phänomen, ausgeschöpft und im Leerlauf rotierend. Bedeutet das, dass die Zivilisation ausgeschöpft und nah an ihrem Ende ist? Oder dass sie ebenso im Leerlauf rotiert und den Weltuntergang schon längst hinter sich hat? Sie setzte sich auf eine Bank, ermattet. Dieser Wahrnehmungs-Kurzschluss ließ sie daran denken, dass es mit Martin seit einiger Zeit ähnlich ging. Sie erinnerte sich, wie alles um sie herum Martin geworden war, in die Luft, ins Licht, in alle Töne war etwas von Martin beigemischt worden, so dass alles andere, was nicht Martin war, undeutlich geworden war. Sie *wusste* das, konnte sich das aber nicht mehr *vorstellen*. Wie hatte sie seine platten Witze nicht bemerken können. Seine Vorliebe für schlechte Filme. Seine herablassenden Äußerungen über ihre Bilder und überhaupt ihr Studium: Er hatte darauf bestanden, dass sie ins Lehramt wechselte (»was soll das, Künstlerin werden?«). Usw.

Telefon. Sie ging ins Treppenhaus, unter dem tadelnden Blick eines Museumswächters. Es war Anja Fleißig, die bei demselben Professor war und über ein gemeinsames Projekt für die Semesterausstellung sprechen wollte. Franziska sagte: »Ich habe es mir noch einmal überlegt. Machen wir das doch lieber getrennt. Ich meine einzeln. Ich bin kein Teammensch, sei mir bitte nicht böse!«

Sie war vorgestern bei Anja Fleißig und Meyer-Drossel gewesen, um Anja die Mappe mit den Entwürfen zu diesem gemeinsamen Projekt zu bringen, an dem sie immer mehr zweifelte, weil Meyer-Drossel sich zu stark in Anjas Ideen ein-

mischte (und sich folglich mit Anjas Hilfe zwischen Franziska und ihren Professor stellte). Meyer-Drossel ging durch das Wohnzimmer mit einem Weinglas in der Hand und sprach. Anja schwieg, rauchte und drückte ihre Zigaretten mit kleinen pickenden Bewegungen aus: in einem Aschenbecher aus einer Schildkrötenhälfte. Franziska stellte sich vor, wie Anjas Zigaretten im zwar fehlenden, aber hierher gehörenden nassen Gekröse zischend erloschen. Die Vorstellung war ekelhaft.
Meyer-Drossel merkte ihren Blick und sagte:
»Am Ende des Krieges war der Zoo zerbombt, alles war durcheinander, und meine Großmutter, die in der Nähe wohnte, hat aus dem Terrarium alle Schildkröten geholt. Sie hat sie in zwei großen Säcken nach Hause geschleppt. Dann, ihr wisst ja, alle haben gehungert. Und sie hatte Schildkrötensuppe. Sie machte eingewecktes Schildkrötenfleisch und tauschte es am Schwarzmarkt gegen alles, was Mädchen sonst mit dem eigenen Körper erarbeiten mussten. Sie war eine starke, bemerkenswerte Frau.«
Anja war von der starken Frau begeistert und bedauerte, dass sie nie eine Schildkröte gegessen hatte. Franziska dachte: Das Wort »ekelhaft« ist deshalb so ekelhaft, weil es kein »c« vor dem »k« hat. In der Tat: Normale Wörter haben es: Ecke, einwecken, Brücke, Glück, zurück, Schneeflocke, neckisch. Aber dieses Wort sieht schon ekelig aus. Nur das Wort »direkt« kann man so lassen, kein »c« soll seine Direktheit stören.
Meyer-Drossel schenkte sich Wein nach und sagte: »Warum wurden biblische Könige so alt? Sie haben um sich herum Mengen von jungen weiblichen Körpern legen lassen, die ihnen die Lebensenergie spendeten.« Franziska schaute Anja staunend an, sie schien nichts dagegen zu haben, zum Lebensspender für ihren ehemaligen großkotzigen Kunstlehrer umfunktioniert zu werden. Sie beschloss, nicht mehr zu Anja und Meyer-Drossel zu kommen.

»Nein, wirklich, ich habe jetzt eine neue Idee, ich will das lieber allein ausprobieren.« Franziska hörte das Trennsignal und dachte, dass sie soeben ihre seit der siebenten Klasse beste Freundin verloren hat. Das noch dazu. Mist. Aber nichts zu machen. Es klingelte wieder. Gott sei Dank! Doch es war nicht Anja, es war Martin. Franziska sah seinen Namen am Display, wartete, bis es aufhörte zu klingeln, und schaltete ihr Telefon aus.

ZEPPELINE ÜBER PARIS/FRANZISKA (FAST) OHNE ADJEKTIVE/AUSFLUG IN DIE HÖLLE/ VERLIEBTE AUGEN

Moritz gefiel es, nie auf dem Fernsehturm gewesen zu sein. »Wie?! Du warst nie auf dem Fernsehturm?!«, sagten alle, und er zuckte mit den Schultern, im Sinn von: *was hätte ich da zu suchen?*
Aber Marina wollte er nicht absagen und sie um ihre kindliche Freude am Eisessen hoch über Berlin bringen. Sie trafen sich überhaupt oft, als hätte sein Vater seine Rechte, ihn und Franziska zu sehen und ins Kino oder in die Konditorei auszuführen, an sie abgetreten.
Sie ließen sich einladen und füttern und kamen sich dabei ein wenig dumm vor: kleine Enkelchen einer exzentrischen Oma. Obwohl sie dafür zu alt waren und Marina zu jung.

Das runde Berlin drehte sich um sie wie ein Planetensystem um die Sonne. Die echte Sonne ließ die Stadt, die von unten grau und schwarz aussah, hell werden, weiß und gelb, mit dem ersten Grün des Frühlings, mit dem rostigen Orange der

Dächer. Moritz löste Schicht für Schicht die visuellen Störungen, die durch Luftbildaufnahmen, TV, Filme und Google Maps entstanden und die Stadt unten um sie herum als ein gewohntes Bild erscheinen ließen. Er schaffte das: die Stadt so, wie sie war, zu sehen. Er wurde zu einem Jungvogel, der zum ersten Mal über eine Stadt flog. *Durften sie im Osten damals Westberlin einfach so sehen? War der Fernsehturm für alle offen? Oder nur für die Parteibonzen? Soll ich sagen, dass ich mir Sorgen mache, wo Franziska ist?*, dachte der Jungvogel, und Moritz sagte: »Jetzt, Marina, was ist jetzt mit dem Schlüsselbein?«

»Ich habe endlich die Telefonnummer der vermutlich zuständigen Dame im Stift in Tübingen. Ich werde anrufen. Was man alles wegen der Kinder macht! Nein, du musst dir das vorstellen, wie ich im Pragfriedhof angerufen habe. Sie sagen, ihres Wissens seien Mörikes sterbliche Überreste komplett und unversehrt. Sie haben mir Gott sei Dank nicht gesagt, dass ich kommen und mich überzeugen soll. Aber ich glaube ihnen irgendwie, auch ohne Exhumierung.«

»Aber du hast das doch auch gesehen, du hast das als erste bemerkt!«

»Was meinst du damit? Meinst du, die Pietisten sammeln die heiligen Gebeine ihrer Dichter? Wozu brauchst du das, sags mir, ich fühle mich ziemlich blöd, wenn ich Leute damit belästige.«

»Für ein Gedicht«, log Moritz, der das in Wirklichkeit für einen Roman brauchte:

> Als Mörike die Suche im Neckar aufgegeben hatte, kam er ins Gebirge, denn die Schwabenalb war reich an versteinerten Gebeinen. Nach und nach wurde er zu einem fleißigen Sammler paläontologischer Objekte. Das war die Mode der Zeit, deshalb fiel diese seine Leidenschaft nicht auf. Niemand wusste, wonach er tatsächlich suchte.

ZEPPELINE ÜBER PARIS/**FRANZISKA** (FAST) OHNE ADJEKTIVE/AUSFLUG IN DIE HÖLLE/ VERLIEBTE AUGEN

Endlich da. Noch am nach der Zeitumstellung plötzlich lang gewordenen hellen Tag. Es war noch warm genug, man konnte in dicker Strickjacke auf der Terrasse sitzen. Robert verlangte, dass auch sie von Anita Blutwürstchen bekomme. »Lass das Kind in Ruhe, sie hat genug zu essen«, sagte Anita und schenkte ihr Wein nach. Als Robert nach oben ging, sagte Anita: »Schätzchen, erzähl mir, was los ist, was liegt schief?« Franziska schwieg. Als sie ein Kind war, war Anita für sie ein Wesen voller Zauber: wie sie angezogen war, wie sie geschminkt war, ihr Parfum, wie sie von schick und mondän zu anheimelnd und traulich wechselte. Der helle Schatten dieser kindlichen Verliebtheit war heute noch da. Immerhin beharrte Anita nicht darauf, dass ihr Franziska nun etwas von sich erzählen musste, obwohl sie schon gerne Franziskas Geschichte gehört hätte, (neu)gierig auf die zuckende Wärme ihrer Jugend. Tante und Nichte schwiegen und tranken Wein. Nach einer Weile fand Franziska ihren Faden in Anitas Garten: der Garten bestand aus einer einzigen Linie, die alles war: Stechpalmenhecke, schnelle Schatten, Wein, erste Nachtfalter, erstes Froschgequake, Pflaumenblüten, kühler gewordene Luft, Anitas Perlenkette. »Ich werde morgen in deinem Garten malen, hast du meine Sachen noch?«

Anita mit ihrem vorsichtigen Konsum aller Sinnenfreuden des Lebens konnte sich nicht vorstellen, dass der Wein, den sie ihrer Nichte nachschenkte, so sehr ihre Gefühle verfeinerte, dass sie dieses Verfahren in Zukunft auf der Suche nach einem Bild immer wieder einsetzen würde, was zu einer Abhängigkeit führen würde, einer zukünftigen Plage für die ganze Familie.

Viele Jahre später wird sich Franziska an dieses Wochenende bei Anita erinnern und feststellen, dass das ein wichtiger Einschnitt in ihrem Leben war. Obwohl eigentlich nichts passierte. Die gesuchte Linie, die vom lästigen Inhalt befreit wäre, hatte sie damals doch nicht gefunden, nur ihren hellen Schatten.

ZEPPELINE ÜBER PARIS/FRANZISKA (FAST) OHNE ADJEKTIVE/AUSFLUG IN DIE HÖLLE/ VERLIEBTE AUGEN

Es war Franziskas gestriger Tag, den Moritz zu erraten versuchte, bis ihn das runde unter ihm drehende Berlin ablenkte. In Moritz' Vorstellung war dieser Tag (über den er später eine Erzählung schreiben wird) anders und viel abenteuerlicher.

ZEPPELINE ÜBER PARIS/**FRANZISKA** (FAST) OHNE ADJEKTIVE/AUSFLUG IN DIE HÖLLE/ VERLIEBTE AUGEN

Die kleinen unspektakulären Abenteuer, wie das Wochenende bei Tante Anita, werden in Franziskas Leben immer wichtiger sein als tatsächliche Ereignisse. Das fing mit einer Klassenfahrt an. Nach Wien.

Schließlich wurde sie zusammen mit zwei Jungs, die in der Nacht besonders heftig gelacht und dann gekotzt hatten, zurückgeschickt. Sie saßen im Flugzeug in der Dreierreihe, Franziska am Fenster. Die Jungs waren schweigsam und finster. Sie fragte sie, ob sie im Leistungskurs Philosophie Wittgenstein hatten. »Ne, nicht speziell. Worüber du nicht sprechen kannst, darüber musst du schweigen«, sagte Andy. »Darauf kannst du scheißen«, sagte Tobias, der an das bevorstehende Gespräch mit den Eltern dachte. Die Waldberge sahen aus der Höhe wie Wiesen aus, nur eine höhere Bergkette blitzte mit Fels und Schnee und war wie ein auf dem Schlachtfeld liegen gelassener Harnisch. Oder wie ein vor vielen Jahren liegen gelassener toter Krieger im Harnisch. Vielleicht war sie kein Mädchen in einem Flugzeug, sondern ein Insekt im Bauch eines Vogels, der über einen toten Krieger flog. Sie war von dieser gleichzeitigen Existenz zweier gleichberechtigter Möglichkeiten gerührt, wie ein Mensch über eine neue Metapher immer gerührt ist. Aus irgendeinem Grund ruft eine solche Zusammenführung einander ferner Dinge eine Gemütserregung hervor, als wäre jeder neue Vergleich ein Hinweis auf eine verborgene Realität, ein Indiz, dass es noch etwas gibt außer diesem komischen irdischen Leben.

»Die Grenzen meiner Sprache sind die Grenzen meiner Existenz. Nein, meiner Welt. Oder so ähnlich. Auf jeden Fall, je besser du sprichst, desto besser du denkst. Oder umgekehrt. Je schlechter … Das war auch Wittgenstein«, sagte Andy.

Passt zum weißen Haus und zum toten Krieger, dachte Franziska.

Mutter und Frank mussten den Flug bezahlen, und als Gegenleistung wollten sie wissen, was sie alles in Wien gemacht hatte und überhaupt, was los war, warum sie mutwillig die Gruppe verlassen hatte. Sie konnte ihnen weder von Meyer-Drossel noch vom weißen Haus erzählen, schwieg und hörte sich stoisch empörte Kommentare an. Bis heute pflegte die Mutter in einem falsch vertrauten Ton davon zu sprechen: Franziska sei schon erwachsen und könne doch endlich erzählen, was damals in Wien los gewesen war.

♦

»Na schön, aber das einzige, was in Wien sehenswert ist, ist das Wittgenstein-Haus«, sagte Meyer-Drossel, der die Klasse als Kunstlehrer durch Wiener Museen führen sollte. Sie standen vor dem Bus, er, Anja und Franziska, die damals in Meyer-Drossel verliebt war und mit Anja jeden Tag darüber sprach. In Wien wollte sie ihm zeigen, wie gut sie für den Ausflug vorbereitet war, und erzählte beim Frühstück in der Jugendherberge, was sie alles im Kunsthistorischen Museum sehen wollte. Meyer-Drossel verspottete sie mit einem seiner arroganten Lehrertricks gegen zu kluge Schüler. Er war verdrossen, weil gestern die Klasse zu viel vom Wiener Nachtleben mitbekommen hatte, obwohl fest verabredet worden war (es gab dazu einen Extra-Elternabend, bei dem auch die Schüler anwesend waren), dass niemand trinken würde, nicht einmal ein Bier, was die meisten absurd gefunden hatten, dem sie aber hatten zustimmen müssen. Er verlachte Franziskas Streberei und sagte nun diesen Satz, »Na-schön-aber-das-einzige-was-in-Wien-sehenswert-ist-ist-das-Wittgenstein-Haus«. Sie ging einfach weg und versuchte mit einem Stadtführer, den ihr Marina aufzwingend geliehen hatte, das Wittgenstein-Haus zu finden, das nicht auf dem Programm stand, obwohl eben Meyer-Drossel das Programm zusammengestellt hatte. Wenn schon, dachte Franziska. Wenn schon das Haus das einzig Sehenswerte ist. Und du kannst dich und die anderen mit deinem Kunsthistorischen Museum bis zum Kotzen vollstopfen. Sie verglich die Gassennamen im Reiseführer und auf den Straßenschildern, und auf einmal wusste sie nicht mehr, wo sie war, obwohl sie schon sehr nah am Ziel sein musste. Ein Mann, der eine verblüffende Ähnlichkeit mit Meyer-Drossel aufwies, stieg vom Fahrrad und begann es an eine Laterne anzuschließen. Sie fragte ihn, wo der Rochusplatz sei. »Fünfminuten«, sagte der Mann und zog in ihrem Stadtplan mit dem Zeigefinger fünf verschiedene Routen vom Standort bis zum Ziel. Sie sagte, sie suche eigentlich das Wittgenstein-Haus. »Achtminuten«, sagte der Mann und zeigte sieben verschiedene Wege auf dem Plan. »Also doch zuerst zum Rochusplatz?«, fragte Franziska. Der Mann sagte: »Du kommst zu diesem schönen Platz mit schöner Kirche und Markt. Dann kannst du hier rechts oder hier links gehen. Oder hier geradeaus. Schau, Luftlinie wäre so. Du kannst einfach in diese Richtung gehen, dann wirst du irgendwann, in Achtminuten, da sein.« Er sah Franziska mit dem aufmerksamen und traurigen Blick eines Mannes an, der sie gerne diese Achtminuten begleiten würde, der aber von der Blödigkeit der Situation abgeschreckt wird, was sollst du mit diesem Mischwesen, Halbkind/Halbfrau, wenn es auch eine Schönheit mit braunen Locken und blauen Augen ist und wenn es sich warum auch immer für das Wittgenstein-Haus interessiert, was sollst du damit, es bis zum Rochusplatz führen, ihm ein Würstel oder ein Eis kaufen, ihm erzählen, dass Wittgenstein dieses Haus für seine Schwester entworfen und dann nie wieder etwas in der Art unternommen hat, und dich empfehlen, mit dem Gefühl, dich an einer subtilen und ängstlichen Unzucht beteiligt zu haben? Sie nickte und ging, von seiner Traurigkeit angesteckt. Er war wie Meyer-Drossel, aber ohne dessen Häme und Arroganz. Ein Drosselmeier, dachte sie und ging weiter, am liebsten hätte sie noch eine Weile mit dem Mann gesprochen, der kluge und traurige Augen hatte und ihr bestimmt etwas vom Wittgenstein-Haus erzählt hätte. Wäre er nicht so subtil und ängstlich, würde er seinen Meyer-Drossel-Charme anwenden, hätte sie gegen ihn keine Chance.

Auf dem Markt am Rochusplatz aß sie Strudel und fragte eine Frau nach der Rochusgasse. »Ich weiß nicht«, sagte die Frau, »ich bin aus dem zweiundzwanzigsten« (*was auch immer das heißen soll*, dachte Franziska). Sie trat in die Rochuskirche, die leer war, setzte sich auf eine Bank, schlug den Stadtführer auf und versuchte den verbleibenden Weg zu finden, der drei (acht minus fünf) Minuten dauern sollte. Ihr Handy piepste, sie las eine Message von Anja: »wo bist du? melde dich, bevor meyer die polizei alarmiert!« Sie ging aus der Kirche, fand eine Buchhandlung und fragte die Buchhändlerin, wo das Wittgenstein-Haus sei, oder wenigstens die Rochusgasse. »Nicht die geringste Idee«, sagte die Buchhändlerin, »ehrlich, ich bin nicht aus diesem Bezirk.« Eine der Kundinnen wusste wenigstens, wo die Rochusgasse war. Aber das war dann die falsche Gasse.
Nach einer halben Stunde Herumlaufen dachte sie, dass es eine falsche Idee war und sie das Haus sowieso nie finden würde. Der einzige Mensch in Wien, der über das Haus Bescheid wusste, war wohl der Mann mit dem Fahrrad und dem traurigen Blick eines Kinderschänders, der nicht einmal weiß, dass er einer ist. Sie dachte, dass der Mann mit dem Fahrrad vielleicht Marinas blöden Reiseführer geschrieben und zum Spaß ein fiktives Haus hineingesetzt hatte. Und Meyer-Drossel hat das Haus nie gesehen, hat nur denselben Reiseführer gelesen und – angeberisch wie er war – bloß diesen Satz von sich gegeben, um ihr zu zeigen, wie altbacken und überholt sie mit ihrem Kunsthistorischen Museum war.
Und da sah sie es.
Das einfache Haus in Weiß stand mitten im Gewinkel von Gassen, Plätzen, U-Bahnstationen, alten und neuen Häusern mit Zubauten aus verschiedenen Zeiten: plötzlich ein regelmäßiger Linienlauf, mit rechteckigen hochgezogenen Fenstern. Keine Atlanten, keine Maskarone, kein marmornes Schlagobers, keine gewundenen gusseisernen Blumenstängel. Sie er-

kannte das Haus. Ihre Intuition sagte ihr: Halt. Das ist es. Sie umkreiste die hohe Mauer, hinter der nur der obere Teil des Hauses zu sehen war, und kam zur Tür, die geschlossen war. Neben der Tür sah sie eine Tafel: es war tatsächlich das gesuchte Haus. Darin befand sich das Bulgarische Konsulat: am Freitag für Besuche geschlossen. Es war natürlich Freitag.
Ein Mann in grünem Pullover, der orangen Weste eines Straßenarbeiters und Fliegermütze führte ein schlankes Fahrrad spazieren und sagte en passant, dass er 50 Cent sehr gut gebrauchen könnte. »Ja, bitte«, sagte Franziska, die das Wechselgeld vom Strudel noch in der Hand hatte. »Oh, ich habe um 50 Cent gebeten und einen Euro bekommen, wie nett!«, sagte der Mann, bestieg sein Fahrrad und verschwand.
Franziska wusste nichts über Wittgenstein, außer dass er ein Philosoph war. Ob es zu ihm passen würde: lange und vergeblich nach einem Haus suchen, die Suche aufgeben und es in diesem Moment sehen, aber nicht richtig, nur die oberen Teile, weil es von einer hohen Mauer umgeben ist?

Sie wird in ihren Gedanken diese Stelle immer wieder umkreisen. Aber beide Männer mit dem Fahrrad wird sie vergessen.

ZEPPELINE ÜBER PARIS/FRANZISKA (FAST) OHNE ADJEKTIVE/AUSFLUG IN DIE HÖLLE/ VERLIEBTE AUGEN

Er fand zwar endlich sein Schlüsselbein, aber erst gegen Ende seines Lebens. Was soll ich jetzt mit ihm anfangen?, dachte er. Das des armen Holder hat mir gute

Dienste geleistet. Das meine verschenke ich lieber an einen jungen Dichter, dachte er und starb. Als die Magd und die Familie in der Hand des toten Mörike sein altes Schlüsselbein fanden, dachten sie, es sei nur ein Stück aus seiner paläontologischen Sammlung, die er so pingelig pflegte.

»Ist Ihnen nicht schwindlig?«, fragte Marina die Kellnerin.
»Man gewöhnt sich daran.«

♦

MEIN HERZ IST KEIN WACHOLDERHARZ

1. JOHN

John klopft mit dem Wanderstab kräftig gegen den Boden, um Schlangen zu verscheuchen, und fragt sich, ob es auf dieser Erde noch Menschen gibt. Es ist schon mehrere Tage her, dass der Russe und er in einer Berghütte saßen und zusahen, wie abseits- und runterwärts der Wind riesige Regenfetzen über das Tal trieb. Auf der anderen Seite des Tunnels war alles so anders, als hätten sie mehrere Tausende Kilometer hinter sich gelassen. Sie nahmen einen Pfad nach oben zu einem Pass, wie ihnen die Sprachkundigen geraten hatten. Dort war die Berghütte, und unter ihr die Gipfel der Nadelhölzer. Als der Russe eingenickt war, verließ John die Hütte und nahm einen verwachsenen Pfad den Berg hinunter. Seitdem geht er einfach nach Norden und ist von der immer gleichen Taiga umgeben. Der Wald beginnt zu läuten und nach Parfum zu riechen, und John vermutet, er habe Hungervisionen. Er bleibt stehen und nimmt ein anderes Klopfen gegen den Boden wahr. Während er sich überlegt, ob er sich lieber hinter einer Zirbe verstecken sollte, erscheint ein graubärtiger Mann mit dem Stock in der Hand und einem Sack über der Schulter. Am Stockknauf baumeln kleine Glöckchen. John lächelt sein offenes Lächeln, nickt und wartet, welche Sprache der Mann sprechen wird.

»Guten Tag«, sagt der parfümierte bärtige Mann auf Russisch, vorsichtig und argwöhnisch.

»Guten Tag«, sagt John herzlich und aufgeschlossen und lächelt sein Lächeln weiter, »ich bin ein Journalist aus Moskau, ich habe mich verirrt und meine Leute verloren, wir drehen einen Film über die Taiga. Wie weit ist es noch bis zur nächsten Siedlung?«

»Du hast Glück, dass du mich triffst, hier sind wahnsinnige Tiere in der Gegend. Wenn du dich nicht parfümierst, werden sie dich zerreißen. Im letzten Jahr geisterte hier ein verrückter Menschenfresser-Tiger. Ich sammle übrigens seltene Kräuter, das kann für euren Film interessant sein.« John bekommt vom Kräutersammler ein flaches Fläschchen, in dem er einen Flakon »Krasnaja Moskwa« erkennt: »Rotes Moskau«, ein Parfum, das er (auf Marinas Rat) immer für seine Mutter aus Russland mitgebracht hat.

2. DER SCHAMANE

Er erinnert sich noch an die Geschichten, die seiner Abgrenzung von der übrigen Welt vorangegangen sind, bringt sie aber immer weniger in Verbindung mit sich. Man nennt das Schamanenkrankheit. Schamanenruf, so kann es auch heißen. Je nachdem. Je nachdem, wie man solche Dinge bewertet.

Na gut. Iwan kam damals zu seinem Großvater:

»Hast du mich gerufen?«

»Nein. Die Unsrigen, die schon. Aber nicht direkt ich.«

»Die Unseren?«, sagte er, um etwas zu sagen, ihm war nicht ganz geheuer.

»Mein Vater war ein Schamane. Sein Vater war ein Schamane. Die Mutter seines Vaters war eine Schamanin. Das ist eine lange Reihe, die ich aufzählen müsste, bis wir den ersten Schamanen unseres Geschlechtes begrüßen würden. Das ist noch zu

früh für dich. Seine Begrüßung ist so eine Sache. Wie du heute bist, würdest du sie nicht überleben.«
»Und mein Vater?« Iwan fragte, und sein Bauch meldete ein Luftlochgefühl. Sein Vater war ein in der Sowjetunion preisgekrönter Dichter, einer von denen, die als poetische Zunge ihrer kleinen Völker gefeiert wurden. Iwans Sprache sprachen weniger als zweitausend Menschen, nach der letzten Volkszählung waren es 1354 Köpfe. Iwan wurde nicht mitgezählt, er gab Russisch als seine Muttersprache an. Jetzt, im Haus seines Großvaters, schämte er sich dafür. Aber was war falsch daran? Er wurde in Moskau von einer russischen Frau geboren, sagte er sich, aber dem Schamanengewissen war das egal. Sein Vater hat seine Mutter früh verlassen, sagte er sich, aber dem Schamanengewissen war auch das egal. Er sprach die Sprache seiner Mutter besser als die Sprache seines Vaters. Aber auch das zählte nicht für sein Gewissen, das sich aber dankenswerterweise nicht besonders laut meldete. Sein Vater war großartig. Großzügig. Als Kind hatte Iwan Spielzeug, von dem die anderen nicht einmal träumten. Später kamen Klamotten aus dem Westen, Whisky, Marlboro, noch später nahm ihn sein Vater »zu den Mädchen« mit, das hieß, in ein illegales Bordell, das auf einer Datscha für sowjetische Alphatiere betrieben wurde. »Die Mädchen« waren sportlich und frech. Als die Sowjetunion plötzlich nicht mehr da war und sich niemand mehr für die poetischen Stimmen der 1354-Köpfe-Völker interessierte, bekam sein Vater Heimweh und suchte seine ferne Heimat auf, die durch das privatisierte Öl reich geworden war. In der Nacht strahlte die Hauptstadt der kleinen Republik so viele und so helle Lichter in den Himmel, dass mancher in den dunklen Wolken verirrte Engel, der eigentlich nach Las Vegas wollte, in die Taiga gelockt wurde. Iwans Vater erklärte sich zum geistigen Führer seines Volkes, wurde zu einem Bühnen-Schamanen und trat mit einer riesigen Schellentrommel aus Bärenfell auf.

Er gastierte in der ganzen Gegend und wurde von Ölmagnaten und ihren Frauen bewundert und gut bezahlt.

Der Großvater sagte: »Dieses Arschloch. Der Dieb. Quacksalber.«

Am Anfang seiner literarischen Karriere bediente sich Iwans Vater der geheimen Texte seines Volkes, der Sagen, der Lieder, der Heilsprüche, der Bannformeln, der Beschwörungen. Schon in seinen Nacherzählungen waren sie verblasst und aller beseelenden Zusammenhänge bar. Sein erstes Buch erschien in seiner Heimat in einer Auflage von 2708 Exemplaren, und bald darauf erschien es in russischer Übersetzung. Denn selbst die kleinsten Völker der Sowjetunion sollten ihre Sprache erhalten, wofür jedes einen Nationaldichter zu haben hatte und, damit alle Völker brüderlich miteinander verbunden waren, alle Nationaldichter ins Russische übersetzt werden mussten. Die Übersetzer dichteten zu gestohlenen Kultbruchstücken ihre Albernheiten dazu, es wurden mehrere Tausende Bücher gedruckt und in die Regale der Buchhandlungen und Büchereien gesteckt. Als das erste Buch des damals jungen Vaters von Iwan erschien, kehrten die Bienen nicht mehr aus der Taiga zurück. Die Zeitungen meldeten ihr rätselhaftes Verschwinden, die Biologen waren ratlos, und Iwans Großvater wusste, dass die Bannsprüche, deren Ruf die Bienen zurücklockte, durch Missbrauch entkräftet worden waren. Er verließ seinen Stamm und ging in die Taiga, um nach Bienen und Bannsprüchen zu suchen. Es war eine große Wanderung, bis zum Ozean. Er stand am Wasser und sprach: *Biene, komm zurück.* Der Wald kicherte. Der Ozean raschelte. Er sprach: *Biene, ich weiß, dass du keine Biene bist.* Der Wald schwieg. Der Ozean raschelte leiser. Er sprach: *Biene, du bist ein kleiner Stern, dein Bienenkorb ist ein kleiner Himmel.* Der Wald begann zu brummen. Der Ozean begann seine Wellen zu erheben. *Ich habe den Schlüssel zu deinen Wegen. Ich sperre deine Wege zum Himmel auf. Komm*

zurück. Ich sperre deine Wege zu und werfe den Schlüssel in den Ozean. Er ging, ohne auf eine Reaktion des Ozeans zu warten. Als er wieder daheim war, waren die Bienen da.
Er musste auch andere Schäden beheben, die sein Sohn verursacht hatte. Danach schrieb er ihm, dass er sich nicht mehr in der Heimat blicken zu lassen brauche, dass die Tür des Geburtshauses für den Verräter verschlossen sei. Heute führte der Großvater einen verzweifelten Kampf gegen das Oberhaupt der autonomen Republik, das sein Haus (gegen ordentliche Bezahlung) enteignen und darin das Museum des Nationaldichters einrichten, also dem Verräter die Tür seines Geburtshauses mit Gewalt öffnen wollte. Iwan erfuhr all das erst hier, nachdem er Großvaters Ruf gefolgt war und von ihm in die Lehre genommen wurde. Auch als falscher Schamane verursachte Iwans Vater viel Durcheinander. Wenn er auf der Bühne für gute Ernte sang und tanzte, wuchs das Unkraut besonders üppig, und der Großvater schickte Iwan an einen geheimen Ort, an dem die Geister ihr Ohr für die Menschen offen hielten, um die falsch ausgesprochenen Beschwörungen zu korrigieren.

Das letzte, was der Nationaldichter vor dem Zusammenbruch der gewohnten Ordnung für seinen Sohn beschaffte, war ein Studienplatz im Literaturinstitut. Aber auch diese Traumlaufbahn bedeutete nichts mehr. Die beschworene Freiheit von den Kommunisten kam zu völlig unvorbereiteten Menschen. Alles war erlaubt, nichts war etwas wert (außer Geld). Iwan bekam Geld vom Vater, soff, begann im Funk zu arbeiten, dann fürs Fernsehen, reiste viel und war im Großen und Ganzen zufrieden.
Bis der Ruf kam. Und Iwan zu seinem Großvater fuhr und fragte: »Hast du mich gerufen?«

Es dauerte nicht lange, bis ihm das Leben in Moskau unwirklich vorkam, als hätte er nur davon gelesen. Er hörte auch auf zu verstehen, warum er seinen Vater immer so bewundert hatte. Der Vater wurde zu einem Scheinglied in der Ahnenkette. Manchmal sah er in einer Talkshow jemanden, mit dem er im Literaturinstitut studiert hatte. Oder sah in einer Zeitung ein Foto, auf dem er seine alten Bekannten erkannte, die auf einem verschneiten Moskauer Boulevard standen und bunte Spruchbänder hielten. Er wusste zwar noch, wer sie waren, aber sie lebten in einer Welt, die zu einer Parallelwelt geworden war. Nur einer seiner alten Freunde, Mischa Bison, ein Althippie und streunender Philosoph, kam gelegentlich hierher und schickte ab und zu die anderen, die herumzogen, ohne Rast und ohne Ziel, und einen echten Schamanen sehen wollten. (»Was?«, sagten sie zu einander, »Iwan Semjonow? Schamane? Irre!«) Als er John sah, hielt er ihn für einen von denen und fragte ihn, ob er von Mischa Bison käme.
Er saß in seiner »Schamanenresidenz«, einem geräumigen Holzhaus mit Lehmboden, das etwas entfernt vom Dorf stand. Über den Boden war trockenes Gras geworfen, kleine Fenster waren gegen die Mücken mit Mull überzogen, überall standen Regale mit seinem Schamanenzeug. Er dachte gerade über seinen echten Namen nach, den ihm Großvater versprochen hatte bald zu verraten (»Iwan! Dass ich nicht lache!«, sagte der Großvater, er sagte aber auch, dass die Zeit, ihm seinen echten Namen zu verraten, noch nicht gekommen sei), als der Kräutersammler in Begleitung von John auftauchte. John erinnerte sich an Mischa Bison, den er auf seinen früheren leichtsinnigen Autostoppreisen durch die sich auflösende Sowjetunion öfter getroffen hatte, und sagte, ja, er käme von ihm. Der Schamane nahm den Sack mit den Kräutern, bedankte sich bei dem parfümierten bärtigen Sammler und lud John zum Mittagessen ein. Das übliche Gespräch begann: Kennst du Ljuba Tornado?

Hast du gehört, dass Katja Känguru einen Ami geheiratet hat? Echt? Stark! Wassja Sputnik ist gestorben. Was?!
Die Unterhaltung wurde immer wieder von Dorfbewohnern unterbrochen, die mit ihren kleinen und großen seelischen und körperlichen Schmerzen kamen, von denen sie in ihrer tanzenden Sprache erzählten: schnelle schnalzende Laute oder gedehnte pfeifende Töne. Manche waren Russen aus der benachbarten Stadt und sprachen laut, langsam und in vereinfachten Sätzen, weil sie meinten, der Schamane würde sie sonst nicht verstehen (obwohl er viel gepflegteres Russisch sprach als sie. Oder gerade deswegen: sein Moskauer Russisch klang in ihren Ohren gestellt und gezwungen). Jedes Mal schwieg der Schamane eine Weile, bevor er antwortete: In der Vollmondnacht im Froschteich baden und gleich danach diese Tinktur trinken / Eine Gabe zum heiligen Baum bringen / Wacholderbeerschnaps mit Asche des Wacholderholzes mischen, dazu dieses Pulver tun und drei Mal am Tag einen Esslöffel nehmen. Sie stellten die mitgebrachten Gaben auf einen großen hölzernen Tisch (Geld, Brot, Wollsocken, Stutenmilchschnaps), verbeugten sich und gingen.
Eine russische Frau mit einem gleichgültigen Gesicht, dem das Leiden alles, was ausdrucksvoll sein könnte, genommen hatte, wollte nur eines wissen:
»Sag mir, warum ich so viel ertragen muss? Ich will nur das wissen. Warum?«
»Gut, wenn du das unbedingt wissen willst, ich werde es dir sagen. Aber du darfst es nicht weiter erzählen. Du musst schweigen. Kannst du das? Schwörst du, dass du schweigen wirst?«
»Ich schwöre.«
»Gut. Es gibt sieben Dimensionen, in denen wir leben. Sie sind miteinander verbunden, wenn auch für das Bewusstsein undurchdringlich.
Du sitzt jetzt vor mir in der dritten Dimension.

In der ersten Dimension bist du Königin, eine schlechte Königin, die schlecht regiert, die gierig und grausam ist.
In der zweiten Dimension bist du Gefängnisaufseherin. Du machst nichts, was besonders grausam wäre, aber manchmal verpasst du die Gelegenheit, eines Menschen Not zu mildern.
In der dritten Dimension, in der du und ich nun sprechen, musst du die ersten zwei büßen. Das ist, weil die anderen vier ausgesprochen wichtig sind.
In der vierten bist du Gärtnerin
In der fünften bist du Sängerin.
In der sechsten bist du Tänzerin.
Und was in der siebenten passiert, das kann sogar ich dir nicht sagen. Die aber ist die allerwichtigste. Ihretwegen müssen wir in den anderen Dimensionen alles ertragen.«
Die Frau hatte am Ende dieser Rede ihren längst verlorenen Gesichtsausdruck zurückerlangt, der sich als ernst und mild erwies. Sie stellte ihre Gabe vor den Schamanen, dankte, verbeugte sich und ging lautlos und nachdenklich davon.

»Sag mal, ist das dein Ernst?«, sagte John, der weniger von dem eben Gehörten verblüfft war, als wegen der Metamorphose im Gesicht der Frau.
»Ach wo, natürlich nicht. Was weiß ich von diesen Dimensionen. Aber sie brauchen das. Diese Frau hat es tatsächlich hart. Ich werde es dir nicht erzählen, es ist sinnlos, die Menschen mit den Leiden anderer Menschen zu beladen. Mitleid- und Empathiekapazitäten sind nicht unbegrenzt, du wirst deine noch brauchen. Der Frau ist nicht zu helfen. Ich gebe ihr nur Kraft, das auszuhalten. Sie muss durch. Wer weiß. Wie ein besoffener Amerikaner sagte: Schlechtes Karma verursacht notwendigerweise gutes Karma.«
John erkannte ein Kerouac-Zitat und sagte: »Fluch nicht so viel und komm mit, bald sitzen wir schön auf einem flachen Hügel.«

Der Schamane sah ihn mit staunender Anerkennung an.

In der Nacht tranken sie Stutenmilchschnaps, und der Schamane erzählte John von einem Plan des Schamanenbundes und der anderen Mitglieder der weltweiten Vereinigung für spirituelle Angelegenheiten. Sie entwickelten ein unaufdringliches Transportmittel zur Verminderung der allgemeinen Hassgefühle: ein als modisches Training getarnter Aufruf zur Nächstenliebe. Er zeigte verschiedene Ratgeber über Nächstenakzeptanz und einen Flyer, der für das Training warb, und erzählte, dass Menschen dieses Angebot mit Dankbarkeit und großer Bereitschaft annehmen und teures Geld dafür zahlen.

3. JEDER MENSCH IST EINE ART MEMORY STICK

Es gab keinen Empfang für Mobiltelefone. Seit Anfang der Woche schon, sagte der Schamane. »Aber warte, es wird schon, man muss Geduld haben. In der Taiga begreift man, was Geduld ist und wozu sie gut ist. Es hilft dir hier diese blöde Auffassung nicht, dass jede Minute ausgebeutet werden muss, dass sie wie die allerletzte gelebt werden muss. Versuch es mit dem Gegenteil: so zu leben, als würdest du ewig leben. Entspann dich. Weißt du, wie die Alten sagten? Was davor war, ist nicht mehr da. Was kommt, ist noch nicht da. Nur das zählt, was jetzt ist. So sagt übrigens auch mein Großvater. Und was *ist* jetzt? Du siehst vor dir den größten Wald der Welt. Enjoy it. Du wirst nicht zu spät kommen. Niemand kommt zu spät. Wenn schon, dann zu früh.«
»Wenn schon«, sagte John.

»Wenn schon. Jeder Mensch ist eine Art Memory Stick, er sammelt Information, die nach seinem Ableben in den Hauptspeicher kommt. Frag mich nicht, wozu, das weiß ich nicht. Niemand weiß, was genau das bedeutet. Mit jeder Entdeckung der Wissenschaft wird das nur noch rätselhafter. Aber glaub mir, es geht um die Qualität dieser Information, je entspannter du sie sammelst, desto klarer wird sie dann sein. Im Dorf steht auch ein Telefon, aber Kinder haben den Hörer abgerissen und in den Froschteich geworfen. Gehen wir ins Dorf, vielleicht waren die aus der Stadt schon da und haben einen neuen Hörer montiert. Ich werde dich meinem Großvater vorstellen. Und dir meine Kinder und meine Frau zeigen.«

♦

Der Großvater sagte John, er solle seine Spiele lieber sein lassen:

»Wenn du willst, dass wir dir helfen, sag uns, was du brauchst und wer du bist.«

Ein Memory Stick, wollte John sagen. *Was tue ich jetzt, Colonel?* Er fragte, wie weit entfernt die Stadt sei. Was er wissen wollte – aber er wusste nicht, wie er fragen sollte –, war: Wo befindet sich das nächste amerikanische Konsulat?

Der Großvater schwieg. Iwan auch. *Ok, Colonel, manchmal ist die Wahrheit das Beste:*

»Ich muss von hier weg. Ich bin Amerikaner, habe mich verirrt, und alle meine Papiere sind weg. Ich brauche ein Konsulat der USA.«

Der Großvater schwieg. Iwan sagte:

»Wieso hast du mir das nicht gleich gesagt? Ich habe dich wie der letzte Idiot für einen von uns gehalten!«

»Bin ich auch. Habe ich etwa gesagt, dass ich kein Amerikaner bin? Ich habe gesagt, dass ich Mischa Bison kenne. Den habe ich gekannt, schon als du noch ein Dreikäsehoch warst. Und

ich habe übrigens gesagt, dass ich John heiße!« John wusste, dass das gemogelt war, die Namen in diesem Kreis von Mischa Bison waren oft etwa »Jimmy« oder »Harry« oder »Andy«. Oder »John«.
Der Großvater schwieg. Iwan sagte:
»Und was hast du hier verloren, in der Taiga?«
»Nichts, wie alle, die hierher kommen. Ich wollte den größten Wald der Welt erleben.«
Der Großvater sagte: »Hilf ihm. Ich weiß zwar immer noch nicht, was er hier tut, aber er ist in Ordnung. Bring ihn in die Stadt. Du musst jetzt sowieso in die Kraftstelle, es regnet in der benachbarten Republik ununterbrochen, sie haben Hochwasser und ein paar Dörfer sind schon dahin. Ich glaube, dein Vater hat bei seinem Zirkus wieder mal um Regen gebeten. Der Narr glaubt, unsere Geister müssen nun nach seinem Willen tanzen!«

4. MEIN HERZ IST KEIN WACHOLDERHARZ

»Halt!«, sagte der Schamane, «es gibt wieder Empfang! Du kannst es versuchen«, und gab John sein Taschentelefon. John wählte. Er sagte »Natascha«. Er schwieg. Er sagte: »Natascha, es tut mir so leid, ich konnte mich nicht früher melden, was für eine schreckliche Nachricht, ich wusste das, ich hab davon geträumt, Natascha, wie geht es dir, ich bin bald in Petersburg, so schnell wie möglich, in ein paar Tagen, hoffe ich.« Er klappte das schamanische Taschentelefon zu und nahm aus den schamanischen Händen eine Schüssel mit bitterem Sud.

In der Morgendämmerung ging John aus der Schamanenhütte in die nach Zirbelharz riechende Trübe und sang:

Fällt die Abendsonne ins Nachtgewässer,
kannst du nichts dafür.

Verlässt dein Freund die Welt,
kannst du nichts dafür.

Das Herz meines Bruders fiel ins Nachtgewässer,
ein Wurm kroch heraus aus seinem Herzen.

Niemanden kannst du an die Welt anketten.

Das Herz meines Bruders wird ein Würmernest,
aber auch mein Herz ist kein Wacholderharz.

Wenn die Morgensonne den Nachttau verlässt,
kannst du nichts dafür.

Du kannst einen, der geboren wurde,
nicht ungeboren machen.

Hätte die Sonne den Morgentau nicht verlassen,
hätte sie nicht ins Gewässer der Nacht fallen müssen.

Mein Herz ist auch kein Wacholderharz.
Was übel riechen kann, ist kein Wacholderharz.
Das Leben ist kein Wacholderharz.

In meinem Herzen schweigt deine Seele.
Für sie spinnt mein Herz das seidene Blut.
Mein Herz ist kein Wacholderharz,
aber ein Seidenspinner.

Als du, mein Bruder,
der du jetzt in meinem Herzen schweigst,
im Sterben lagst,
trank ich Maulbeerwein in der klaren Gebirgsnacht.

Als du, mein Freund,
der du jetzt in meinem Herzen schweigst,
im Sterben lagst,
war ich bei einer Frau
mit kalten Fingernägeln und warmen Fingerkuppen
und zeugte ein Kind.

Mein Himmelsfasan mit Sternen-Augen,
picke die Würmer aus dem Herzen meines Bruders.

Mein roter Spielzeugdampfer,
bring die Seele meines Freundes sicher in mein Herz.

Mein zufälliger Weggefährte, mein Bruder,
gib mir deinen teerigen Schamanentrank wieder.

Der Schamane folgte John. Die Strophen von Johns Klagelied waren nur die Blüten der Schamanenkräuter. Sonst wäre er stumm vor Schmerz gewesen und sein Schmerz blütenlos: Ohne Schamanenkräuter hätte er gewusst, dass sein Klagelied nie so vollkommen hätte werden können, wie Fjodors Klagelied für ihn gewesen wäre. Er ging und sang den ganzen Tag und die ganze Nacht. Und trank den teerigen Trank wieder und wieder. Nachdem das Lied gesungen war, sah John den Schamanen, der neben ihm schritt, und hörte ihn sagen: »Ich muss sowieso in die Stadt, zur Post, zur Apotheke und noch was vom Supermarkt holen. Ich zeige dir, wo dein Konsulat ist.« Und sie gingen weiter.

»Bruder«, sagte John, »was kann ich für deine Leute tun? Und für die Frau mit den sieben Dimensionen? Ich habe etwas Geld übrig«, sagte John und trank die Reste des Stutenmilchschnapses, die der Schamane brüderlich mit ihm teilte.
Der Schamane nahm das Geld und saß am Abend in einem der teuersten Etablissements dieser Stadt, die groß genug war, um ein amerikanisches Konsulat, Niederlassungen einiger westeuropäischer und fernöstlicher Unternehmen und eben ein Etablissement mit 500 Weinsorten im Keller zu haben, bis es kein Geld mehr gab, nur, was er von Anfang an dabei hatte, für die Post, die Apotheke und ein paar Einkäufe. Denn er glaubte nicht an Geld.
Danach ging er in den nahen Wald und schlief einen tiefen Schamanenschlaf unter einer geheimen Schamanenzirbe. Er träumte vom Wasser, von einem raschen Guss, er träumte, wie das Flussbecken anschwoll, wie sich ein riesiges Tal mit Wasser füllte.
Er wachte auf und zwang sich wieder zum Schlafen. Er träumte, wie sein Vater vom Wasser weglief und den hundert Flüssen, die auf ihn einstürzten, zurief: »Stehe! Stehe! Wehe! Wehe!«, und wie sein Vater ihm zurief: »Herr und Meister! Hör mich rufen!«
Er wachte auf, und es war ihm peinlich, dass ihn der eigene Vater »Herr und Meister« nannte, wenn auch nur im Traum. Er sagte: »Seid's gewesen.«
Erst dann ging er wieder in die Stadt, um die Post abzuschicken, Medizin und noch ein paar Dinge im Supermarkt zu kaufen und das Internet für die nächsten drei Monate zu bezahlen. Als er zu seinem Stamm zurückkam, war der Großvater zufrieden: das Hochwasser in der benachbarten Republik war zurückgegangen.

5. ENDE

Im Konsulat bekam John den Pass, aus dem man ersehen konnte, dass er vor einem Monat ganz normal eingereist war, und ein Flugticket nach Hause. »Nein«, sagte er, »ich muss noch nach St. Petersburg. Ein Freund von mir ist gestorben. Ich muss seine Witwe besuchen. Sein Grab sehen.« *Aha*, dachte der Konsul, *das ist noch eine Legende, er darf uns natürlich nichts verraten, und je weniger wir wissen, desto besser ist es für uns alle,* und sie gaben John ein anderes Ticket und andere Papiere. Im Flughafen sah John den alt gewordenen Major, der den auch nicht jünger gewordenen John zum Glück nicht erkannte.

♦

PETERSBURG

1.

Nicht nur Hunde werden ihren Herrchen mit der Zeit ähnlich, auch Koffer beginnen ihren Inhabern zu ähneln. Tonja hatte einen tadellos sauberen, schmalen Trolley in der Farbe von englischem Silber (hell), und Pawel einen Reiselord und einen unhandlichen Koffer mit französischsilberfarben beschlagenen Ecken (dunkel), wie sie Weltreisende hatten, als Gepäckträger noch zum Alltagsbild gehörten und die Lokomotive ein Wunder des Fortschritts war. Marina hatte ihre Umhängetasche, die sie sehr praktisch fand. »Warte nur noch ein paar Jahre«, pflegte Andreas zu sagen, beleidigt, dass sie den von ihm geschenkten Trolley nie mitnahm, »das Gewicht deines Mantelsackes wird dir bald zu schwer.« Sie warteten, bis die Gepäckausgabe (vergrößertes Modell einer Sushibar) ihr Gepäck ausgab.
Kein Taxifahrer ist ein Radio. Auch dieser war es nicht. Man konnte ihn weder ausschalten noch den Sender wählen und war, auch ohne zuzuhören, den Schlüsselwörtern ausgeliefert: Hitze, weg-mit-Putin, Stau, Pappelsamen, man-ist-als-Russe-im-eigenen-Land-nicht-mehr-sicher, Scheißstraßenpolizei, wir-leben-wie-in-Paris-überall-sind-die-Schwarzen. Tonja schloss ihre Ballerina-Augen. Pawel, glücklich, wieder zu Hause zu sein, vergewisserte sich, dass draußen tatsächlich Petersburg war, wenn auch fleckenweise von den flauschigen Pappelsamen zugedeckt. Er schaute nach links, nach rechts und wieder nach links und beachtete das aufgeschlagene Buch auf seinem Schoß nicht.

Marina fragte sich, ob Petersburg ohne Fjodor immer noch dieselbe Stadt war. Wohl nicht.

Sie fuhren am Schwanenkanal vorbei, einem künstlichen Bach, in dem Lisa aus der »Pique Dame« ihren Tod gefunden hatte. Zwei Schwäne tauchten ihre kleinen rotnasigen Köpfe in das schwarze Amalgam ein und hoben sie wieder, spiegeltrunken. Hinter dem Schwanenbach war der »Sommergarten« mit dem Dunkelgrün seiner Bäume und dem kühlen Weiß seiner Skulpturen, der hierher gezwungenen altgriechischen Helden und Gottheiten. Dank ihnen ging es Marina so, als wäre sie nicht in einer sowjetischen Stadt aufgewachsen, sondern am Ägäischen Meer. Die Wölbung der Schwanenbrücke: nach oben/nach unten – wie ein Luftloch im Flugzeug. Es war für sie als Kind ein Augenblick der Freude, nach den Sommerferien vom Bahnhof im Taxi über diese Brücke zu fahren wie durch die Schwerelosigkeit. Auch ohne Fjodor war diese Sekunde der Schwerelosigkeit das Glück, was sie mit einem Anflug von Reue merkte. Sie war ein Jahr nicht hier gewesen. Seit kurz vor Fjodors Tod. Tonja öffnete die Augen, Pawel klappte das Buch zu und der Taxifahrer fluchte über die Wölbung.

Der Türsteher stand an seinem gewohnten Platz, seit im Erdgeschoss eine Firma ihr Büro eröffnet hatte, die irgendein psychologisches Training nach einer neuen Methode anbot. Die Werbeblätter auf Büttenpapier in den vergoldeten Ständern konnte ein Interessierter erst bekommen, wenn ihn der Türsteher ins Treppenhaus ließ. Der Text war so rätselhaft, dass alle irgendeinen Schwindel und Geldwäsche dahinter vermuteten: »Sie wissen es selbst: es gibt Menschen, die Ihnen den ganzen Tag, wenn nicht das ganze Leben verderben können: Mund- und Schweißgeruch, alberne Witze, unmögliche Farben und Schnitte ihrer Kleidung. Oder noch Schlimmeres. Sie können

die Liste selbst fortsetzen. Diese Situation ist inakzeptabel, man muss etwas dagegen tun. Aber was? Es liegt an IHNEN! Lernen Sie, Ihren Nächsten zu akzeptieren. Wir bieten Ihnen ein Training, das Ihnen helfen wird, Ihre Antipathien und Aversionen zu überwinden. Endlich! Diskret und zuverlässig. Überzeugen Sie sich selbst: Sie werden ein glücklicherer Mensch!«
Zu diesen Trainings kamen gutaussehende Menschen, denen der Türsteher die Tür öffnete. Seit er da war, war das Treppenhaus etwas sauberer geworden, die Treppenkatzen wurden verjagt, und Tonjas Parfum mischte sich nicht mehr mit der Katzenpisse, sondern mit dem Parfum der Trainingsteilnehmerinnen und dem Aftershave der Trainingsteilnehmer.

Der Türsteher, den Pawel als persönlichen Hausdiener ansah und diese seine Ansicht regelmäßig mit Trinkgeld unterstützte, half dem Taxifahrer die Koffer nach oben zu bringen.
Marina kam noch einmal herunter, weil Pawel das Buch im Auto liegen lassen hatte. Der Taxifahrer fragte sie, wer der Mann sei. Als er Marinas »Ein berühmter Wissenschaftler…« hörte, fügte er hinzu: »… gewesen. Na ja, wir alle werden irgendwann vergangen sein.« Marina war überrascht, dass das über Pawel gesagt wurde, den sie bedingungslos bewunderte. Seit sie ein Kind war und immer noch. Seit sie ein Kind war, ist er kaum anders geworden, dieselben ergrauten Locken, dieselben gemessenen Bewegungen, in denen man eine vorsichtige Unsicherheit erraten konnte, dieselben aufmerksamen Augen, als wäre er nie anders gewesen, vielleicht sogar so geboren: ein alter Mann mit dem Gesicht eines klugen Kindes. Immer noch war sie glücklich aufgeregt bei jedem Besuch hier, wie ein Kind vor Weihnachten.

Pawel ging in sein Arbeitszimmer, um die Bücher, die er mitgenommen hatte, in die Regale zu stellen. Tonja holte aus ihrem Koffer ein Dutzend Taschentücher mit dem Buchstaben *M* im Oval aus Brüsseler Spitze und sagte: »Das ist für dich. Und schau, was ich für Nataschà, und hier, was ich für Mascha gekauft habe. Weißt du, woran ich jetzt die ganze Zeit denke? Mir gehen langsam die Leute aus, denen ich Geschenke mitbringen kann. Die einen sind tot, die anderen leben Gott weiß wo, Victor in Chicago, du, das verstehe ich nicht ganz, wo. Es war zum Heulen, besonders in Paris, das voll von schönen Kleinigkeiten war, ich musste immer denken: ›Das könnte ich Fjodor mitbringen, und das hätte meine Großmama so gefreut.‹ Ich habe sogar etwas für Nataschas Freundin Janis, ich vermute, du kennst sie nicht, sie hat Natascha nach Fjodors Tod sehr geholfen. Ein komisches Mädchen. Sie heißt nicht mehr Janis, sondern Amy und trägt ihr Haar toupiert und hat ihren Arm tätowieren lassen. Das ist für sie:« Tonja zeigte ein Poster von Amy Winehouse.

»Kommt Natascha mit (Pawel stellt fest, dass ihm der Name fehlt) ihrer Tochter? Ich meine zu Fjodors Gedenkabend. Kommt sie mit (wer sagt mir, wie sie heißt?) der Tochter?« Eine Leere anstelle des Namens. Was, wenn sie breiter wird und uferlos und alles überschwemmt. Er braucht diesen Namen nicht. Es ist kaum wahrscheinlich, dass er und Nataschas Tochter einander auf Augenhöhe treffen werden. Dass er sie in dem Alter erleben wird, in dem sie in der Lage sein wird, ihn wahrzunehmen. Die Tatsache, dass er ihren Namen vergessen hat, bedeutet nur, dass er und sie verschiedenen Dimensionen angehören. Er kann Hunderte von chinesischen Gedichten auswendig. Er versteht einiges jetzt viel besser als noch vor zehn Jahren: Viele Knoten seines Denkens sind aufgelöst, und sein Buch über chinesische Poesie mit einer großen Auswahl an von ihm übersetzten Gedichten wird es wert sein, gelebt zu haben. Falls ihm noch ein bisschen Zeit bleiben wird, es

zu vollenden. Nur meldet sich immer öfter diese Leere anstatt eines Wortes, eines Namens, eines Datums. Oder, wenn ihn Tonja morgens nach der Uhrzeit fragt, sagt er »liù diǎn bàn« und erst nach einer Viertelstunde kommt er auf »halb sieben«. Eine langsame Reduzierung der Welt. Als bräuchte er immer weniger von dieser Welt und eine fürsorgliche Hand räumte alles Überflüssige beiseite. Und in der Tat: wozu braucht er den Namen des Mädchens, das er nie richtig kennenlernen wird. Wozu braucht er Dinge, die er ohne Brille nicht sieht: kleine Risse an alten Möbeln, Falten auf dem eigenen Gesicht, Staub, Flecken (natürlich ist es beschämend, dass man auf die eigene Kleidung immer aufpassen muss, aber er persönlich als denkender und fühlender Mensch vermisst einen Fleck nicht, es macht ihm nichts aus, dass er diesen Fleck nicht sieht, dumm ist nur, dass die anderen ihn sehen). Alles unbrauchbares Zeug, das einem das Alter wegnimmt. Wie aber ist ihr Name?
»Nein, sie kommt ohne Mascha, sie hat nun jede Menge Verwandte zu Hause, die passen auf die Kleine auf«, sagt Tonja, die ihm immer das fehlende Wort gibt, als wüsste sie alle seine Gedanken.
Pawel nickt.
Tonja brachte Tee und Gebäck, das sie auf einem von Platanen beschatteten Pariser Boulevard gekauft hatte. Neben Pawels Tasse stellte sie ein Schälchen voller bunter Tabletten und Pillen.
Marina wartete auf ein chinesisches Tee-Gedicht, weil jedesmal, dass sie hier zum Tee war (zu selten, es war nicht einfach, entweder Pawel war krank, oder sie waren verreist oder zu sehr mit sich und ihrer Arbeit beschäftigt, dafür aber gestalteten sie jede Einladung als ein Geschenk, auch die für heute, sie haben sich Mühe gegeben, ihren Flug aus Paris über Deutschland zu buchen, um mit Marina zu fliegen, sie zu sich einzuladen, zu beschenken, über Fjodor zu sprechen, zumal Marinas Mutter mit ihrem Theater, wo sie in der Kostümgestaltung arbeitete,

verreist war), jedesmal holte Pawel für sie ein Tee-Gedicht aus seinem Gedächtnis. Auch heute: »Dampf steigt auf vom Tee und lässt die weißen Haare der Freunde schweben, die ihre gemeinsamen Freunde verloren haben.«
Marina dachte wieder daran, dass sie nicht zu Fjodors Beerdigung gekommen war.
Tonja überlegte sich, ob sie Marina etwas sagen oder sie für eine Weile mit diesem Gedicht lieber allein lassen sollte.

2.

Natascha war pünktlich. Sie klingelte und die Pendeluhr im Schlafzimmer schlug sieben. Marina öffnete die Tür und begann zu weinen, weil sie Natascha jetzt zum ersten Mal seit Fjodors Tod sah. Natascha, blass, mit trockenen Augen, nickte verständig.
Sie bewegte sich in Marinas Wohnung, die sie zum ersten Mal betrat, mit der Sicherheit einer alten Freundin. Sie nahm die Tassen aus dem Regal. Sie fand sofort den Tee, den Zucker, das Gebäck. Sie wischte den Tisch. Marinas Wohnung war verwahrlost, seit ihre Mutter zu ihrem Freund gezogen war.

Seltsamerweise wiederholte Marinas Mutter den Lebensabend der eigenen Mutter, die sich im Alter, Jahrzehnte nach dem Tod ihres Mannes, verliebt hatte und mit ihrem Geliebten zusammengezogen war. Es schien der damals siebzehnjährigen Marina absurd, ein weißhaariges Liebespaar. Aber sie war gerne zum Teetrinken bei ihnen: Silberlöffel in Teegläsern mit silbernem Teeglashalter. Es hieß: in einem hohen Glas, das seinerseits in einem metallischen Glashalter stand, durfte der Löffel drin bleiben (im Unterschied zu einer Tasse-Untertasse-Situation). Der Löffel war sehr heiß, die Finger schnell weg. Bonbons und Nüsse in alten Sèvres-Schälchen. Das Paar wollte nicht heiraten. Großmutters – wie man heute sagte – »Freund«, damals hieß das »bürgerlicher Mann«, meinte dazu: »So was Blödes.« Nach dem Krieg war er Offizier in Berlin gewesen, deshalb war er begeistert, dass Marina Germanistin wurde. Eine seiner Lieblingserinnerungen war ein Konzertbesuch im zerbombten Berlin: Das Publikum war zum Applaus aufgestanden, und es hatte lauter gedonnert als der Applaus selbst: die Partituren, die sie auf den Knien hatten und (wozu, fragte sich Marina) parallel zur Musik lasen, waren hinuntergefallen. Die Bewunderung für die deutsche Kultur lebte in seinem Bewusstsein in friedlicher Nachbarschaft mit dem tiefen Groll gegen deutsche Barbarei, und den deutschen Touristen warf er finstere Blicke hinterher, wenn es Männer seines Alters waren, in denen er die Mörder seiner Familie sah.

Natascha stellte vor Marina die Tasse hin, die früher, als Marina hier als Tochter ihrer Eltern wohnte, »Marinas Tasse« hieß. Als wäre zwischen ihnen eine wortlose, aber mit vielen wortreichen Missverständnissen erkaufte Vertrautheit. Als wäre Natascha eine Freundin, die sich in Marinas Haushalt und Leben auskannte, eine Freundin, die Marina nie gehabt hatte. Tonja war erstens zu vollkommen und zweitens ohne Pawel unvorstellbar. Die Schulfreundin Lisa mit ihren vier Kindern, einem Mann, zwei Liebhabern, drei Katzen, zwei rotwangigen Nymphensittichen und einem Aquarium war ihr fremd geworden. Nur dass Lisa in Marinas Küche heute noch mit derselben Sicherheit wirtschaftete wie soeben unerwartet Natascha. Sabine hätte das Zeug dazu, aber blöd wäre das schon: die gewesene Frau des eigenen Mannes zur besten Freundin zu erklären.

Natascha berichtete: »Nach Fjodors Tod habe ich gegoogelt, welchen leichten Freitod es gibt. Und nichts gefunden. Dann hat Mascha im Nebenzimmer geweint. Verstehst du, ich habe erst an sie gedacht, als sie geweint hat. Und mich geschämt, dass ich sie allein lassen wollte, nicht gerade wollte, ich hatte an sie einfach nicht gedacht.«

Natascha berichtete: »Ich wollte, dass *alle* aufhören zu leben, weil Fjodor aufgehört hat zu leben. Dann aber, als ich begriffen habe, dass es ab und zu allen so geht wie mir, bekam ich so viel Mitleid mit allen, dass ich daran fast erstickte.«

Natascha berichtete: »Es war wie in einem Tunnel: als stünde ich da, wo er als Sackgasse endet, dicht an der Sackwand, und ein Zug führe auf mich zu. Der dann tatsächlich herankam, um mich zu zerquetschen.«

Natascha berichtete: »Kennst du die Geschichte von Pygmalion und Galatea? Das war ein Bildhauer, der in eine seiner Statuen verliebt war. Und da er der Venus ein Geschenk brachte, machte die, dass Galatea zu Leib und Blut wurde – die Arme übrigens, wie schön wäre es, eine Statue zu bleiben. Sag mir, wozu bin ich so geworden, wie ich geworden bin? Was mache ich jetzt mit mir? Ich muss dir etwas sagen, was dich erstaunen wird, ich muss dir etwas gestehen«, sagte Natascha, schwieg aber, Marina drängte sie nicht zu sprechen.

Natascha blieb in der Galatea-Geschichte gefangen, es passierte ihr oft, dass sie, wenn sie schon anfing, über etwas zu sprechen, einfach nicht aufhören konnte und weit hinaus über das Thema oder die Situation sprach. So sagte sie nach dem Schweigen: »Ja, und dieser Pygmalion hatte davor einen Ekel vor Frauen bekommen, es gab verdorbene zügellose Frauen da, die ihm nicht gefielen. Er lebte allein, er hatte nur einen Papagei, der ihm jeden Morgen guten Morgen und jede Nacht gute Nacht wünschte. Aphrodite verwandelte diese schlechten Frauen in kalte Steine, sie wollte sie wegen irgendetwas bestrafen, ich weiß nicht mehr, weswegen. Ich habe gedacht, als ich das gelesen habe, dass es eben dieser Stein war, aus dem Pygmalion sich eine Frau frei schlug. Fjodor meinte, sie seien zu Kies geworden.«

»Er hat sie aus den Kiessteinen zusammengeklebt«, sagte Marina und dachte, dass Natascha ihre Geschichten so erzählte, wie es die armen gebildeten Kinder in den Sommererholungslagern machten, um von anderen Feriengenossen in Ruhe gelassen zu werden. So hat wohl auch Fjodors Großvater in seinem Straflager erzählt, um von den Kriminellen nicht umgebracht zu werden. Natascha fand in Fjodors Unordnung die Aufzeichnungen seines Großvaters über jene Zeit, die sie kopierte und an Andreas schickte, für sein Buch über die Nachkommen der Russlanddeutschen im 20. Jahrhundert. Fjodors Großeltern wären höchstwahrscheinlich im von den Deutschen belagerten Leningrad verhungert, wären sie nicht in die kasachische Steppe geschickt worden, um nicht zur Kollaboration mit dem Feind, sollte der Feind die Stadt erobern, verleitet zu werden (»Man hat uns aus einer Hölle in eine andere versetzt«, schrieb er später).

Die Aufzeichnungen blieben unvollendet. Das dicke schwarze Heft war nur zu einem Drittel beschrieben. Auf der ersten Seite stand:

Versuch über die kasachische Steppe

Es folgten fragmentarische Erinnerungen. Auch das:

> Die Zeit mit den Kriminellen war die schlimmste. Es dauerte nicht lange und war die Folge irgendeiner bürokratischen Unordnung. Oder jemand hat mich wegen etwas, wovon ich nichts weiß, denunziert. Auf jeden Fall blieb Maria Karlowna mit den Kindern, Gott sei Dank,

in unserer Siedlung, und mich steckte man für zwei Monate zu den Kriminellen, ohne zu erklären, warum, und brachte mich dann zurück, ebenso ohne jegliche Erklärung. Als ich dort auf der Pritsche lag und ein Bluterguss in Form eines menschlichen Körpers war, sprach ich laut den Psalm 88:

Denn meine Seele ist voll Jammers,
und mein Leben ist nahe dem Tode.
Ich bin geachtet gleich denen,
die in die Grube fahren;
ich bin ein Mann, der keine Hilfe hat.
Ich liege unter den Toten verlassen
wie die Erschlagenen, die im Grabe liegen,
deren du nicht mehr gedenkst
und die von deiner Hand abgesondert sind.
Du hast mich in die Grube hinuntergelegt,
in die Finsternis und in die Tiefe.

»Was laberst du da«, fragten meine Peiniger und verlangten nach mehr. Ihr Hunger nach Information und Unterhaltung war so groß, dass sie auch mit den Psalmen vorlieb nahmen. Als ich bald merkte, dass sie die Psalmen zu langweilen begannen, trug ich »Zigeuner« von Puschkin vor, und das fand Anerkennung. Dann verlangten sie, dass ich ihnen einfach etwas erzähle, »normal«, also keine Verse. Ich begann mit dem »Gefangenen im Kaukasus« von Tolstoj, dann erzählte ich »Schuld und Sühne« nach. Die nächsten zwei Monate verbrachte ich wie Scheherezade: um mein Leben erzählend. Manche Sujets kannten sie allerdings und sagten: Ja, ja, das kennen wir alles. Ihre Lieder, die ihnen einer sang, der, glaube ich, genauso um sein Leben sang, wie ich um meins erzählte, handelten ebenfalls von untreuen Frauen, von Sehnsucht nach Heimat und Mutter, die in der Fremde an deinem Herz nagt, von dummen Zwischenfällen, die einen ins Gefängnis oder ums Leben bringen. Sie wollten einerseits etwas Neues, andererseits konnten sie nur das wahrnehmen, was sie bereits kannten. Die wiederkehrenden Motive der Volkspoesie haben wohl etwas damit zu tun. Wenn ich irgendwann darüber schreiben können werde, ohne dass mir die Hände zittern, werde ich das wissenschaftlich untersuchen. Am besten kommt beim einfachen Volk die Romantik an. Das bedeutet, dass Bilder und Motive, die aus der Volkspoesie in die romantische Dichtung geholt und modifiziert wurden, jederzeit genauso gut zurückgebracht werden können. Das Volk kann sie wiedererkennen und akzeptieren, wie heimgekehrte verlorene Söhne. Manchmal griff ich daneben. Ich erzählte von Baron Münchhausen und wurde wieder als »Faschist« verprügelt, wegen seines deutschen Namens. Ich erzählte trotzdem (nicht aus Trotz, sondern aus Einfallsarmut) von Werther, und sie weinten wie Mädchen in einer Klosterschule. Das ist vielleicht der Ursprung jeder Poesie, dieses scheherezad'sche Erzählen um das eigene Leben. Der Schwächste in der Höhle sang den Jägern von der Jagd und bekam dafür ein Stück Fleisch. Die Krieger verschonten den Krüppel, der sie besingen konnte. Und die Lieder der Kriminellen, ihre Balladen, sind bestimmt von armen Wichten wie mir verfasst.

Auch Natascha erzählte Geschichten. Als Kind hatte sie ununterbrochen und wahllos gelesen. In ihrem Kopf summten Unmengen an Bildern und Sujets: Insekten über einem Weiher am Sommerabend. Irgendwann merkte sie, dass das ihr einziger Vorteil war, in der Schule, unter den Cousinen, in der Kommune. Noch später halfen sie ihr, das zu verstehen, was Fjodor sagte (eher in ihrer Gegenwart als direkt zu ihr), und sich in den oft verwirrenden Gesprächen seiner Freunde zu orientieren. Das Englische, das sie in ihrer schäbigen Kindheit unklar wozu erlernte, half ihr, eine Programmiererkarriere schnell und sicher zu meistern. Und nun stellte sich heraus, dass es nicht nur dafür gut war. »Marina, ich muss dir etwas sagen«, sagte sie und schwieg eine Weile.

Dann sprach sie wieder: »Als ich im Krankenhaus am Rand seines Bettes saß und seine Hand hielt, fühlte ich, wie er mir entglitt. Als wandle er durch eine unsichtbare Membran in eine andere Dimension. Zu den Galaxien, Sonnen und Milchstraßen. Und ich sah das und konnte es nicht verhindern. Ich habe alle meine Kräfte konzentriert, um ihn nicht durch die Membran gehen zu lassen. Dann schlief ich ein. Dann war er tot.«

In allem, was sie sagte, schien eine Verschrobenheit durch, die an Fjodor denken ließ. Als wäre sie, Natascha, diese andere Dimension, in die Fjodor der Welt entglitten war, durch die Membran ihrer dunklen, aber blassen, blutarmen Haut. Marina fiel diese Verschrobenheit bereits auf, als sie aus Berlin anrief, dass sie endlich nach Petersburg komme, und Natascha am Telefon fragte, wie es ihr ginge. »Weißt du«, sagte Natascha, »tagsüber geht es mir gut, aber wenn ich in der Nacht erwache, ist alles wieder da. Ich weiß jetzt, warum die meisten schlafenden Menschen leidende Gesichter haben. Dann kommt wieder der Tag und bringt neue Gemeinheiten, und du musst durch. Der Tag dreht sich wie ein Rouletterad, und du vergisst im Rausch des Spiels dein Elend.« Marina wollte damals etwas Tröstliches sagen und konnte nichts Besseres finden als: »Du hast das wunderbar formuliert, ich verstehe, was du meinst!«, und als sie auflegte, spürte sie eine Sehnsucht nach Natascha, nach dem Mädchen, das Fjodor liebte (im Sinne, dass es ihn liebte, und im Sinne, dass er es liebte) und das sie nie ernst genommen hatte, erst jetzt, als es zu spät war, war sie mit Natascha einverstanden. Sie dachte, dass es fast nie dazu kommt, dass eine Sehnsucht das einholt, wonach sie jagt. Trotz leichter unvermeidlicher Enttäuschung stellte Marina fest, dass Nataschas Gegenwart kein Unbehagen mehr hervorrief, das früher immer da war, weil sie oft nicht wusste, worüber sie mit ihr sprechen sollte. Seltsamerweise löste der *abwesende* Fjodor diese Befangenheit.

Natascha erzählte: »Und jetzt sind wir auf verschiedenen Seiten dieser vorübergehend undurchdringlichen Membran. Ich habe als Kind einen Film gesehen, vielleicht war das kein guter Film, oder vielleicht doch: Eine Frau, eine Dame, die ihren Mann liebt, lässt sich von irgendeinem Dichter verführen und alle Erniedrigungen über sich ergehen. Irgendwann ist das vorbei, aber sie kann nicht zurück zu ihrem Mann, der sie immer noch liebt und den auch sie liebt. Ich weiß nicht mehr, wie das genau war, vielleicht war es ganz anders. Ich war sieben, nicht älter. Meine Eltern lebten noch. Am Ende sitzt sie in einem Schloss, in einem Turm über dem Ozean, und denkt an ihren Mann. Zwischen den beiden dieser blöde Ozean. Verstehst du, er, Fjodor, ist hinter einem Ozean. Aber ich muss dir unbedingt etwas sagen.«

Marina dachte, dass sie auch das Kitschige an Natascha mochte. Dass sie nicht wollte, dass Natascha, die gerade die Tassen abspülte und alles an den richtigen Platz zurückstellte, bald ging. Aber es gab keinen Grund, sie länger hier zu halten.

Natascha fühlte sich in Marinas Gegenwart leicht angespannt. Das brave Provinzkind, das immer noch in ihr steckte, sah in Marina eine ältere Person, die sie zu respektieren hatte und mit der sowieso nie eine richtige freundschaftliche Nähe möglich wäre. Als Fjodor noch lebte und Natascha sich aus seinem Freundeskreis ausgeschlossen fühlte, war Marina mit ihrem gleichgültigen höflichen Lächeln eine Art Ersatzschwiegermutter für sie gewesen (obwohl Marina zehn Jahre jünger als Fjodor war). Marina, die seit ihrer Kindheit fast nur ältere Freunde hatte, war diese Unmöglichkeit der Freundschaft seitens Natascha nicht bewusst.

Als Natascha gegangen war, blieb eine sanfte Sehnsucht in der Luft. »Sehnsucht«, sagte Marina laut auf Deutsch. Diese Sehnsucht nach einem Menschen, mit dem du nichts anfangen kannst, weil dein Leben anders verläuft, mit anderen Menschen, die ihre Rechte auf dich haben, welche die Folgen aus alten Sehnsüchten sind.

Die Pendeluhr schlug acht. Marinas Mutter hatte diese alte Uhr nach dem Tod ihrer Schwiegermutter verkaufen wollen, weil sie ihr unheimlich war: Es hieß in der Familie, die Uhr sei in der Todesstunde von Marinas Großvater stehen geblieben. Als die Großmutter krank wurde, fragte sie jeden Abend, ob man wohl nicht vergessen habe, die Uhr aufzuziehen. Trotzdem blieb die Uhr in der Nacht stehen, in der sie starb. Marinas Vater wollte die Uhr aber weiterhin behalten, sie war eines der sehr wenigen Andenken an die Seinen, die alle tot waren. Und er wollte dem Aberglauben nicht nachgeben. Nach seinem Tod dachte Marinas Mutter, tief in ihrer Trauer versunken, nicht an die Uhr. Freilich ging die Uhr nicht, als der Vater starb, aber wahrscheinlich hatte in der sorgenvollen Zeit seiner Krankheit keiner daran gedacht, sie aufzuziehen. Das tat Marina nach der Beerdigung und stellte sie in »Marinas Zimmer«, wie es damals hieß (heute nannte sie es »das Schlafzimmer«). In der Nacht folgte sie manchmal der Bewegung der matt glänzenden Scheibe und das war, als hörte sie dem Atem ihrer Mutter zu, und vergewisserte sich, dass alles in Ordnung war.

Sie griff zum Telefon: »Andreas ich vermisse dich kannst du die Flugkarte umtauschen und schneller kommen es sind doch schon Semesterferien bitte das ist alles so entsetzlich hier Fjo-

dor Natascha ich kann nicht mehr Pawel du kannst es dir nicht vorstellen und auch John ist irgendwie blöd geworden.«
Es tat gut, diese unglückliche Stimme zu hören, weil ihre übliche Art zu sprechen ihm zu kühl, zu munter, zu trocken war.
»Hör zu, ich fürchte, ich kriege keinen früheren Flug. Es geht nur um eine Woche. Ich würde das sowieso nicht schaffen, ich habe noch viel zu erledigen«, sagte er gegen sein Gefühl und gegen seine Wünsche.
Marina legte auf und sagte: »Andreas«. »Sehnsucht«. »Natascha«. Und dachte, dass sie es sich lieber abgewöhnen sollte, laut zu sprechen, wenn sie allein in der Wohnung war, erschreckt von dem Bild einer alternden schrulligen Frau, die laute Selbstgespräche führt.

4.

»Würden Sie mich bitte für einen Augenblick entschuldigen, ich habe, glaube ich, den Wasserhahn nicht zugedreht«, sagt Pawel und geht durch den dunklen, vom Licht aus den geöffneten Zimmertüren durchschnittenen Flur, um sich das vierte Mal zu vergewissern, dass er den Wasserhahn zugedreht hat. Marina nickt und lächelt ernst und freundlich. Diese nach Bücherstaub riechende Wohnung blieb für sie ein Zauberwald, seit sie als kleines Mädchen hierher kam und die beiden Erwachsenen + eine Greisin (die heute nicht mehr lebt), die diese Welt bewohnten, zu bewundern begann. Wenn sie lange nicht hier gewesen war, vermisste sie die altkoreanischen Gedichte auf den vergoldeten Holztafeln, die vergilbten chinesischen Propaganda-Plakate aus der Mao-Zeit, die in den Ballettpositionen erstarrten Meißen-Schäferinnen und Yixing-Teekannen aus dem roten Ton der besten Töpfer der Ming- und Qing-Dynastie, manche mit eingeritzten Gedichtzeilen auf ihren Backen. Teegedichte, die Pawel immer gerne für sie übersetzte: *Gedichte, reines Gespräch in der Mondnacht und Tee.* Oder: *Wenn der Tee duftet, selig ist das Dösen über einem Buch.* Von Pawels Intelligenz, Achtsamkeit, Wachheit ist nichts verloren gegangen. Nur weiß er eben nicht, ob er den Wasserhahn zugedreht hat.

Dafür kommt er jedes Mal mit einer neuen Idee aus der Küche. Auch jetzt:

»Ein Kind wird irgendwann zurückgelassen. Es gibt so viel zu tun. Die Sachen, die zu erledigen sind, häufen sich an. Und Sie lassen dieses Wesen, das liebenswert und ernst ist, einfach zurück. Sie verzichten auf seine Aufrichtigkeit, seine Verletzbarkeit, seinen Wunsch, geliebt zu werden, weil all das Sie zu schutzlos macht. Sie bekommen andere, erwachsene Gefühle, auch einen anderen, erwachsenen Wunsch, geliebt zu werden, der viel raffinierter ist. Sie leben Ihr erwachsenes Leben. Und eines Tages kommt das Kind zurück. Oder Sie kommen, es abzuholen. Dort, wo es die ganze Zeit auf Sie gewartet hat. Wenn Sie bereit sind, es wahrzunehmen, treffen Sie auf das Kind, das Sie einst waren. Wenn Sie Glück haben, kann das früh passieren, noch bevor das Ihrer Geistesschwäche zugeschrieben wird. Dann nehmen Sie als Erwachsene dieses Kind bewusst bei der Hand und gehen mit ihm zusammen weiter, einander helfend, einander anerkennend.«

»Du spricht von Kindern als von engelhaften Wesen. Wohin dann mit denjenigen, die Frösche aufblasen und Konservendosen an Katzenschwänze binden?«, fragt Tonja, die lautlos ins Zimmer kommt.

»Das werden sie, wenn sie Glück haben, mit ihren erwachsenen Persönlichkeiten besprechen und durcharbeiten«, sagt Pawel.

Tonja geht ins Schlafzimmer, Atem holen. Das ist kein unangenehmes Gefühl. Wie bei einem Luftloch im Flugzeug oder an der Schwanenbrücke; wie bei einem Sprung auf der Bühne: Du springst über einen Abgrund und weißt nicht, ob du den Gegenrand erreichst. Nach dem Gespräch mit dem Arzt weiß sie von diesem Kanarienvogel, der sich in ihrem Brustkorb eingenistet hat und von einer Sitzstange auf die andere hüpft: beide Füße zusammen, ohne die Anspannung, die eine solche Bewegung braucht: mal hin, mal her. Eine Aufziehzitrone.
Sie schaut in den Spiegel. Da steht eine Frau, die nichts gemein hat mit der Frau an der Ballettstange, die sie kennt. Sie sagt: *Das bin ich nicht*, und geht zurück. *Zum Heulen vollkommen*, denkt Pawel, als er sie sieht, sie ist genauso unwahrscheinlich wie damals, als er sie zum ersten Mal gesehen hat: auf der Bühne. Sie bewegte sich im Tanz mit selbstsicherer Schnelligkeit und ähnelte dem Schriftzeichen »shī«, als hätte sie mehrere Arm- und Beinpaare: 诗!

Sie trinken Maulbeerwein. »Das graue Haar eines trunkenen Alten ist lächerlich«, lautet ein Gedicht aus der Tang-Dynastie, das Pawel gleich aufsagen wird.

5.

Viel Gesicht, dessen weiß-rosa Fleisch durch lächelnde Augen beseelt ist, auch der kleine Mund ist so anmutig, dass er zwischen der großzügigen Peripherie von Wangen und Kinn nicht verloren geht. Die umfangreiche russische Venus trinkt Tee aus der Untertasse, nach der alten Art der russischen Kaufleute.

Vor ihr: Porzellan, Silber, Zuckerwaren und Früchte in adretter Anordnung. Aufgeschnittene Wassermelone. Eine Katze mit graugetigertem Rücken und weißen Pfoten schmiegt sich an die mächtige Schulter. Die Kaufmännin sitzt in ihrem Garten. In der Ferne ist ein anderer Tisch zu sehen, in einem anderen Garten, in einer blauen Gartenlaube, an dem eine ganze Kaufmannsfamilie sich dem Teetrinken hingibt. Noch weiter: viel Luft, weiße Kirchtürme, Bäume und Himmel mit rosa-weißen Wolken, aus denen auch der luftige Überfluss des Dekolletés und der Unterarme der Teetrinkerin geknetet zu sein scheint.
Eine Museumsführerin erzählt ihrer Gruppe, dass das Bild 1918 gemalt wurde, als nachempfundenes verlorenes Paradies zur Zeit des Bürgerkriegs und der Hungersnot, und dass der Maler Boris Kustodijew in der Figur der Katze, die sogar die Untertasse mit dem Tee nicht aus den hungrigen Augen lässt, sich selbst dargestellt hat. Marina versucht sich zu erinnern, was man über dieses Bild zu Sowjetzeiten erzählte: Eine kritische Darstellung einer gefräßigen Blutsaugerin? Die Gruppe geht weiter, John, Natascha und Marina kommen näher an das Gemälde heran.
Natascha, die auch nach der Geburt ihrer Tochter wie ein unterernährter Teenager aussieht, mit ihren dunkelblonden kurzen Haarfransen und abgebissenen Nägeln, mit anämisch eingefallenen Wangen, sagt: »Das ist das Porträt meiner Seele.« John schaut sie an, nickt und sagt, die beiden seien einander in der Tat ähnlich. Wenn man dieser Frau das Feingebäck und die Früchte, die sie gerade isst, auf Dauer wegnehmen und sie dazu noch erschrecken würde, so dass der Schreck sie in ihren Alpträumen verfolgt, oder sie, noch besser, für eine Weile ins Straflager schicken würde, dann wäre sie zu einer Frau geworden, die als Nataschas Schwester durchginge. »Ja eben! Das habe ich gemeint«, sagte Natascha. Das Bild beunruhigte und beschäftigte sie:

»Ich dachte, nur wir, die Russen, trinken Tee aus der Untertasse. Aber wir haben das von den Asiaten mit ihren winzigen Tee-Schälchen, den ›Pialas‹. Die Wärme bleibt in der Tasse erhalten, in der Untertasse hat man angenehme Trinktemperatur. Aber John hat mir erzählt, dass das auch Engländer tun, oder taten, auf jeden Fall gilt das auch bei ihnen als vulgär: ›There is also the mysterious social etiquette surrounding the teapot (why is it considered vulgar to drink out of your saucer, for instance?)‹, fragte John Orwell, hat mir John gesagt.« Natascha übersetzte das für Marina, weil sie nicht sicher war, wie gut Marina Englisch konnte: »Es gibt auch die mysteriöse gesellschaftliche Etikette, welche die Teekanne umgibt (warum gilt es zum Beispiel als vulgär, aus seiner Untertasse zu trinken?)«
Marina war etwas eifersüchtig, dass John Natascha dieselben Geschichten erzählt hatte wie ihr seinerzeit, und sagte: »Wo hast du das gesehen? Ich meine, wer macht das heute noch?«
»Tante Mascha, Onkel, alle Meinigen; John hat mir deshalb davon erzählt, weil er merkte, dass ich mich ihretwegen schäme, auch wegen der Untertasse. Aber das hilft nicht. Und ich schäme mich natürlich, dass ich mich wegen meiner Verwandten schäme, da ist nichts zu machen«, sagte Natascha mit ihrer neuen Offenheit, die Marina seit Tagen beunruhigte und beschäftigte und die sie eher der egozentrischen Gleichgültigkeit gegenüber dem Gesprächspartner als dem Vertrauen zuschrieb.
Marina sah auf ihre Uhr: »Noch ein bisschen und wir kommen zu spät.«

♦

Als sie kamen, war der Saal (der sich in einem Dachboden befand) schon voll. Früher, zu Zeiten der Sowjetunion, als John und Fjodor jung, Marina sehr jung und Natascha ein glückliches Kind ihrer noch lebenden Eltern war, hatten hier die halboffiziellen Lesungen stattgefunden, an denen Fjodor als Dichter und Marina und John als Publikum teilgenommen hatten. Heute war der Dachboden (und das Haus darunter) im Besitz einer dieser Stiftungen, die, nach Pawels Worten, sich aus den vereinzelten Trümmern der gewesenen Diktaturen (allen, die Russland erlitten hatte, nicht nur der letzten) eine fantasielose Fantasiewelt bauten, eine Mischung aus offizieller Feierlichkeit, neukapitalistischer Angeberei und kirchlicher Bigotterie, eine rotierende Unendlichkeit, die (*hoffentlich*, sagte Pawel) wenig mit dem wirklichen, sich ändernden und also endlichen Leben zu tun hatte. Aber auch mit den Verdiensten des einstigen Undergrounds wollte sich die Stiftung schmücken, deshalb finanzierte sie diesen Gedenkabend. Die Stiftungsvorsitzende begrüßte sie, insbesondere Marina, mit begeisterter Herzlichkeit. Seit Marina in einem Europäischen Kulturfonds angestellt war und Entscheidungen über gemeinsame Kulturprojekte mittreffen konnte, waren solche Damen wie die Stiftungsvorsitzende besonders verbindlich und herzlich ihr gegenüber: »Nehmen Sie bitte Platz in der ersten Reihe, Frau Bach! Sie, Frau Stern, natürlich auch, und Sie, Mister Perlman, gehen Sie bitte auf die Bühne, wir beginnen mit den Berichten der Übersetzer.« Marina und Natascha nahmen ihre Plätze neben Pawel und Tonja ein. Die Stiftungsvorsitzende betrat die Bühne und sagte:

»Wie schön, dass wir auch nach einem Jahr unseren Dichter nicht vergessen haben!«, und wartete auf Applaus, der auch folgte.

Fjodors französische Übersetzerin erzählte, sie habe während seiner Lesereise in Frankreich einen Kurzfilm mit ihm gedreht, den sie jetzt zeigen werde.

Die Stiftungsvorsitzende seufzte fröhlich: »Oh, wie schön! Besonders schön ist es, dass wir das heute machen!«

»Was meint sie«, flüsterte Pawel, »heute ist Fjodors Todestag, wann sonst sollten wir das machen?«

Die Stiftungsvorsitzende setzte fort: »Besonders heute ist das hocherfreulich, denn heute ist der Namenstag des Schutzpatrons aller Dichter und Sänger, des heiligen Märtyrers … äh …« Sie wusste nicht weiter. Sie hatte angefangen, ohne zu wissen, worauf sie hinaus wollte, in der Hoffnung, ihr würde schon etwas einfallen. Schon vor Beginn der Veranstaltung dachte sie, dass sie etwas Erbauliches und Russisch-Orthodoxes sagen müsste, weil die Stiftung durch einen stark gläubigen Oligarchen finanziert wurde. Sie stockte für eine Sekunde und fuhr fort: »… des heiligen Märtyrers, den wir alle kennen und lieben!«
»Ach ja«, flüsterte Pawel.
John nahm sein Notizbuch und notierte das Datum mit dem Vermerk: »Der heilige … wer? Gibt es einen solchen, mit diesem Namenstag und Schutzpatron der Dichter? Merken für Toms Semesterarbeit über die Wiedergeburt der Bigotterie im postsowjetischen Russland.«
Marina fühlte sich plötzlich wie ein Wilder, der nie zuvor einen Film gesehen hat: offensichtlich war Fjodor anwesend. Die Kamera erfasste ihn von hinten, wie sich seine lange Figur in hellgrüner Leinenjacke entfernte, zwischen Gräsern und Stauden, denen der Mittelmeersommer bereits alle Farben weggeschrubbt hatte, mit den schwerelosen provenzalischen Bergen im Hintergrund. Plötzlich drehte er sich um und sagte: »Was soll ich sagen? Ein Gedicht? Welches denn?«, und lächelte, unerwartet unsicher. Er war da. Er war hier. Zugleich wusste Marina, dass er nirgends mehr war, nirgendwo sein konnte. Dass es ihn nicht gab. Und nie mehr geben wird. Marina schüttelte ihren Kopf, wie ein von der Hitze ermüdetes Pony, das auf diese Weise versucht, die Bremsen von seiner Nase aufzuscheuchen. Seit Fjodors Tod machte sie ab und zu diese Gebärde und konnte diese neue Angewohnheit nicht loswerden.
Die Stiftungsvorsitzende sah auf die Uhr und verabschiedete

sich (sie beugte sich im Vorbeigehen zu Marina und flüsterte: »Grüßen Sie bitte Frau Elegien von mir«). Die noch auf der Erde anwesenden Dichter begannen Fjodors unveröffentlichte Texte zu lesen.

Der eine las:

»Wozu man uns braucht? Wozu wir gut sind? Nachdem ein Gedanke entsteht, sucht er nach den Wörtern, um verkörpert zu werden. Sie ihrerseits kommen dienstbereit herbei, und da lauert die Gefahr, dass der Gedanke in einen falschen Körper hineinspringt. Die fertigen Sätze sind jederzeit bereit, einen frischen Gedanken zu verschlingen. Und eben darin besteht die Arbeit eines Dichters, die verbrauchten Schemen aufzuscheuchen. Sonst würden wir Gedanken denken, die nicht unsere sind; uns Gesetzen unterwerfen, die nicht unsere sind; Gefühle empfinden, die nicht unsere sind.«

Der andere las:

»Warum fing ich an, Prosa zu schreiben? Sie klopfen an mein Bewusstsein, wie Wanderer an die Tür eines Einsiedlers klopfen. Zum Beispiel eine Alte, die jede Nacht von einem Traum geweckt wird, in dem sie mit ihrem im Krieg gefallenen Bräutigam tanzt. Der Tanz kommt undeutlich vor, und ohne ihn zu identifizieren, kann ich nicht einmal sagen, in welchem Krieg er gefallen ist. Der Verlobte meiner Großtante wurde von einem deutschen Scharfschützen getötet, als er das Königsberger Schloss besichtigen wollte, schrieb in einem langen Brief sein Regimentskamerad, der dabei war, aber lebend davon kam. Man nannte diese einzelnen Scharfschützen in bereits eroberten Städten *Werwölfe*.«

»An welche Tür klopft sie jetzt, diese Frau mit ihrem Bräutigamtraum, jetzt, wo Fjodor keine Träume mehr hat«, flüsterte Pawel.

Der dritte las:
»Alles wird berechnet: Romane, Filme, Bilder, alles verpackt und dem Publikum, dessen Vorlieben erforscht werden, angeboten. Ein von allen Seiten – nicht nur von der Werbung und der Politik – manipulierter Mensch liest, schaut, hört die Produktion, die genauso gut von Robotern erstellt sein könnte wie von Autoren, Musikern oder Künstlern. Wenn dieser von allen Seiten manipulierte Mensch zufällig ein Künstler, ein Dichter ist, dann erstellt er die Werke, die genauso gut ein Roboter schaffen könnte. Ein guter Roman muss heute eine mühsame Lektüre sein, unberechnet, vom Geschmack des Publikums nichts wissend. Das war nicht immer so. Aber vieles war früher nicht so. Ein genialer Schachspieler heute muss ein Verlierer sein. Nicht die Züge und Kombinationen durchrechnen, die genauso gut von einem Rechner berechnet werden können, sondern seinen Gegner gewinnen lassen, aber ihn dabei mit Wagemut und scheinbarem Unsinn der Kombinationen irritieren, ihm eine Vorstellung von der unbegreifbaren Welt geben, die Grenzen des (Un)Denkbaren und des zu Denkenden weiter hinausschieben.«

7.

Eigentlich ein Wald. Marina wurde als Kind von Erwachsenen hierher mitgenommen, die sagten: »Heute gehen wir Tante Marusja besuchen«, oder nein, sie sagten, »Wir gehen die Unseren besuchen, dann auch zu Tante Marusja und noch zu den Matwejews.« Die »Unseren« waren alle an einem Ort, im selben Grab: Auf diesem alten Friedhof wurden keine neuen

Grabstellen mehr vergeben, nur Graburnen durften beigesetzt werden. Sie war bereit, die Feierlichkeit der Trauer mit dem ganzen Ernst eines Kindes zu würdigen. Die Erwachsenen aber grenzten sie von der vermeintlichen Trauerfeierlichkeit ab. Sie durfte Wasser holen und Blumen gießen. Sie durfte zwischen den von der Sonne eingeschalteten Lichtsäulen der Bäume herumlaufen. Es war derselbe Friedhof, der andere Teil. *Ich gehe heute nicht zu den Meinen, was soll der arme John damit. Nein, ich habe noch Zeit, nächste Woche vielleicht, ich gehe sowieso lieber mit meiner Mutter zusammen*, dachte Marina.
In diesem Teil besichtigte man die Gedenksteine verdienter Künstler oder Wissenschaftler, über die Begräbnisse hier wurde auf Stadtregierungsebene entschieden. Fjodor, ein inzwischen weltbekannter Dichter, war in seiner Heimat als Sprössling der inoffiziellen, nicht staatlichen Kultur auch jetzt nicht renommiert genug. Aber seine Eltern (dafür sorgte seinerzeit der Leiter des Orchesters, in dem sie spielten) waren hier begraben, neben dem Grab seiner Großeltern (der Großvater war ein angesehener Professor). Deshalb durfte Fjodors Graburne hier beigesetzt werden. Das war der unerwartet ehrgeizige Wille von Natascha. Alles wurde überragt von prächtigen Grabmalen aus dem letzten Jahrzehnt des 20. Jahrhunderts. Die Großkriminellen jener wilden Zeit waren die ersten, die sich aus den Trümmern der gewesenen Diktaturen eine fantasielose Fantasiewelt bauen ließen. Die alten Gräber wurden gerodet, um Platz zu machen für die gefallenen Wegbereiter der neuen Ordnung, der Bedarf war groß, mit Geld und Waffen ging alles. Jetzt standen sie da: bronzene muskulöse Schönlinge und marmorne Engel mit den Gesichtszügen der damaligen Popsängerinnen.

Marina und John standen vor dem schwarzen Stein mit der goldenen Lyra und einem Lorbeerkranz darüber und mit den

Namen von Fjodors Eltern. Später würde Fjodors Name dazu graviert (geplant war es zum Jahrestag, aber die Friedhofshandwerker sagten, es wäre erst in zwei Wochen möglich), bis dahin steckte ein Blattholzschild in der Erde und neben ihm ein verglastes Foto von Fjodor. Als Marina das sah, begann sie zu weinen und fast mit Lustgefühl in eine Hoffnungslosigkeit zu versinken. John sah, dass es ihr so ging, wie es ihm vor kurzem ergangen war. Als ihn Natascha zum ersten Mal hierher geführt hatte. Obwohl er keine Tränen weinte. Nicht, dass er sich geschämt hätte zu weinen. Seine Tränen waren in den Boden der Schamanenhütte versickert, als er nach dem Telefonat mit Natascha einen Schamanenkrautsud bekommen hatte und in eine Nacht voller Visionen gefallen war, von denen er lieber nichts mehr wissen wollte, die er aber nicht vergessen wird.

Er setzte sich auf eine kleine lehnenlose Holzbank neben dem Grabstein, die von Natascha vor kurzem blau gestrichen worden war. Er holte aus seinem Rucksack eine Flasche Wodka in einer Kühlmanschette und zwei Pappbecher, stellte sie auf die Bank und wartete, bis Marina sich beruhigte. *Die Russen trinken zum Gedenken an ihre Toten Wodka. Und eben nur Wodka. Wein darf es nicht sein. Auch Whisky nicht. Eine Art Aberglaube*, dachte John, *das wäre ein Semesterarbeitsthema für Beth.* Der Wodka, den John über Nacht im Gefrierfach aufbewahrt hatte, war noch kalt. Marina trank und meinte, keine Wirkung zu spüren. Aber die Wirkung kam als Wunsch, sich über das dumme Grinsen des Seins zu beklagen. *John*, wollte sie sagen, *ist das Leben es überhaupt wert, gelebt zu werden*? Sie sagte es aber nicht, schüttelte nur etwas abwesend den Kopf: ein erfolgloser Versuch, die unsichtbaren Bremsen abzutun.

John fiel nichts ein, was er hätte sagen können, um Marina auf die Nachricht vorzubereiten, die er loswerden musste. Natascha wollte, dass *er* das erledigte.

Marina wollte John fragen, ob er damals ein Verhältnis mit

Fjodor hatte (als sie alle jung waren; damals hatten das alle im Freundeskreis aus einem eher unklaren Grund angenommen). Aber wie fragt man das? Und ist es noch von Bedeutung, nach so vielen Jahren? Und wenn es Fjodor sowieso nicht mehr gibt. Sie sagte:

»Es ist ein Jammer. Ich habe Natascha kaum gekannt. Ich kenne sie im Grunde gar nicht. Ich dachte, ich hätte keine Schuldgefühle Fjodor gegenüber, die man angesichts des Todes immer hat, ich dachte, alles wäre perfekt sauber zwischen uns gewesen. Aber Natascha, ich hätte freundlicher zu ihr sein sollen.«

Jetzt, dachte John:

»Marina, ich heirate sie. Und wir ziehen zu mir.«

Ein sanfter Stoß, etwas zwischen Eifersucht und Neugier, half Marina endgültig aus ihrer hysterischen Starre. Sie spürte wieder einen Hauch von Lebenslust.

»Sag mal, und ihre Sekte?«, sagte sie.

»You are joking«, sagte John. »Es gibt keine Sekten. Du und Pawel haben viel dazu gedichtet, zu all dem, was sie über sich erzählt hatte.«

John würde gerne von Nataschas Lächeln erzählen. Ein kurzes Lächeln, das erscheint, wenn sie einen Scherz oder einen Gedanken ihrer Aufmerksamkeit wert findet. Ihre Augen werden dadurch heller und ihr Gesicht älter und selbstbewusster. Nachdem sie scheinbar teilnahmslos zugehört hat – plötzlich dieses schnelle Quittieren des Scharfsinns ihres Gesprächspartners, das den Gesprächspartner wach hält und ihn sich selbst so klug und geistreich sehen lässt wie seit langem nicht mehr. Aber kann man davon erzählen? Oder von einer Narbe oberhalb ihres linken Schulterblattes? Er sagte:

»Wir warten noch ein Jahr. Sie meint, Puschkin hatte seiner Frau gesagt, sie solle zwei Jahre warten, danach durfte sie wieder heiraten. Als wäre das nun die Faustregel für alle.«

Marina wollte natürlich fragen, ob er sich tatsächlich ein gemeinsames Leben mit Natascha vorstellen konnte. Kann er wohl, dachte sie.

»Und Fjodors Wohnung?«

»Sie wollte dort ein Museum für die inoffizielle Dichtung gründen, sie hoffte, jemand würde sie unterstützen, die Stadt, irgendeine Stiftung, ich weiß nicht. Aber du weißt ja, wie es ist, wen sie unterstützen. Dieselben Arschlöcher wie damals. Oder noch schlimmer.«

Marina wollte protestieren, weil sie diese Behauptung, dass heute alles noch schlimmer wäre als bei den Kommunisten, vulgär und zynisch fand. Aber John korrigierte sich selbst:

»Sorry, ich weiß, was du dazu sagen willst, du hast natürlich recht, ich lese zu viel Zeitungen. Und Natascha hat zu viele Verwandte. Sie sind jetzt alle da. Oder noch nicht alle, ich habe die Übersicht verloren. Sie leidet, wenn sie da sind, das kann ich auch gut verstehen, du wirst sie ja sehen. Und wirst es dann auch verstehen. Aber sie kann sie nicht wegschicken. Sie haben es sich da recht bequem gemacht. Ich meine, sie sollte die Wohnung lieber verkaufen, weil sie die Ihrigen sonst nicht rauskriegt. Aber sie will sie gar nicht rauskriegen. Na ja. Ich versuche diese kleine Einzimmerwohnung, die ich jetzt miete, für sie zu kaufen, damit wir eine Bleibe hier haben.«

»Und was sagen deine Eltern dazu, dass sie nicht jüdisch ist?«

»Sie werden sich freuen, dass ich überhaupt heirate. Glaube ich. Ja. Ich denke so. Sie haben schon jede Hoffnung verloren. Und Mascha, die Kleine, ist so hübsch, sie werden sie lieben. Außerdem ist es egal, was sie sagen. Ich bin bald fünfzig!«

Aus Johns Augen sah sie ein schüchtern rebellierender Junge an. Sie kannte seine Eltern, zwei harmlose Rentner, deren schwerste Waffe verstohlene melancholische Blicke und Seufzer waren (sie wusste nicht, dass ihm seine Mutter einmal einen roten Spielzeugdampfer wegnehmen wollte). *Wir sind*

die infantilste Menschheit aller Zeiten, dachte sie und sagte: »Fjodor und ich waren einmal zusammen hier, wir haben zuerst die Meinen und dann die Seinen besucht. Am Grab der Seinen sagte er: ›Ok, ihr wart mir schlechte Eltern, ich war euch ein schlechter Sohn.‹«
John hatte auch etwas zum Thema »Fjodor und seine Eltern« beizutragen: »Natascha hat mir erzählt, dass Fjodor, als Mascha geboren wurde, sagte, er hätte sich immer gewünscht, seine Eltern, die eigentlich gar nicht zueinander passten, hätten sich nie getroffen. Die Tatsache, dass es ihn in diesem Fall gar nicht gegeben hätte, nähme er in Kauf. Das wäre ihm recht. Sehr sogar. Aber als er die neugeborene Mascha sah, wusste er sofort, dass dies nicht mehr galt.« Marina nickte:
»Einmal war Andreas in Petersburg, und wir waren zusammen bei Fjodor. Er lebte damals wieder bei seinen Eltern. Ein Zimmer zu mieten und in einer Gemeinschaftswohnung zu leben, war ihm auf Dauer zu anstrengend. Es lief schon etwas schief zwischen Andreas und Sabine, wir hier wussten aber nichts davon. Und ich hätte nie gedacht, dass ich wieder mal … na ja, egal. Fjodors Mutter aber, ich weiß heute noch nicht, was sie geahnt hat und warum, sagte mir (diskret, fast flüsternd, als ich ihr in der Küche half), ich müsse entschieden handeln, und sie erzählte, wie sie einmal dem Gejammer von Fjodors Vater, er hätte Sehnsucht nach seinen Kindern aus der ersten Ehe, Einhalt geboten hatte: Er solle gehen, sofort die Koffer packen und gehen. Und dass er seitdem nie wieder gewagt hatte zu jammern. Verstehst du, sie wollte mir helfen, mir aus ihrer Erfahrung einen Rat geben. Stell dir das vor!«
Die eben noch klare Luft begann sich zu kräuseln.
»Und einmal war ich bei ihm, ich weiß nicht, was da los gewesen war, bevor ich kam. Seine Mutter saß am Küchentisch, weinte leise und sagte immer wieder: ›Gut, ich werde nun davon ausgehen, dass ich keinen Sohn habe. Gut, ich werde da-

mit leben müssen, dass ich keinen Sohn habe.‹ Ich weiß nicht, Fjodor heiratete erst nach dem Tod seiner Eltern. Er war immer allein. Als wären sie ein Hindernis gewesen.«

So saßen sie am Grab, auf der blau gestrichenen kleinen Bank, und lästerten über die, deren menschliche Überreste unter dem schwarzen polierten Stein aufbewahrt waren. Gleich da, in einem dieser Nebenräume, die überall sind und voneinander nichts ahnen, die von uns und von einander durch undurchdringliche Raumteiler getrennt sind, saßen in einer blau gestrichenen Gartenlaube drei Gestalten: Fjodor und seine Eltern. Sie tranken Tee aus den Untertassen und lachten, besonders laut, wenn John und Marina besonders peinliche Einzelheiten aus ihrem irdischen Leben erzählten. Obwohl sie John und Marina weder sehen noch hören konnten. Nur über Fjodors Gesicht legte sich ab und zu ein feines Schattennetz, wenn John oder Marina seine Tochter Mascha erwähnten.

♦

Die Flasche war leer. John war wach und nüchtern, was zu seinen antrainierten Fähigkeiten zählte: Er blieb nüchtern sogar dann, wenn er gerne betrunken gewesen wäre. Marina kämpfte sich tapfer durch chaotischer und energischer werdende Gedanken zu ihrem Gesprächspartner durch:
»Sag mal, was hast du damals mit diesem Major gemacht? Weißt du noch, wen ich meine? Nein, sag es nicht. Ich will es nicht wissen. Hast du ihn beraubt? Aber nicht ermordet?«
»Wie kommst du darauf?!« John war aufrichtig empört, die Vorstellung, er hätte den armen Teufel umgebracht, war so überraschend, dass er lachte.
Er wechselte ›beiläufig‹ das Thema und sprach davon, wie er, Fjodor, Marina und Andreas am Ende der Sowjetunion, als die damalige Weltordnung aus den Fugen war, eine Autostopp-

Reise nach Mittelasien unternommen hatten. Es war eine dreiste Verletzung der Gesetze des zerfallenden Staates und ging weit über die erlaubte Bewegungsfreiheit der Ausländer hinaus.

»Heute würde ich das nicht wagen, und nicht, weil ich alt geworden bin. Alles, was damals im Wandel war, ist wieder erstarrt.«

»Nicht nur bei uns. Bei euch in Amerika würdest du so eine Reise auch nicht mehr wagen. Ich meine, mit dem Schlafsack durch das Land zu streunen.«

»In Deutschland?«

»Vielleicht. Ich glaube, das ist auch dort nicht erlaubt. Aber wohin willst du in Deutschland so großartig wandern? Schwarzwald? Machen wir im nächsten Sommer? Mit Andreas und Natascha? Die Erde ist wie ein Körper, der von einer Krankheit befallen ist. Ein Teil wird geheilt, dann ist der nächste Teil dran. Ich weiß nicht, wer eher dran sein wird. Vielleicht ihr. Vielleicht wieder wir.

Weißt du, was mir in Berlin passiert ist? Ich habe mich beschwert wegen eines Pipimädchens bei der Sicherheitskontrolle, die frech und grob war und mir mit ihrem Suchding wehgetan hat, sie war einfach dreist, nein wirklich, sag bitte nicht, dass das blöd war, sich zu beschweren, das weiß ich. Ein Polizist hat aus einem Dienstzimmer eine weitere Frau geholt. Die lächelte selbstgefällig und rief die Göre. Die kam mit ihrer Vorgesetzten. Die zwei älteren beteuerten mir, dass das, was ich erzählte, überhaupt nicht wahr sein könne. Undsoweiter. Egal. Was ich erzählen will:

Die Vorgesetzte der Göre sagte zu mir: ›Würden Sie sich in Russland in so einer Situation beschweren? Ja? Das glaube ich nicht. Würden Sie sich in den USA beschweren? Das glaube ich noch weniger. Nur wir, die dummen Deutschen, sind so nett und lieb, dass niemand vor uns Angst hat!‹ Ich war ent-

rüstet. Aber wenn ich in Ruhe darüber nachdenke: Sie hatte recht. Das ist absurd. Ich meine, nach allem, was im vorigen Jahrhundert geschah, ist das völlig absurd. Keine Ahnung. Sie hatte recht. Und dann im Flugzeug war meine Sitznachbarin eine Deutsche, eine ältere Dame, die mir von ihrem dreizehnjährigen Enkel erzählte, der in Israel einen Mann getroffen hatte (in einer Ausstellung, glaube ich, egal), der als einziger in der Familie nicht vergast wurde. Er hat ein Jahr lang im Wald überlebt. Allein. Ein kleines Kind. Mit Hilfe der Kenntnisse aus den Indianerbüchern, die seine Mutter (die vergast wurde) ihm vor dem Krieg vorgelesen hatte. Als der Mann erfuhr, dass der Enkel ein Deutscher war, weigerte er sich, mit ihm zu sprechen. ›Ich hoffe, mein Enkel wird das verstehen, wir Deutsche haben so viel Leid verursacht‹, sagte sie freundlich. Und ich sagte, das Wissen sollte weitergegeben werden, aber Ressentiment ist sinnlos, das Kind hat nichts damit zu tun. Aber weißt du, ich sollte das nicht sagen. Irgendetwas daran ist falsch. Wüsste ich nur was.
Keine Ahnung. Hier in Russland fragt man mich immer noch, wie die Deutschen damit leben. Die Wahrheit ist: Sie leben nicht damit.«
John war froh, dass sie nicht mehr über den Major sprachen, und hoffte, dass die nüchterne Marina morgen nichts mehr darüber wissen wollen würde.
»Du solltest das nicht sagen, das ist völlig klar«, sagte er. »Wir können nicht im Namen der Opfer, die nicht wir sind, verzeihen.«
»Und der Major?«, fragte Marina.
Fjodor lachte in seiner Gartenlaube.

8.

»At great heights, alcohol has quite a different, namely a much stronger effect, please be careful«, die Stimme der deutschen Flugbegleiterin wurde von einem russischen Fluggast unterbrochen:
»Was sagt sie? Die Deutschen, die geizen mit den Getränken, was?«
Eine andere Frauenstimme, die den Satz ins Russische dolmetschte: »Alkohol hat in der Höhe eine ganz andere, nämlich viel stärkere Wirkung, seien Sie bitte vorsichtig.«
»Was meint sie, werde ich tun, wenn ich weiter trinke? Hat sie Schiss?« Während hinter dem Vorhang zwei Frauen, die Flugbegleiterin und die Dolmetscherin, nach einer friedlichen Lösung suchten, freute sich Andreas, dass er nicht Business Class flog und die bürgerliche Ruhe der Economy genoss.
»No, the wine is good and expensive, but the wine tastes different at high altitudes. Tomato juice tastes best while flying at high altitudes«, sagte die Flugbegleiterin hinter dem Vorhang.
«Was sagt sie? Die Deutschen, die geizen wieder mit den Getränken?«
Dann wieder die schülerhafte Stimme der Dolmetscherin: »Sie sagt, der Wein sei gut und edel, aber die Weine schmecken in der Höhe anders. Am besten schmeckt übrigens in der Höhe Tomatensaft.«
»Spinnt sie? Ich? Ich soll Tomatensaft trinken?«
Wer gibt mir die uniformierten Göttinnen meiner Kindheit zurück, dachte Andreas, als er die hübsche, aber entzauberte Flugbegleiterin sah. Er fragte sich, welche Frau er sich gewünscht hätte, gleich jetzt, im Flugzeug, hätte er freie Wahl aus allen Frauen der Welt gehabt. Doch kein Frauenbild, das er sich vorzustellen versuchte, konnte die Schicht aus Mattheit

und Trägheit durchdringen, welche vom Mangel an Schlaf, von seinen Ängsten und diversen Dummheiten, die sich als Gedanken ausgaben, verursacht und vom Wein in großer Höhe verstärkt wurden. Er dachte an die Stewardess. An eine Reihe von Schönheiten aus dem Magazin, in dem seine Sitznachbarin blätterte. Er dachte »Laura« und vermisste sie nicht trotz des Wortes »Laura«, das er dachte.
Wieder Stimmen aus der Business Class:
»Most sins are granted remission of, anyway, so don't worry. At the Last Judgement, everything will get mixed up anyway.«*
»Was sagt sie? Womit sparen die Deutschen nun wieder?«
»Sie sagt: Bitte schön, mein Herr, wenn wir gelandet sein werden, können Sie sich gerne beschweren.«

♦

Die Reihe von imaginären Schönheiten begleitete ihn zur Gepäckausgabe. Er hatte zwei Trolley-Koffer, einen aus zerkratztem Plastik und einen anderen aus dunkelgrünem Stoff, mit vielen Außentaschen: ein Sprossenfenster mit zugeklappten Läden an jedem kleinen Flügel. Die Stewardessen, die Schauspielerinnen aus dem Magazin seiner Sitznachbarin und Laura gingen mit ihm durch Zoll- und Passkontrolle. Als er Marina sah, dachte er, »ja, natürlich.« Er fragte sich, ob es nicht merkwürdig war, dass sie eine stärkere Wirkung auf seine Gefühle hatte als alle, wenn auch imaginären, Schönheiten der Welt, die jünger und höchstwahrscheinlich empfindsamer und nicht so rastlos waren (kaum etwas war für ihn unpassender als Marinas stete Unruhe). Er wurde plötzlich wach und sogar fast entspannt und sagte:
»Ein endloser Mensch.«

* »Die meisten Sünden werden sowieso erlassen, machen Sie sich keine Sorgen. Vor dem Jüngsten Gericht kommt ohnehin alles durcheinander.«

»Wer?«, fragte Marina.
»Nein«, sagte Andreas, »niemand. Ein Mensch ist überhaupt endlos.«
»Meinst du ›unsterblich‹«, fragte Marina.
»Nein, ich meine ›endlos‹. Nach außen, soweit die Vorstellung reicht. Und nach innen, soweit die Vorstellung reicht. Stell dir vor, wie furchterregend das ist. Eine formlose Unendlichkeit. Begrenzt für kurze Zeit von Körper. Es gibt Völker, die dieser natürlichen Formlosigkeit näher sind als die anderen. Nehmen wir zum Beispiel die Russen.«
»Äh, warte, wir haben etwas stehen lassen, das ist auch der deine«, sagte Marina und zeigte auf Andreas' kleineren Koffer.
Andreas freute sich, dass er Marina wieder etwas Nützliches für ihr Deutsch beibringen konnte: »Deiner! Das soll ›deiner‹ heißen, nicht ›der deine‹.«
Marina lachte und erinnerte Andreas an eine Stelle aus einem anderthalb Jahrhunderte alten russischen Roman, in dem eine Petersburger Deutsche sich für die kleinen Fehler in ihrem Russisch entschuldigt: »Meine Seele ist ganz russisch, aber die russische Sprache ist so schwierig!«
Andreas schwieg und dachte, Marina will damit sagen, sein Russisch sei auch nicht fehlerfrei.

♦

SCHNEEMENSCH

1.

»Das ist deins«, sagte Natascha. Das hörte John ohnehin.
»Ja, nein, oh nein, shit, gut, klar«, sagte John.
»Folgendes, Mister Green«, sagte der Colonel: »Im Jahr 1988 hatten Sie eine Erfahrung mit dem auf den Hochebenen im Südosten der ehemaligen Sowjetunion eventuell verbreiteten Bigfoot. Die russischen Nachrichten berichten von einem im Nordkaukasus gefangen genommenen Schneemenschen. Da Sie sich mit dem Thema auskennen und sowieso fast da sind (was denkt er sich, wo der Nordkaukasus ist?), bitten wir Sie, morgen früh dorthin zu fliegen. Die Bahn- und Flugtickets und weitere Instruktionen und Papiere bekommen Sie im Konsulat. Ja, übrigens, Ihr sogenanntes ›Sabbatical‹ wird nicht verlängert. Sie werden so in drei Wochen an Ihrem Arbeitsplatz erwartet.«

2.

John stieg aus dem Flugzeug aus. Der trockene Wind roch nach erhitztem Staub. Die meisten Fluggäste gingen zu Fuß zum gläsernen Flughafen-Kubus. Einige wenige (Journalisten) wurden in einem Mikrobus mit der Inschrift VIP zu einem

kleineren Kubus aus verdunkeltem Glas befördert (die ganze Strecke betrug etwa hundert Meter). Im Bus war auch der Russe »Fabian«, den John bereits im Flugzeug bemerkt hatte. Sie grüßten sich. John fragte, ob »Fabian« damals schnell den richtigen Weg gefunden habe.
»Ja, habe ich, aber das ist schon fern und gar nicht mehr wahr. Urlaub ist kurz, Arbeit ist lang«, sagte er, und John freute sich, dass er nicht mit »macht frei« abschloss. Vielleicht ist er ja in der Tat Deutscher? Was war dann der russische Fluch aus dem im Milchnebel verrosteten Bus?
Im VIP-Kubus durften sie Instant Coffee trinken, Zeitungen kaufen und auf Pkws warten, die sie in die Stadt bringen sollten. »Fabian« sagte, er hieße Fabian Braun und arbeite für die Deutsche Presse Agentur. »John Green, CNN«, sagte John.

Durch die Frontscheibe konnte man ferne Berge sehen, wie sie im Himmel hingen und golden und blau leuchteten. Aber John beachtete sie nicht, er las die eben gekauften Zeitungen: Der Schneemensch sollte heute in der Frühe zu Untersuchungen nach Moskau abtransportiert werden. John wollte diese Nachricht dem Russen »Fabian« ins Englische übersetzen, um weiterhin nicht zu verraten, dass er ihn als Russen erkannt hatte. »Fabian« sagte: »Hab verstanden. Ich kann Russisch. Ich bin in Alma-Ata geboren und auf Theodor Fabian Reinhold getauft, bin Russlanddeutscher.« Diesmal war es John, dem ein schneller russischer Fluch entkam, worauf die zusammengewachsenen Augenbrauen des Fahrers aufflogen, wie Vögel über dem Meer, wie sie die Kinder malen.
Und für wen bist du im gestreiften Plaid gereist?, dachte John.

Auch der Ministerpräsident der Republik hatte zusammengewachsene Augenbrauen, deren auffliegende Geste zu der angespannten Situation nicht ganz passte. Er musste nun eine

Pressekonferenz geben, weil Enttäuschung und Empörung der einflussreichen Medienmagnaten zu groß waren, und erklären, alles sei bloß ein Scherz. Die Journalisten gaben nicht auf, stellten Fragen über die Verantwortung von Politik und Wissenschaft. Und natürlich wollten sie auch wissen, wie es in der Republik mit den Schneemenschenrechten aussehe. John wunderte sich, dass die westlichen und die russischen Journalisten die gleichen Fragen stellten. Nur die Vertreter der Nachbarrepubliken deuteten an, dass sich der Schneemensch aus ihren Territorien hierher verirrt habe und zurückgegeben werden müsse. Nach zwei Stunden gab der Ministerpräsident eine letzte und endgültige Version: Das ganze sei ein verzweifelter Versuch, Touristen in die Region zu locken. Er pries die Schönheit, den Reichtum und die Gastfreundlichkeit der Republik, lud alle Journalisten zu einer Informationsreise durch das Land ein und verließ die Bühne unter den zornigen Blitzen der Kameras. Journalisten notierten: »Ungeachtet der Proteste der Öffentlichkeit wurde der Schneemensch, nachdem er nach Moskau abtransportiert wurde, für nicht vorhanden erklärt.« Fabian flüsterte, dass sich der Präsident jetzt in einer heiklen Situation befinde: Die lokale Presse hätte die Nachricht zuerst verbreitet, und erst dann sei aus Moskau der Befehl zur Geheimhaltung gekommen.

Sie saßen an einem festlichen Tisch, der Reichtum und Gastfreundlichkeit der Republik zu beweisen hatte, und hörten Trinksprüche, die ein jeder, bevor er sein Glas austrank, der Reihe nach sagen sollte. Die Gastgeber sprachen über die Schönheit der hiesigen Natur und der hiesigen Frauen (die Frauen hatten ihre Runde in einem Nebenzimmer, ein paar (nicht mehr als drei) Journalistinnen versuchten zu protestieren, aber ihre Kolleginnen, die meinten, man müsse die Sitten der Eingeborenen berücksichtigen und achten, gewannen die demokratische Oberhand). Die Gäste bedankten sich für die Gastfreundschaft. Manche tranken auf die Gesundheit des Schneemenschen, verlangten nach Transparenz und äußerten die Hoffnung, dass der Öffentlichkeit die Möglichkeit gegeben werde, die Untersuchungen zu beobachten. »Warum trinken die Männer hier, wenn sie alle so religiös geworden sind, dass sie die Frauen wegsperren?«, flüsterte John dem in hiesigen Sitten kundigen Fabian, der sein Tischnachbar war, ins Ohr. »Vergiss es, nach Jahrzehnten des Kommunismus weiß sowieso niemand mehr, was all das soll, sie nehmen sich nur die Vorschriften, die ihnen passen«, flüsterte Fabian, der aber gleich an der Reihe war, einen verschnörkelten Trinkspruch zum Besten zu geben.

3.

Am Morgen erschienen alle Männer mit schwerem Kater im Frühstücksraum. Die Frauen waren gut ausgeschlafen, frisch, sie tranken Sekt unter den vorwurfsvollen Blicken der Kellnerinnen in Kopftüchern und verteilten die zu unterschreibenden Briefe zur Unterstützung des Schneemenschen.
John hatte ein bisschen Zeit zwischen Frühstück und Flug und ging in die Stadt. Enge Gassen liefen nach oben und nach unten, weiße Häuser bildeten Höfe, in denen Männer im Kreis hockten und sich unterhielten. Frauen in Kopftüchern gingen hin und her, mit Wassereimern oder mit Einkaufsbeuteln. Kinder mit Schultaschen schauten John frech an. Eine Gasse wurde immer steiler und menschenleerer. Sie führte nach oben und endete an einer Brüstung, hinter der die nach unten lau-

fende Stadt zu sehen war. Manche Häuser erwiesen sich als Türme, auf einigen Dächern standen Taubenschläge, Menschen waren nicht zu sehen, in der Ferne schwebten blau-goldene Berge. An der Brüstung unter einem Feigenbaum sah er einen alten Mann mit langen weißen Haaren, der im Schneidersitz auf einer grün-orange gestreiften Decke saß und (dem Geruch nach) einen Joint rauchte. Der Mann hob seinen Kopf und John erkannte Mischa Bison. Auch in dessen Augen funkelte Wiedererkennen. »Ich kenne dich, du bist Amerikaner«, sagte er und streckte seinen Joint John entgegen. John nahm ihn und hockte sich neben Mischa Bison.

Mischa Bison sagte: »... dann bemerkten die Götter, dass sie nicht alle Details ihrer Schöpfung durchdacht hatten. Zum Beispiel passten Tod und Krankheiten nicht einwandfrei ins ursprüngliche Muster. Auch Dürren, die zu Hungersnot führen, oder Erdbeben. Aber es war schon zu spät, als sie das bemerkten. Es war nicht mehr reparierbar. Sie spielten eine Weile mit dem Gedanken, mit einer Sintflut alles zu tilgen. Aber irgendwie war ihnen die Welt zu schade für den wallenden Schlund, manches war recht gut gelungen: Schmetterlinge, Wolken, blau-goldene Berge, manche Menschen. Aber eben die Menschen waren das Problem. Sie waren zu kritisch. Auch sie bemerkten, dass nicht alle Details der göttlichen Schöpfung durchdacht waren. Da fielen den Göttern Ablenkungsmanöver ein: Kriege. Revolutionen. Diktaturen. Verrat und niedere Triebe. Und damit gelang es ihnen vollkommen, die kritische Aufmerksamkeit der Menschen in eine andere Richtung zu lenken. Danach empfahlen sie sich.«

Was John wissen wollte, war: Woher hatte Bison diese Decke? Aber ehe er das fragen konnte, rollte Bison die Decke zusammen und ging so schnell nach unten, dass John sich fragen musste, ob es ihn tatsächlich gegeben hatte oder er nur das Spiel der golden sandigen Luft war.

♦

»Schluss«, dachte Moritz. »Genug, jetzt schicke ich ihn zurück. Soll er weiter in seinen Maisfeldern russische Poesie unterrichten.« Er schloss die Datei und checkte seine Emails. Marina schrieb: »hi, ich habe noch einmal angerufen, ich glaube, ich habe sie erschreckt, sie werden vielleicht das bka anrufen und sagen, die russische mafia sei hinter mörikes überresten her. ich habe eine andere telefonnummer bekommen, ich werde es trotzdem noch einmal mit dem tübinger stift versuchen. gruß, auch von deinem vater. m.«

Moritz antwortete: »hi, danke, versuch es bitte noch mal mit dem stift. kannst du bitte john perlman fragen, unter welchen bedingungen ich bei ihm slawistik studieren könnte? du hast mir erzählt, er könne studenten seiner wahl unter vergünstigten bedingungen aufnehmen, oder? gruß, natürlich auch an vater. m.«

♦

PETERSBURG 2

1.

Das ist, dachte sie, wegen dieser Stadt. Wegen dieser Gärten aus Marmor, Granit, Putz, Gusseisen, wegen des gusseisernen Himmels und des bleiernen Wassers, wegen dreier Arten von Licht: das eine fällt vom Himmel herab, das andere steigt vom Wasser hinauf, das dritte, das hellste, ist quellenlos, selbst wenn es regnet, selbst in der Nacht. So viel Leid trug sich hier in nur drei Jahrhunderten zu, wie die anderen Städte über die Jahrtausende verteilt bekommen. Dieses Leiden wurde zu dicht und änderte seine Eigenschaften, es wurde in Licht umgewandelt. Und dieses quellenlose Licht durchströmt die Menschen hier, sie werden alle etwas seltsam, ein bisschen wie nicht ganz bei Sinnen, sogar die einfachsten Menschen.

Sie gingen, ohne über den Weg nachzudenken, sie kannten den Weg. Und doch: Marina war nie ganz sicher, dass sie – wenn sie bis zur nächsten Ampel ginge und dann nach links schaute – tatsächlich das Haus sehen würde, das dort seit eh und je steht. Stehen sollte. Obwohl es sich regelmäßig herausstellte, dass alles eigentlich stimmte: Die Häuser waren da, die Laternen waren da, die Kanäle, die Plätze waren da und selbst die Menschen waren meistens da, wo man sie vermutete. Dennoch: Nicht einmal in der inneren Landschaft ihrer kleinen Wohnung war sie sicher. An keinem anderen Ort auf der Welt ging es ihr so. Sie hatte manchmal fast Zweifel, dass es diese Stadt tatsächlich gab. Sie hatte einen Verdacht, dass Petersburg in der Tat ein Theater war, das samt allen seinen

breiten Straßen und riesigen Entfernungen in einem Karton aufbewahrt wurde. Alles in mehrfacher Überschneidung, ineinander verschränkt und verloren. Auch die Menschen dieser Stadt waren da, in diesem Irrgarten im Karton. Vielleicht ist eine Heimatstadt ein Ort, aus dem man tatsächlich nie einen Ausweg findet. Und Petersburg insbesondere. Aus dem kannst du vielleicht sogar in einem anderen Leben nicht heraus.
Sie steckte ihre Hand in Andreas' Trenchcoattasche, aber es begann wieder zu regnen. Sie nahm ihre Hand heraus und sie öffneten ihre Regenschirme.

2.

Man musste den Schirm vor sich halten, um sich gegen die Kraft des schnellen schrägen Regens voranzukämpfen. Mit der Windrichtung zu gehen, wäre unmöglich, der Schirm würde zum Segel und der Passant zum Luftschiff, und wer weiß wohin er flöge. Die Häuser in diesem Teil Petersburgs waren sowieso immer regenfarben. Hier, auf der Wassiljewskij-Insel wohnten im 19. Jahrhundert so viele Petersburger Deutsche, dass Nikolaj Leskow seinen Roman über sie »Die Insulaner« nannte, und sofort war klar gewesen, wen er meinte.
Sie gingen über die Insel, in diesem Regen, dem einst der warme Brotgeruch der deutschen Bäckereien beigemischt war und heute die Abgase der Autos. Die Bäckereien hier waren damals meistens deutsch (einer der Bäcker erfand »Russischbrot«, das den Russen bis heute unbekannt geblieben ist).
»Die Insulaner« sind eine Familie, die der Autor mit allen deutschen Tugenden, mit deutscher Gemütlichkeit, mit deutscher Tüchtigkeit, mit deutscher Empfindsamkeit versehen

hatte, dem wohlwollenden Ton wurde nur ein bisschen Ironie beigemischt. Die bedingungslose Liebe des Autors gilt dem jüngsten Spross dieser Familie, dem Mädchen mit zuckendem Nervositätswürmchen oberhalb der Oberlippe, Manja Nork, die den anderen tugendhaften Bewohnerinnen deutscher Abstammung der Wassiljewskij-Insel gar nicht ähnlich war. Auch nicht tugendhaft: Manja Nork wurde das traurige Los zuteil, von einem modischen Künstler verführt und verlassen zu werden. Ihr fürsorglicher Schwager »rettet« sie: Er verheiratet sie nach Deutschland mit einem hässlichen gutherzigen Eigenbrötler, dessen Nachbarschaft auf die Idee kommt, er hätte seine Frau gekauft: »›Wo kann man sich eine Frau kaufen? Ich bitte Sie, wo in unserer Zeit in Europa kann man eine Frau auf dem Markt kaufen?‹ So sprachen die Skeptiker, aber da es sogar in Deutschland weniger Skeptiker als Naivlinge gibt, waren die Naivlinge lauter und man blieb dabei, ›doch, er hat sie gekauft!‹« Als in diesem deutschen Städtchen der von Schicksalsschlägen gebrochene Verführer erscheint, beginnt ein stilistischer Zweikampf zwischen Lermontow und E.T.A. Hoffmann, letzterer (der Hoffmann'sche Eigenbrötler) siegt gegen den Lermontow'schen romantischen Frevler, lässt Manja in die weite Welt ziehen und rät ihr mit freundschaftlichem Wohlwollen, sich eine andere Verankerung zu suchen als Liebe, Familie und Gemütlichkeit. Sie wird Schriftstellerin.

Fjodors Vorfahren waren im Unterschied zu Leskows »Insulanern« weder Handwerker noch Kaufleute, sie waren Professoren, Offiziere, Mediziner. Sie waren eigentlich seit langer Zeit Russen: nach ihrer Sprache, nach ihrer Kultur und nach ihrem aufrichtigen russischen Patriotismus, was die Verbannung (die als Evakuierung getarnt wurde) in die kasachische Steppe nicht verhindern konnte. Dieses Heft mit der Überschrift »Versuch über die kasachische Steppe« beeindruckte Andreas auf eine seltsame Weise und gab seinem Buch eine andere Richtung. Manche Stellen kannte er fast auswendig:

> Um von einer Wohnbaracke zu einer anderen zu kommen, durfte man das Seil nicht aus der Hand lassen, das an allen Bauten entlanggezogen und an speziellen Pfeilern befestigt war. Sonst wäre man vom eisigen Wind zu Boden geworfen und vom Sand zugeweht worden. Den Körper entdeckten in solchen Fällen die anderen irgendwann später, in der Pause zwischen diesem und dem nächsten Sandsturm. Oder zwischen dem nächsten und übernächsten. Und es war nichts zu sehen außer dem Sand-Wind.

Besonders bemerkenswert schienen Andreas die Beobachtungen über die deutschen Kriegsgefangenen:

> Als sie uns in eine andere Siedlung versetzten, mussten wir zuerst in eine Baracke, wo vor uns deutsche Kriegsgefangene gewohnt hatten. Dem gleichen Elend wie überall hatten sie ein wenig Häuslichkeit und Gemütlichkeit abgewinnen können: Sie hatten aus Fetzen irgendwelcher alten Kleidungsstücke Vorhänge für die Fenster genäht (Gott weiß, wo sie Nähzeug gefunden hatten). Um die Glühbirnen wurden Schirme aus Papier befestigt. Sogar kleine Bodenläufer aus Gras lagen vor den Betten. Wo sich alle nur Gedanken über das Überleben machten, dachten sie an Gemütlichkeit. Ich schreibe »sie«. Ich gehöre nicht dazu. Ich fand diese Gemütlichkeit rührend, wie man fremde Sitten rührend finden kann. Mich rührte, dass sie sich Lampenschirme gefaltet hatten, nachdem sie mein Land abgebrannt und sich selbst ins Elend gestürzt hatten. Ich glaube, dass ein

Mensch, wie ich es bin, diese Ordentlichkeit verachten würde, falls sie nicht von den Fremden, sondern von den Eigenen ausgeübt würde. Ich glaube sogar, sie haben in der Baracke die Schuhe ausgezogen und die Fetzen, die ihnen als Socken dienten, im brackigen Wasser gewaschen. Ich habe viele Jahre gebraucht, bis Maria Karlowna sich abgewöhnt hatte, unsere Gäste aufzufordern, die Schuhe auszuziehen. Das war eine ihrer kleinbürgerlichen Gewohnheiten, die meiner Mutter immer Anlass gaben, mich triumphierend anzuschauen, in dem Sinne, dass ich diese Tochter eines Bäckers gegen ihren Willen geheiratet hatte. Auch in der Verbannung versuchte Maria Karlowna, genau wie die deutschen Gefangenen, ein bisschen Häuslichkeit zu inszenieren. Als sie durch irgendein Tauschgeschäft in Besitz einer leeren Konservendose kam, pflückte sie dürftige Steppenblümchen für diese »Vase«. Ich bin Russe, ob ich will oder nicht. Sogar als mich die patriotischen Kriminellen als Deutschen verprügelt hatten, konnte ich nichts dafür, ich fühlte mich als Russe. Es ist kein Verdienst, Russe oder Deutscher zu sein. Ich bin aber Russe.

Das war eine schwierige Stelle. Andreas wusste nicht, wie ausführlich er diese Stelle kommentieren sollte. Musste man zum Beispiel erklären, dass das für die damalige Zeit ein außerordentlich gewagter Gedanke war, weil die Idee, dass Russe zu sein selbstverständlich das Beste ist, was einem passieren kann, zum allgemeinen Weltbild gehörte in diesem Universum, in dem Fjodors Großvater lebte? Oder würden seine deutschen Leser das aus ihrer eigenen Geschichte mit dem Deutschtum verstehen können? Werden sie? Bis zu welchem Jahrgang? Würde das Moritz unkommentiert verstehen? Oder Franziska? Man muss Marina fragen.

Ich werde jetzt aufhören. Ich kann das sowieso nicht beschreiben. Was sie waren, was *wir* waren. Unter welchen Umständen wir gelebt haben. Ein paar papierene Lampenschirme unterstrichen nur dieses Elend. Mein Gott, wo haben sie diese Fetzen Papier nur finden können?! Schmutz und Kälte und Hunger und Läuse. Man kann sich das seelische Leid viel besser empathisch vorstellen als das physische. Wenn mein Enkelkind, das jetzt vorm Fernseher über Pooh den Bären lacht, das je lesen wird, wird er das sowieso nicht begreifen können. Was am unbegreiflichsten ist, ist mein damaliger Wille zum Leben. Man durfte unter solchen Umständen nicht leben wollen. Und doch. Sogar kleine Freuden, ein extra Stück Brot, eine Decke, ein paar Stunden Wärme und Ruhe – und man war froh, tatsächlich, das war Freude, das Gefühl war echt, bei all dem Elend und all der Erniedrigung. Was treibt einen denkenden Menschen in menschenunwürdigen Umständen zum Überleben?

♦

Hier, auf der Wassiljewskij-Insel, wohnte Natascha in Fjodors riesiger Wohnung, die sie nun mit ihren Verwandten teilte, ähnlich wie es nach der bolschewistischen Revolution war: In einer großen Wohnung, die irgendwelchen »ehemaligen« »Aristokraten« und »Bourgeoisen« gehörte, wurden anderen Menschen Zimmer zugewiesen, bis der Familie der ursprünglichen Besitzer nur noch ein, maximal zwei Räume blieben. Küche und Bad musste man mit den anderen Wohnparteien teilen.
»Ist Natascha nicht Manja Nork ähnlich? Ein unruhiges Wesen, das immer irgendwas liest, ein neugieriges, naives Kind«, sagte Marina.
»Glaubst du. So naiv ist sie wieder nicht. Sie hat eine unglaubliche Beständigkeit«, sagte Andreas.

»Manja Nork auch«, sagte Marina.
»Wenn sie so weiter macht, wird sie eines Tages zur *Secretary of State* in Amerika.«
»Manja Nork hatte weniger Möglichkeiten, als Frau, damals«, sagte Marina.

Sie verließen die Insel über die Brücke und kamen am nicht mehr existierenden Studentenwohnheim für ausländische Studenten vorbei, in dem auch Andreas gewohnt hatte, als er in Leningrad studierte. In der geregelten und geschlossenen sowjetischen Welt waren westliche Ausländer eine seltsame, rätselhafte und seltene Erscheinung, jeder Student aus dem Westen war von einer überdurchschnittlichen Aufmerksamkeit umgeben (und übrigens, um ganz ehrlich zu sein, Andreas hatte damals, als Marina ein paar Anrufe von ihm unbeantwortet gelassen hatte, sich selbst davon überzeugt, sie habe sich von ihm trennen wollen, und trennte sich von ihr, weil ihm seine Freunde und seine Mutter immer wieder gesagt hatten, es gehe Marina nur darum, einen westlichen Ausländer zu heiraten und auszureisen). Er hätte jetzt gerne gewusst, was aus seinem Zimmernachbarn geworden war, einem Kosaken aus den südlichen Steppen, der, wie alle russischen Heimbewohner (wenigstens glaubten das die ausländischen Heimbewohner), die zusätzliche Aufgabe hatte, die Westler zu bespitzeln. Andreas hatte sogar gegoogelt, ihn aber nicht gefunden unter den unzähligen Sergej Petrenkos, die aus dem Netz heraussprangen und Milizionäre und Rockmusiker waren, Unternehmer und Taxifahrer, Heilpraktiker und solche, die im Netz nach der Liebe ihres Lebens suchten, oder nach Ersatzteilen für ihr altes Automobil.
So gingen sie und gingen durch den Regen und kamen irgendwohin, aber es war schon egal, wohin sie kamen, denn die Hauptsache für sie war, dass sie durch den Regen gingen und

sprachen, und schwiegen, und ihre voneinander abgeschlossenen Gedanken dachten. So werden sie es später in Erinnerung haben und sie werden weder wissen, ob und wohin sie gekommen waren, noch wie lange (wenn überhaupt) sie dort gewesen sind und was (wenn überhaupt) sie dort gemacht haben.

3.

Viele Pfade führen in den Schlaf, nur ich kann keinen finden, denkt Pawel und gibt sämtliche Versuche auf, eine bequeme oder wenigstens annehmbare Lage zu finden. Er liegt einfach auf dem Rücken. Seltsam, denkt er, je weniger Freude der Körper dem Menschen bereitet, desto mehr hängt der Mensch an diesem Körper. Die Frage wäre dann natürlich, wer ist »der Mensch«, der nicht gleich Körper ist, aber diese Frage ist nach dem heutigen Stand des Wissens nicht beantwortbar, und diese unbeantwortete Frage wird unmerklich zu einem Pfad in den Schlaf, was Pawel aber nicht merkt, und wenn er erwachen wird, wird er denken, er wäre die ganze Nacht wach gewesen. Und er wird denken, er hätte sich die ganze Nacht gefragt, für wen das Leben ein Geschenk sein soll, und was wäre dieses Geschenk: Wird der Körper der Seele geschenkt, damit sie erfährt, wie sich Schmerz und Freude anfühlen, oder die Seele dem Körper, damit er erfährt, wie sich Schmerz und Freude anfühlen, im ersten Fall sinnlich, im zweiten Fall geistig. Aber Pawel schläft und denkt an nichts, sondern träumt, dass er und seine Mutter in einem Sommerhaus am Frühstückstisch sitzen und hören, wie jemand an die Tür klopft. Die Mutter tut so, als wäre nichts. Pawel, ein kleines Kind, will öffnen. Mutter macht große Augen und führt den Zeigefinger zum Mund. Jemand hinter der Tür weint. Das Licht des Sommertages drängt durch die Risse in der hölzernen Tür. Pawel erwacht und weiß nichts mehr von diesem Sommerhaus, das er in seinem wirklichen Leben nie gesehen hat.

Tonja raucht auf dem Balkon in die helle Petersburger Sommernacht. Vor fünfzehn Jahren stürzte ein Balkon zwei Häuser weiter hinunter, zusammen mit einem rauchenden Mädchen, das sofort tot war. Ihr Bruder, der in die Wohnung hineingegangen war, um seine Jacke zu holen, machte sich dann sinnlose Vorwürfe, erzählten die Nachbarn. Das war damals die Zeit des allgemeinen Zusammenbruchs. Nicht nur der sowjetische Staat zerfiel. In den Straßen fielen die Bäume auf die Menschen. Auf einmal waren alle öffentlichen Uhren und alle Glühbirnen in den Treppenhäusern kaputt. Die Möwen über der Newa hatten hohle Kreise anstelle der Gesichter. Heute hatten die Möwen wieder Schnäbel und Augen. Bäume, Uhren und Glühbirnen hatten ihre normalen Eigenschaften zurück. Der Staat erholte sich und begann Zähne zu zeigen. Sie geht ins Schlafzimmer und legt sich neben den schlafenden Pawel. Die gewohnte Wärme seines Körpers beruhigt sie. Tonja, die nie mehr als ein paar Gedanken zu denken schafft, bevor sie in einen tiefen Schlaf fällt und im Traum über die Bühne schwebt, fällt in einen tiefen Schlaf und schwebt über die Bühne.

Andreas kommt ins Zimmer mit der Pendeluhr, schaut Marina an und erkennt sie im Halbdunkel unter der Decke nicht, nur ihr rotes Haar: ein Pekinese auf dem Kissen. Andreas hielt sich nie für einen eifersüchtigen Menschen, aber er merkt seit einiger Zeit ein Unbehagen darüber, dass sich ihr Leben immer woanders abspielt.

Marina hört im Schlaf, dass Andreas ins Zimmer kommt, und lächelt. Andreas geht wieder in die Küche, setzt sich an den Tisch und liest ein Buch. Über seinem Kopf hängt Marinas Lächeln.

Natascha sieht im Halbschlaf Stachelschweine, viele Riesenstachel, die ineinander verstachelt sind, ein Stachelwald, auf einem unendlichen Schneefeld.

John liegt rücklings auf der Luxuspritsche im First-class-Abteil des Nachtzuges Moskau-Petersburg. Der Schneemensch ist wieder allen entgangen. Gleich wird er mit antrainierter Disziplin einschlafen, gedankenlos. Kurz vor dem Einschlafen wird er glauben, er liege auf einer hölzernen Bank in einer undefinierbaren Berglandschaft und lauere auf die im Gras huschenden Füchse, die Nataschas Gesicht haben. Aus einem verrosteten Bus wird Fabian aussteigen, der sich doch als russischer Agent entpuppen wird, er wird plötzlich durchdrehen und schreien, er habe John gleich durchschaut, John habe »unserem Mann« damals mit Betrug das Transportmittel entlockt, dass er sich aber täusche, wenn er denke, er hätte »unsere Programme« bremsen können. Die grün-orangen Decken können immer noch nur die Russen anfertigen, die, die bei den anderen auftauchen, wurden »uns« gestohlen, yo… »Yo, man«, wird John sagen und beim Aufwachen nichts mehr davon wissen.

4.

Tante Mascha fand noch ein Heft von Fjodors Großvater in einer alten Hutschachtel. Natascha kopierte die Notizen für Andreas und freute sich, dass Marina sie wieder loben würde. Sie klingelte und klingelte. Und klingelte wieder. Sie hatte vor dreißig Minuten angerufen und Andreas Bescheid gesagt, sie würde kommen. Sie klingelte noch einmal. Und noch einmal. Als Andreas die Tür endlich öffnete, stand er vor ihr mit blassem, schweißgetränktem Gesicht, seine Hände zitterten. Sie dachte an Fjodor und wurde zu einem Sturm, dem Andreas nicht widerstehen konnte. Sie nahm seine Jacke, seine Tasche, führte ihn hinaus, steckte ihn in ihr Auto, fuhr ihn ins Krankenhaus und rief Marina an.
»O nein!«, sagte Marina. »Das geht von allein vorbei. Ich bin gleich da, ich spreche mit den Ärzten, wir müssen morgen zurückfliegen. Ich bin sicher, es ist nichts Ernstes. Kannst du bitte trotzdem bei ihm bleiben, bis ich da bin?«

♦

Ein breiter, hoher und langer Krankenhauskorridor, hell und hallend, mit riesigen Fenstern beidseitig: an einer Wand führen sie vorhanglos in den Park, an der anderen sind sie bis zur Mitte weiß gestrichen und zeigen nur die hohen Decken und Fensteroberteile der riesigen Krankensäle. Andreas ging es heute morgen so schlecht, dass er dachte, es sei jetzt doch richtig ernst geworden mit ihm, mit seinem Körper, dem das Atmen entschieden zu anstrengend geworden war. Nachdem ihn der Notarzt schnell untersucht hatte, wurde er auf einem hohen metallischen Bett hierher gerollt und sollte nun warten, bis in einem der Krankensäle ein Platz frei würde (er hofft, es wird kein Platz frei, es gefällt ihm hier). Sein Bett steht an der Parkseite, die

Stangen am Kopfende sind mit metallischen Kügelchen versehen. Natascha sitzt gerade und still auf einem Hocker neben seinem Bett, dreht ab und zu lautlos ein Kügelchen. Ihm gegenüber an der Saalseite liegt ein alter Mann, der die ganze Zeit die Decke mit dem Zierstuck in Form eines Gewindes aus Garben und Sicheln betrachtet. Watteähnliche Pappelsamen auf den Fensterbänken draußen. Zwischen den Flügeln des Doppelfensters genau gleich aussehende Wattestreifen, die man im Winter gegen den Luftzug dorthin gelegt hat. Auf der Watte in der Ecke liegt ein zusammengerolltes trockenes Blatt vom vorigen Herbst, bis Andreas in ihm eine Schmetterlingspuppe erkennt. Ab diesem Augenblick liegt da eine Puppe eines Tagpfauenauges, genau das, was in Andreas' entomologischer Sammlung fehlte, als er ein Kind war. Die Pappeln im Park klappern mit ihren harten trockenen Kiemen. Sie ersticken im Petersburger Sommer, der schon zu Dostojewskijs autoloser Zeit eine Herausforderung für die Atemwege war. Andreas versucht sich an ein paar Sätze aus »Schuld und Sühne« zu erinnern, über »Gedränge, erstickende Hitze und unerträglichen Gestank, der jedem Petersburger gut bekannt war«. Obwohl, denkt Andreas, für Dostojewskij war es überall erstickend: Fallsucht, Geldnot, Verleger, die ihm seine Manuskripte wegrissen, bevor sie ausgereift waren. Andreas fühlt sich hingegen wohl im Petersburger Sommer, selbst im Korridor eines Krankenhauses: Die Unermesslichkeit des Raums ist beruhigend. Trotz der anderen Kranken im Korridor, trotz des stetigen Hin und Her von Krankenschwestern, Pflegern und Besuchern, trotz des säuerlichen Essensgeruchs aus dem Treppenhaus fühlt sich Andreas plötzlich von allen und allem sanft getrennt, auch von seiner Unruhe. *Gut*, denkt er, *es wäre schon wieder fällig, etwas Ungewöhnliches zu machen, gut, dass ich jetzt Zeit und Ruhe habe, darüber nachzudenken, ich werde mir etwas einfallen lassen.* Er atmet regelmäßig und frei und will zum Augenblick fast »Verweile« sagen.

»Endlich habe ich euch gefunden. Zieh dich an, Andreas, ich komme in fünf Minuten wieder und wir gehen. Hier, du musst das unterschreiben, damit sie dich entlassen. Danke, Natascha, dass du auf mich gewartet hast. Ich verstehe, dass du es gut gemeint hast, aber es war wirklich nicht nötig.«
»Ich hatte Angst um ihn. Er sah Fjodor, ich meine Fjodor damals …, so ähnlich«, sagte Natascha. »Weißt du, es gibt Bäume, die im Wind mit jedem einzelnen Blatt zittern. So zittern auch manchmal Menschen, vor Angst. Ich.« Natascha wurde verlegen wegen der zu schön geratenen Darstellung ihrer selbst.
»Ok. Nicht schlimm. Du konntest das nicht wissen. Wir melden uns aus Berlin. Grüß John«, sagte Marina und verschwand wieder.
Natascha vergaß nicht, Andreas die vorbereiteten Kopien zu geben. Im dicken Heft aus der Hutschachtel waren nur die ersten drei Seiten mit einer engen, aber gut lesbaren Handschrift beschrieben. So bekam Andreas noch drei Blätter:

Blatt 1

> Wir hatten Glück, wir kamen zurück, in die durch Luftangriffe durchschossene Stadt mit den löchrigen Häusern, mit den breiten geraden Straßen, voll von Menschen, die fast normale Kleidung haben, Schuhe, Mäntel, Hosen und Röcke, alles wie bei Menschen. Zum schwarzen Fluss, der den Horror ausdampft. Zu Schlangen in Lebensmittelgeschäften. Mein Gott! Wie glücklich Maria Karlowna ist, dass sie endlich in einer normalen Menschenschlange stehen kann.

Blatt 2

Die Gespräche in den Schlangen, der Horror ist noch ganz alltäglich, sie erzählen über ihre Verhungerten, Kinder, Eltern, Gatten; sie sprechen darüber, wie man das Brot am besten über den Tag verteilt, dass man auf keinen Fall zwischendurch auch nur einen Krümel essen darf, man wird dann den Kampf verlieren und alles auf einmal essen. Maria Karlowna ist stolz, dass ich nun meine Professoren-Essensmarke habe und wir zum Schlangestehen in einem speziellen Geschäft berechtigt sind. Sie antwortet, wenn man sie dort nach ihrem Namen fragt, sie heiße Maria Kirillowna. Ich fragte sie, warum. Sie sagte: »Ach, was die Unseren da gemacht haben, ich schäme mich.« Ich glaube, sie hat vor allem Angst. Wer weiß (oder soll ich besser schreiben: »man weiß«?), wie Menschen auf ihren deutschen Vatersnamen »Karlowna« reagieren würden, in dieser Stadt, die von den Deutschen zur Hungerhölle gemacht wurde. Ich habe keine Ängste mehr. Ich schäme mich nur. Ich schäme mich nicht für die Deutschen oder für die Russen, ich schäme mich für die ganze Schöpfung. In erster Linie schäme ich mich für mich selbst. Aber man lebt weiter.

Blatt 3

Wie kann ich das beschreiben. Wie kann ich diese Stadt und diese Menschen beschreiben? Auch sie sind in der Hölle gewesen. Im Unterschied zu uns, die wir in die externe Hölle gebracht wurden, wurde die Hölle zu ihnen angeliefert. Äußerlich sehen sie ganz normal aus. Aber nicht alle. Manche haben noch Merkmale der

Dystrophie. Die Hiesigen sagen, es gäbe auch psychische Merkmale von Dystrophie. Wie es in extremen Situationen oft passiert, wie ich es so oft gesehen und erlebt habe, die, denen am meisten Mitleid zustehen sollte, werden am meisten verachtet. Das war wohl der Ursprung des rätselhaften Antisemitismus nach den ersten Berichten aus den von den Deutschen besetzten Gebieten. Über von Dystrophie betroffene Menschen sprechen sie hier so, als wären diese selber schuld.

Marina kam zurück mit dem Entlassungsbrief. Während sich Andreas anzog, las sie das letzte Blatt aus dem Hutschachtel-Heft und sagte:
»Als ich im Kindergarten war, lagen wir zur Mittagsruhe in einem riesigen Schlafsaal und erzählten Witze (die Erzieherinnen gingen Tee trinken). Jeden Tag nach dem Mittagstisch wurden vierzig Klappbetten hineingeschleppt, aus dem Spiel- und Esssaal wurde der Schlafsaal. Witze hatten wiederkehrende Themen, du weißt schon: politische, erotische, ›Radio Eriwan‹, keine Ahnung, die Kinder erzählten, was sie wo mitgehört hatten, ohne viel davon zu verstehen. Es gab auch Dystrophiker-Witze (die ich später nie mehr gehört habe). Erst jetzt, plötzlich, das heißt tatsächlich wie vom Blitz getroffen, habe ich begriffen, dass diese Dystrophiker-Witze eine Leningrader Spezialität gewesen sind: der Nachhall der Belagerung. Sie waren höhlenmenschenprimitiv, weil in ihnen der Urhorror der Urzeit steckt. Dabei war dieses sehr spezielle Wort ›Dystrophiker‹ (weißt du eigentlich, was das ist?) ein ganz normales, alltägliches, allen verständliches Wort. Vielleicht auch das nur in Leningrad. Hör mal, ich kann mich an einen erinnern:
In einem Krankensaal (mangels Erfahrung stellt man sich als Kind den Kindergarten-Schlafsaal vor. Der war auch diesem Korridor ähnlich) macht die Krankenpflegerin (man stellt sich

die Putzfrau im Kindergarten vor) das Fenster auf, zum Lüften. Die Dystrophiker stöhnen: ›Schwester, machen Sie bitte schnell das Fenster zu! Uns bläst die Zugluft von den Betten weg.‹ Wir lachten. Der Urhorror, der in diesem Witz durchschlägt, war uns Kindern nicht bewusst. Oder war er nur mir nicht bewusst? Ich habe immer ein Gefühl, dass alle anderen mehr wissen und verstehen als ich. Siehst du, sie lachten darüber! Und ich lachte mit, ahnungslos.
Gut, ich muss jemanden fragen, zu welchem Ausgang hier das Taxi kommt.«
Sie zog seine Stirnsträhne zwischen den Fingern, stellte sich auf die Fußspitzen, küsste seine Schläfe und war wieder weg. Er steckte den Entlassungsbrief in die Gesäßtasche seiner Jeans und spürte mit den Fingern einen kleinen kantigen Gegenstand. Das war ein zu einem Quadratzentimeter gefalteter Fünfzigeuroschein, der ihn ermahnte, dass er einmal einem toten Pauspapiermann in einer Berliner Klinik fünfzig Euro, nämlich diesen Schein, schuldig geblieben war. Er sagte dem Alten, der dabei nicht aufgehört hatte, die Decke zu betrachten: »Verzeihung, ich glaube, das gehört Ihnen, ich habe das unter Ihrem Bett gefunden«, und drückte den Schein in seine kleine weiche Hand. Dann öffnete er schnell den inneren Fensterflügel, nahm die Schmetterlingspuppe heraus, steckte sie anstelle des Fünfzigeuroscheins, stellte sich sandige Puppenbrösel vor, holte sie wieder hervor, ließ sie in die Brusttasche fallen und ging der ihm winkenden Marina entgegen. Tausende von Marienkäfern flogen von der Ostseeküste auf.

♦

MÖRIKES SCHLÜSSELBEIN 2

»Tübingen«, sagte Moritz, und niemand wollte ihm glauben, dass er freiwillig von Berlin nach Tübingen ging. Studieren kann man genauso gut in Berlin. Und was soll man da unten. Marina wusste, warum. Aber auch sie dachte, die Sache wäre erledigt, als sie das Schlüsselbein-Rätsel endlich löste: Es war ein Studentenscherz. Sie haben (und Moritz fand, dass das ganz im Sinne der üblichen Studentenstreiche war, wie eine Gedenktafel »Hier kotzte Goethe« oder ein Grafitto am Hölderlin-Turm, das im hiesigen Dialekt geschrieben war und, wie die Alteingesessenen behaupteten, »Der Hölderlin isch et verruckt gwä!« lautete) in die Mörike-Ausstellung im Stift ein falsches Schlüsselbein geschmuggelt, mit einem Etikett: «Schlüsselbein des Dichters Eduard Mörike (1804-1875) / (clavicula moericensis poetae) / Exhum. № 40482 / Leihgabe des Pragfriedhofs in Stuttgart«. Der ganze Mörike liege unversehrt auf dem Pragfriedhof. »du hattest vielleicht sogar recht mit der armen katze«, schrieb sie ihm in einer SMS. Er erinnerte sich aber nicht mehr an die Katze. Auch die Nachricht konnte ihn nicht mehr beeindrucken: Was sollte das Schlüsselbein mit dem Pragfriedhof zu tun haben, wenn Mörike es sich aus dem Leib gerissen und in den Neckar geworfen hat?
Er ging am Hölderlin-Turm vorbei, an dem die Barbaren von der Stadtverwaltung jenes Grafitto (»Hölderlin war nicht verrückt« auf Schwäbisch) weiß übermalen hatten lassen, und sah die Punkmädchen in ihren pittoresk aufgeschlitzten Strümpfen auf einer Picknickdecke sitzen, deren grün-orange Streifen unter der Straßenstaubschicht fast nicht erkennbar waren. Sie boten Schlüsselbeine aus gehärteter Modelliermasse feil, die sie

in Klarsichtfolie eingewickelt und auf derselben Decke ausgelegt hatten: »Hi, willst du eins?« Er wunderte sich, weil solche Mädchen nie etwas verkauften. Eine sah besonders gut aus, selbst die künstlichen Silberwarzen (wie Marina sie einmal genannt hatte) standen ihr.
Er kaufte zwei.
Das zweite, um es aufzubewahren, bis er irgendwann nach St. Petersburg fahren wird, um es als Grabgabe zu Fjodors Grabmal zu bringen.
Das erste wickelte er aus und warf es in den Neckar. Die Folie blieb im Gras liegen wie die Spucke eines Riesen. Er ging, ohne auf eine Reaktion des Flusses zu warten. Er fühlte sich in diesem Augenblick alt: von seinen Kindheitsträumen befreit und an sie gefesselt.

◆

DIE HANDSCHRIFT AUS DER VERBOTENEN STADT/ AUS DEM GEHEIMFACH DES VORSITZENDEN MAO

Das waren die wenigen Blätter aus der großen Sammlung der Mächtigen von China, die einer unserer alten Freunde von seinem Lehrer erhalten hat. Sicherlich haben sich diese Schriften in der Originalsprache inzwischen schon verändert, denn es ist bekannt (bzw. es wird angenommen), dass sie sich ständig ändern.

So wird mein Buch enden, dachte Moritz.

INHALT